ちくま文庫

女たちのエッセイ

新編 For Ladies By Ladies

近代ナリコ 編

筑摩書房

目次

女たちのエッセイ

新編 For Ladies By Ladies

「おんなの子」論

戸塚文子

戸塚文子（とつか・あやこ　編集者・旅行随筆家　一九一三〜九七）

34年に日本交通公社（現・JTB）に入社。戦後、同社発行の旅行雑誌『旅』の編集者として活躍。退社後には旅行評論家として、旅や外国についての文章を数多く執筆。本文所収の『随筆　しゃぼてん夫人』とは彼女のあだ名からついたタイトルとのこと。その由来はさだかではないが、棘を持ち、荒野でたくましく生きるサボテンは、一方どこかユーモラスで、不思議と人びとを惹きつけ愛される植物。彼女もまた、そんな女性だったのかもしれない。当エッセイは、『随筆　しゃぼてん夫人』（駿河台書房、一九五一）を底本にした。

日本語のなかに「おんなの子」という特殊な用語がある。そしてその用法に二つの異ったながれがある。

一つは「オイ君、きのうスゲエおんなの子と銀座を歩いていたネ」の如きである。あるいは「あすこのノミ屋には、チョイといけるおんなの子がいるネ」の如きである。

いま一つは「受付のおんなの子に渡しておいたよ」の如き、「きょう時間過ぎに会をやるからおんなの子一人残しておいてくれ給え」の如きである。わたくしがここに論じようとするのは、このあとの方の、はっきりいっちまえば、オフィス用語としての「おんなの子」であると御承知願いたい。なぜならば第一の用法の「おんなの子」に対しては、ちゃんと「おとこの子」という対語《ついご》があって——用例省略——平等であるにもかかわらず、第二の「おんなの子」には、それに相対する男性名詞は存在しないからである。

ではこのオフィスにおける「おんなの子」とはいかなる存在であるか。用例をしておのずから語らしめよう。

その一「あいにくきょうはおんなの子が休んじまったんで、お茶も差し上げませんで」

その二「(出勤簿にはんを押しながら) じっさいこんなこと馬鹿らしいね。おんなの子にでも代りに押させときゃあいいんだ」

その三「(労組執行委員会にて)上に薄く下にあつくっていうけどね、おんなの子なんかにそんなにやる必要はないよ。どうせアンミツになっちゃうんだからね」

　これはいずれも私の創作ではない。この耳でじっさいに聞いた言葉である。発言者はいずれもわが親愛なる同僚諸氏であった。

　以上で「おんなの子」なる用語の意味は明々白々となったことと思うが、これを歴史的にみれば、「*二十の扉」式表現をもってするとチョンマゲ時代にはなかった。それ以後の発生であり、キンキン三、四十年の歴史を有するに過ぎない。その発生にあたっては、この用法の生みの親はおそらく男性であり、生ませた「存在」をして存在せしめたのは、もちろん女性であった。してみれば、近代日本語のなかにこの特殊な用語を生ぜしめた功あるいは罪は、男女五分五分ということになる。

　日本が真に民主主義の国となるためには、こういう世界の文明国のどの国語にもない用語を、早く死語たらしめねばならない。それにはどうすればよいか。わけはない。この用語を使い始めた男性は、よろしく使うのをやめ、存在をして存在せしめた女性は、その存在をして存在せしめなくすればよいのである。これもまた男女五分と五分の仕事である。

　この「おんなの子」を愛称とカン違いして、いそいそとコンパクトをはたく女性あらば、いま一度先にあげた三つの用例を読んで頂きたい。

この「おんなの子」を愛称として誤用され、いともすらすらと用い給う男性あらば、もう一度先にあげた三つの用例を味わって頂きたい。

これが決して次代に受けつぐべき光輝ある用語でないことがおわかりであろう。その四十年の短い歴史に、この辺でピリオードを打って悔いなき用語であると、思われるであろう。それならば——。「おんなの子」をして死語たらしめよ。古典のなかに永遠にほうむり去るがいい。

＊（編者注）一九四七年から六〇年までNHKラジオで放送されたクイズ番組。ここで使われる「ご名答」は流行語となった。

ガールズ・ビ・アンビシャス！

桐島洋子

桐島洋子（きりしま・ようこ　評論家・エッセイスト　一九三七〜）

文藝春秋社の編集者を経て、フリーのルポライターとしてベトナム戦争やアメリカ社会の実態を取材。世界各地を駆けめぐりながら、三人の子どもを産み育てたたくましい女の実績は、いわゆる「クロワッサン世代」の女性の憧れとして迎えられる。本文所収『さよならなんてこわくない』（一九七七）は、仕事に恋に子育てに「十分に生きた」という彼女の三十代最後の年に書かれたエッセイ集。掲載したエッセイの初出は『すくすく』一九七六年八月。

料理の本を書いたら、びっくりするほどよく売れた。それは嬉《うれ》しいのだが、会う人会う人に「あなたのようなヒトが料理好きだとは意外でしたねえ」とアイサツされるのには、いい加減ゲンナリしてしまう。

「あなたのようなヒト」とは、つまり一人前の職業人として自立し、男など当てにしないでバリバリ忙しく働いている女であり、ウーマン・リブの一味で、「ボク食べるヒト、ワタシ作るヒト」のコマーシャルを非難する側のヒトであるという意味なのだ。この分類に異存はないが、そういう人間が料理好きなのが意外だという、その偏見にイライラする。

この人達には男と女のナワ張り意識が根強くからみついていて、作るヒトと食べるヒトを別々に囲わなければ気が済まないらしい。「一部の有能な女がナワ張りを越えて男の側に侵入するぐらいのことは、まあ大目に見よう」という程度のところまでは〝渡航自由化〟が進んだものの、「そのかわり、関所を越えたければ身ぐるみ脱いで置いていけ」と、女の側で身につけた資産を放棄させようとする。郷《ごう》に入《い》れば郷に従い、男世界に属したら男のようにゴッツく武骨にフンゾリ返り、家庭などかえりみずに仕事に没頭するものだと、思いこんでいる。どうしてこう頭が硬《かた》いのだろう。そんな不自由な男の仲間入りするために、わざわざ関所を越えたって始まらない。それでは檻《おり》から檻への移住に過ぎないではないか。ウーマン・リブの本当の目的は檻を壊し縄張りをとっぱらい、勿論《もちろん》、関所をなくすことである。だから女の解放は同時に男の解放なのだ。

しかし男達は解放されたがらない。女の介添《かいぞえ》なしには衣食住の営みができないという不自由な生活にしがみつく。それを不自由とも感じないほど鈍感な男達！

女の方もまだ多くは鈍感だが、それでもさすがに今や少なからぬ女が、その不自由に目覚めはじめた。いったん目覚めさえすれば、女の方がたくましい。越境に尻ごみする男達の陣中へ、こちらからはどんどん乗り込んでいく。関所の鬼に身ぐるみはがれて〝女〟を諦《あきら》めたような女だと、とかく卑屈に男軍に寝返って女に敵対したりするものだが、そんな小物がどっちにつこうと、私の知ったことじゃない。

およそ気のきいた女なら、女の誇りと能力を堅持したまま関所を突破して、男の領域にもケロリと所を得た上で、女の世界と自由に行き来する外交特権を手に入れることができるはずである。こういう女が、今のところでは一番上等な人類だと私は思う。彼女達は人間としての総合的成熟度に於《お》いては、たやすく男を超える、いわば両性具有人なのだ。

そんなたのもしい女を私は大勢識《し》っている。そして彼女達はほとんど例外なく優れた料理人である。私の本の題名通り『聡明な女は料理がうまい』のだ。

最近出会った聡明な女達の中から、とりわけ私を喜ばせた素敵な三人について今日は書きたい。

まず大先輩の沢村貞子《さわむらさだこ》さん。この間まで大当りしていたNHKの帯ドラ『となりの芝生』のお姑《しゅうとめ》さんである。役柄と本人をごちゃまぜにして、彼女を保守反動の旗手みたいに応援する向きも多かったらしいが、これはとんでもない見当ちがい。彼女こそウーマン・リブの草分けとして、女の自立の茨《いばら》の道を血みどろに切りひらいて来た人ですよ。

下町の没落した商家に生まれ、普通なら芸者にでもされるところを、どうしても学問がしたいと頑張《がんば》って女学校に通い、少女のうちから家庭教師として学資を稼《かせ》ぎ、遂に女子大にも進学し、さらに新劇の女優になって左翼運動にのめりこんでいく。たちまち逮捕されて拷問《ごうもん》まで受けたが、断乎として節をまげないので二年間も牢獄《ろうごく》暮らし。しかしそんなレジスタンスの歴史を勲章にする気は毛頭なく、以後は厳格な職業意識に徹して、地味な脇役《わきやく》女優の道を、物静かにしたたかに歩み続けてきた。インテリを煙たがる映画界で、沢村さんは独り泰然《たいぜん》と自分の知的世界を守る大読書家であり、また自分の生活を自らの手でこまやかに紡《つむ》ぐ優しく堅実な主婦でもある。撮影所に通うとき、彼女は朝早くから台所に立って豪華なお弁当を作り、他の俳優さん達が食事場所を求めて右往左往するのを尻目に、悠々《ゆうゆう》と楽屋に寛《くつろ》ぎ、手づくりの味をチマチマと愉《たの》しみながら読書にふける。

もっともっとヒマに恵まれながら、味気ないインスタントやレディーメードで下《くだ》らないテレビを見ながら、そそくさと食事をすます主婦が少なくないけれど、そんな人達はなんと自分を、自分の人生を粗末に扱っていることだろうかと思う。

彼女達に沢村さんの献立《こんだて》日誌を見せてあげたい。彼女は毎日毎日の献立を必ず記録し、そのノートを綺麗《きれい》に表装して保存しておく。さあ今日の晩御飯はなんにしようかな……というときに、日誌を繰り、昨年や一昨年やあるいはもっと昔の同じ月日のあたりを見ると、「ああ、鰹《かつお》のたたきと、根芋《ねいも》のおみおつけと、山うどの酢味噌《すみそ》だったのか。そういえばそろそろ初鰹を食べてもいいな」と、めらめら季節感が湧《わ》き立ち、献立のイメージがひろがるのである。

沢村さんより二まわり若く、私よりはちょっと先輩の松田妙子《まつだたえこ》さんは、日本一の女傑として私が尊敬おくあたわざる大親分である。彼女は現在は住宅研修財団の理事長として、そのサロンへ入れかわりたちかわり伺候《しこう》する官庁や企業のエライ男たちの相談役をつとめながら、いつか住宅庁ができたときにはその長官になって、日本の住宅行政に決死の大ナタをふるうのダというジャンヌ・ダルクのような野望に燃えている。彼女はもともとは住宅にも建築にも全くの素人《しろうと》だったが、自分の家を建てようとしたときあまりにも後進的な住宅産業の実情に驚き、その怒りと焦りを放置できないままに遂に自ら「日本ホームズ」を設立し、その合理的で良心的な家作りでみるみる注目され、大成功をおさめた。しかしその社長の座を十年でパッと退き、今度は研究所を設立し、企業の立場を超えて住宅問題に取り組むことにした。およそ彼女ほど情熱的に天下国家を論じる人を私は他に知らない。住宅庁長官どころか、総理大臣になってもおかしくないスケールの豪快な実力者である彼女のそばにいると、男女同権だのウーマン・リブだのって言葉は前世紀の遺物ではないかと思われるほど、こちらまで気宇壮大になり、ショボくれた女の現実を忘れてしまう。

これほど勇壮な人間なら鬼をもひしぐ面構えだろうかと思ったら大間違い。年よりずっと若々しい小柄な美女で、三人の子供の素敵なお母さん。ひとをもてなすのが大好きで、どんなに大勢ドヤドヤと突然の客が雪崩込《なだれこ》もうとビクともひるまず、チャッチャチャッチャッと包丁を揮《ふる》い、嵐《あらし》のような勢いでたちまち盛大にごちそうを並べてしまう。子供が好きで好きで、ヨソの子でも黒でも白でもなんでもいいわよオイデオイデと、ワサワサまとめて面倒《めんどう》を見てしまうスーパー母性の持ち主である。

「あなたのとこの子供達もうちに寄越しなさいよ。三人ぐらい私が責任もって育ててあげるからサ、あんたは独りで心おきなく仕事にでも男にでも狂いなさいな」と、私は始終松田さんにハッパをかけられる。こんなにたのもしい男なんているものじゃない。

もう一人は、私より一まわり後輩の小林則子《こばやしのりこ》さん。太平洋ヨット独り旅で女をあげたリブ号のリブちゃんである。あんな物凄《ものすご》いことをしでかしながら、英雄気取りなどまるでなく、相変わらずサワサワッと涼しい顔をしているだけの、ニクイほど沈着冷静な女の子だが、また彼女はとても頑固《がんこ》にその美意識を守る優雅な生活者でもある。彼女の手記『リブ号の航海』を読んでごらんなさい。どんな荒くれ男だって蒼《あお》ざめる疾風怒濤《しっぷうどとう》の大航海のさなかにも、彼女はシチューのキャセロールに葡萄酒《ぶどうしゅ》の香りを加えるのを忘れはしないし、サラダのドレッシングに凝《こ》り、スープの浮実にも工夫を怠らない。男達はいかに積荷を減らして速く走らせるかということばかり考えているのに、彼女はそのひときわ小さい船倉におびただしい酒瓶《さけびん》と食糧と、二十種類もの香辛料まで積み込んで悠々と出帆したのだ。カセット・テープもいっぱい用意して、あるときはドビュッシーを聴《き》きながら月をながめ、あるときは「知床旅情《しれとこ》」などにうなずいて梅酒を舐《な》め、あるときは志《し》ん生《しょう》に笑い転げて船酔いを吹き飛ばす。

これほどの冒険のためだろうと、生活を粗末にはしないという心意気が嬉しいではないか。これこそ女のたくましさである。

強い女はオトコオンナ、仕事ができれば家庭はダメ……という偏見をアッサリ打ち破る颯爽《さっそう》たる女達が、この三人に限らず、近頃いたる所で目につくようになった。そのたびに私もあらためてふるい立ち、ガールズ・ビ・アンビシャスと心の中で叫ぶのだ。

キャリア・ウーマン

湯川れい子

湯川れい子（ゆかわ・れいこ　音楽評論家・作詞家　一九三九〜）『スイングジャーナル』誌の読者投稿欄がきっかけとなり、二十一歳でジャズ評論家としてデビュー。その後ポップスの評論、解説、またDJとしても活躍し、ラジオ番組「全米TOP40」で人気を集める。作詞も手がけ、特に80年代には「六本木心中」「ランナウェイ」「恋におちて」「センチメンタル・ジャーニー」など多くのヒット曲を世に送り出した。近年はボランティア活動にも尽力、環境問題を考える「レインボウ・ネットワーク」の代表を務める。本文所収の『一億人のGALSたちへ』（一九七九）は、成長した息子に読んでもらいたいという願いを込めて、母親の日常と仕事を綴ったエッセイ集。

紙袋の中の手紙が、もう五つもたまってしまった。原稿を書いて、日記を書いて、それから手紙を書いていると、いつも朝になってしまって、手紙の山はたまる一方だ。

考えていると、キリキリと胸が苦しくなってくる。今にも死にそうな深刻な手紙もあるし、昔の私みたいに、何かやりたいけれど方法が解らなくて、教えて下さいといってくるものもある。

一番困るのは、返信用の切手を貼った封筒入りのやつ。むこうは、これで返事をよこすのは当然と思って送ってくるのだろうけれど、こっちの都合はそうもいかない。

秋の文化祭のシーズンは、この種の手紙が多くって、中には「ロックの歴史、アメリカ音楽の流れをグラフにしたいのですが、資料が見つかりません。できるだけ詳しく書いて送って下さい」とか、「学校のシネマ・クラブのアンケートにお答え下さい。湯川さんにとって、フランスのヌーベル・バーグは、どんな意味を持っていましたか」とか、「エルヴィスを好きな理由、また彼のいったことや、歌った曲をすべて教えて下さい」といった、信じがたい手紙がドカスカと来る。

そんなことを本気で書いていたら、本が一冊できてしまうということが解らないんだろうか。

返信切手を貼った封筒の山は、夢の中まで私を追いかけて来そうで、本当にチラッと考えてみるだけでも胸が苦しくなってくる。いっそ「湯川は自分のことだけで、いつも時間と頭がいっぱいのイヤな女ですから、お手紙の返事はいっさい書けません」と印刷した紙でも作ろうかしら。

ここ一週間のうちにキャリア・ウーマンについて書いて下さいという原稿依頼が、三社から来た。

キャリア・ウーマンなんて、私自身もしばしば使うし、なんとなく解る気もするけれど、よく解らない言葉でもある。私が初めてアメリカに行ったころ、レコード会社を訪ねたり、インタビューに飛び回ったりしていると、貴女はキャリア・ウーマンですね、とよくいわれたものだった。つまりは自分の仕事を確立して持っている女性だということだろう。

でも、いくらそういわれても、一生独身を通すつもりですか、とか、結婚する気はないのですか、なんて、バカな質問をした人は一人もいなかった。

ところが、日本でキャリア・ウーマンが語られる時は、いつでも結婚が問題にされる。確かに、結婚、というよりも、育児と仕事との両立は、非常にむずかしい。でも、職場によっては、六ヶ月もの産休が認められている日本などは、欧米諸国と較べても、非常てもモテないだろうか。それに、生理休暇を廃止するの、しないのでモメているらしいけれど、有給休暇が実際には取り切れないほどあるんだから、女だといって、そこまで社会におんぶすることはあるまいと思う。だから女は、いつまでたっても使いにくいと思われてしまうのだ。

実際に、自分で美容院を経営していたり、喫茶店をやっていたり、私のような自由業をしていたら、生理でお腹が痛いからといって、休んでなどいられるものじゃない。会社勤めだって、自分にとって大切な仕事があったら、とてもそんなことで休めたものじゃないだろう。枕も上らないほどのひどい生理痛があるというのなら、医者にかかってなおすのが、仕事以前の姿勢の問題だと思う。

この頃、自分の仕事を持ちたいと望む女性が増えて来た。とても素晴らしいことだと思っている。一人で生きていくにせよ、結婚するにせよ、自分の力で自分を食べさせていくのは、人間としての最低の条件なのだから。そうでなければ、結婚式の誓いの時に、「あなたは健康な時も、病める時も、豊かな時も貧乏な時も、生涯変らずにこの人を人生の伴侶として愛しますか」などといわれて、ハイと答えられるわけがない。

いくらその時はバリバリと働いているご亭主だって、明日は交通事故で一生寝たきりにならないとは限らないのだし、その時になって、こんなはずじゃなかったと嘆いたとしたら、それはサギみたいなものだ。

同等の権利には、同等の義務がある。男は外で仕事、女は家で仕事という従来の分業の形も、それはそれで両者に最も適したものであったなら、それで大いに結構だと思うのだが、旦那が病気や事故で倒れた場合に、さあ働きなさい、と急にいわれたって、働ける職場など簡単にはないし、また働ける力、気がまえを持った女性も非常に少い。

問題はこの働ける力と、気がまえにあると思う。家庭内の仕事という分担を、自分が選んだ職業だと考えたなら、主婦だってプロ意識を持つべきではないだろうか。決められた経済で、いかに快適に心地良く暮すか。万が一の場合には、いかにして夫や子供を食べさせるか。その心がまえは、結婚を決意した瞬間からあってしかるべきだろう。

それがしっかりとしていれば、働き手を失ったからといって、子供と心中してしまったり、亭主の稼ぎが少いからといって、亭主や子供を置き去りに家出をしてしまったり、無理なローンで家を建てて、返済に困って自殺したり、サラリー・ローンを借りて、これまたあげくの果てに自殺なんて、情けない結果は生まれてこないと思うのだが――。

とはいっても、専業主婦が、非常に危険な立場に立たされていることも事実だ。しょせんはエゴイスティックな人間二人の結びつきである結婚なんて、いつ相手の勝手で破れないとも限らない。いや、いつか破れて当り前と考えていたほうが良いとさえいえるかもしれない。

私の周囲にも、子供が二人も三人もできた時点で、夫に恋人ができて、無理やり離婚に追い込まれたという人が何人かいる。専業主婦として、彼女たちに特別の欠点があったとは、とても思えない。家事と育児に専念して、ほんの少し古くなったというだけの話だ。

それが、いざ追い出されるという時になって、貰うことのできたお金の何と少かったことか。家庭裁判所の調停の結果で決められた金額は、男性の給料のわずか七、八ヶ月分といったところで、月々の養育費も微々たるものなのだ。

聞いて本当に腹が立ってしまった。専業主婦になるということは、完全な分業の道を選ぶわけだから、それが夫と妻の合議の上での事ならば、当然のように女性には、夫の収入の半分を得る権利がある。

そして夫のエゴイズムで、就業不可能となり、子供の養育の全責任を押しつけられ、いきなりチマタに放り出されるのだったら、その収入の半分に達する金額が、自分の力で得られるようになる日までは、夫が給料の半分を支払い続ける義務がある。それにプラスして、養育費の半分も負担しなければならない。

専業主婦として、自分に間違ったところはなかったと自信を持っている人ならば、家庭裁判所でもダンコとして、夫の給料の半分を貰わなければ、離婚には同意できないと、最後までハネつけるべきだと私は思っている。それに、専業主婦の失業保険についても、ちゃんとシステム化したらどんなものだろう。健康保険や生命保険と同じように、結婚して専業主婦となる場合は、家庭内の仕事と育児に専念するという絶対条件で、この保険に加入することができる。そして、死別や事故や、夫の一方的な意志による離婚で、主婦の立場を失った時には、ちゃんとその理由と、専業主婦としての勤務ぶりを評定して、その程度によって失業保険を支払って貰うというわけである。

でも、この勤務評定というか、査定もむずかしいだろうなあ。専業主婦として、満足できるだけの仕事をちゃんとしていたかどうか。三食昼寝つきで、昼間はメロドラマを見てゴロ寝し、夕方は井戸端会議に明け暮れて、子供は邪魔者扱いし、料理はテンヤ物とスーパーの既製品で済ませてはいなかったか。

そんなこと調べたところで、果してどこまで判るだろうか。見ていると、これまた実にひどい、主婦とも呼べない女たちが多いんだから、この保険の成立はむずかしいかもしれない。でも机に坐っているだけの無能なサラリーマンにだって失業保険はあるのだから、ある一定の基準を満たしていたら、主婦保険があったっていいんじゃないかという気がする。

でもそんなものを作ったら、働く力も気がまえもない主婦が、もっともっと増えるだけの結果になってしまうんだろうか。

キャリア・ウーマンを志望して、私のもとをたずねてくる女性も、何を考えているんだかまるで解らない女性がたくさんいる。

この頃はロック・ライターとか、レコード会社のディレクター志望の女性が多くなってきているけれど、食べられるようになるまで、最低五年から十年はかかりますよ、というと、誰しもが不安そうな顔をする。レコード会社のディレクターだって、会社という組織に入るだけなら、試験を受けるだけのことだけれど、ディレクターとして一人前にバリバリと仕事ができるようになるには、やはり五年から十年の歳月が必要だろう。「でもそうなると、その間は結婚できないんでしょうか」とか、「私、仕事は持っていても、やっぱり女として結婚はしたいし」なんて、若い女の子は、そんな時に私の顔をおずおずと見ながらいったりする。

妙なことだと思う。男が入社試験を受ける時に、「かりにこの会社に入れて頂いても、僕も人並みに結婚したいんですが、それが可能でしょうか」などとアホなことをいうだろうか。健康な体と、健全な精神があって（健全な精神なんて、あまり好きな言葉じゃないけれど）、ともかくもまァ当り前の人間なら、人を好きになって結婚したくなるのは、しごく当然のことなのだ。だいいち、今ここに私達がいるということは、祖先がえいえいとして生きる営みを続けてきてくれたからこそなのだと思えば、子供を産んで子孫を絶やすまいとするのも、またわれわれ生物に課せられた義務だと思う。

今のところ子宮は女にしかないのだし、かりに科学が今以上に発達したとしても、子供を産む作業まで機械まかせにはしたくないから、女と生まれた以上、自分の生命と、自分が得た知恵や経験とを、自らの子供にさずけたいと願うのは、ひとつの使命ですらある。

そんな当り前なことを、どうして「できますか」などと、他動的な条件に置き替えてしまうのだろうか。

「あなたは仕事がやりたいんでしょう。だったらやればいいじゃない」というと、「じゃ、やっぱり結婚は無理になりますね」などという。

結婚したい相手が出て来た時に、はじめて結婚なんて考えればいいのだ。それでその時に、仕事をやめたほうが二人にとってベターだと考えたら、やめればいい。やめるべきじゃない、どうしても仕事がしたいと思ったら、すればいい。「仕事をやめて家にいてくれ。さもないと俺はあんたと結婚できない」という相手なら、どっちを選ぶかよく考えて、後悔しない道を選べばいい。

そして子供が産みたくなれば、産めばいい。どうしてもやりたい仕事があって、どうしても子供がほしければ、何としてでも方法を見つけて、両方を徹底的にやり通すまでのことだ。

昔の人は、二兎を追うもの一兎をも得ず、といったけれども、二兎だと思うから大変であり、共に半端になるのであって、これもあれもどれも、たったひとつの我が人生と思えば、それはピョンピョンと飛びはねる、魅力的な一匹の兎にすぎなくなるのではないだろうか。

そうやって、自らの生甲斐としての仕事を持っている女性なら、あらためてキャリア・ウーマンなどと呼ぶこともない、しごく人間的な生活をしている、自分に忠実な女だというだけの話だと思う。

だから私は、あなた、キャリア・ウーマンになりなさい、とも思わないし、こうすればキャリア・ウーマンになれる、などというノウ・ハウも知らない。

専業主婦だろうと、仕事を持とうと、それに徹することができれば、全てのプロ、人間としてのプロになれるのではないだろうか。

ウーマン・リブなどといって、女性の権利だとか、保護されるべき弱点などばかりが論点となった発言や原稿が多いけれど、ごく普通の体力と知力を持った人間なら、男も女も、何ら同情には値しないと考えている。要は心がまえと気力の問題なのだから。

だから男女平等論やキャリア・ウーマンについて論じたり書いたりする余力があるのなら、もっと自分の力では何ともできない子供たちや、戦争や飢餓に巻き込まれた国の子供たち、そして人間としての自分の務めを終えて、無力に横たわっているだけの老人達や病人に対してこそ、論点を合わせ、同情の手を差し伸べる必要があると私は思う。

しかし困ったな。そうなると引き受けてはみたものの、あのキャリア・ウーマンについての三社の原稿、私には喜ばれそうな話が書けそうにない。

幻の一方通行路

吉澤美香

吉澤美香（よしざわ・みか　美術家　一九五九〜）

父親の仕事の関係で子ども時代を海外で過ごす。多摩美術大学大学院を修了後、作家活動をはじめる。80年代半ばの「女性論」ブームのなかで「美術界の超少女」と称され注目された若手の女性現代美術作家の代表的なひとり。ときおり書かれるエッセイは、ひとりの女性のごくごく日常的な身辺雑記であるが、物事の本質を鋭くついており、美術をなりわいとする彼女の天性の感覚の鋭さがうかがえる。エッセイ集に『圏外遊歩』（岩波書店、二〇〇一）がある。当エッセイは『太陽』（平凡社、一九九〇）を底本にした。

　三軒茶屋から家までタクシーに乗りました。歩いても二〇分くらいの距離なのですが、深夜だし寒いしお酒も入っていたし、女性の一人歩きはいけないと俗に言うし、べつに悪くはないと思います。なにもタクシーに乗るのにそんなに理由つけることないと思いますが、私は長いこと一人でタクシーに乗るということに対して若干の後ろめたさを持っていました。小娘のくせにタクシーに乗るなんざいい御身分だって運動手さんの頭の後ろに書いてあるような気がしたし、実際にそのように口に出されたこともあります。しかし「楽をする」のは好きなので時として乗るわけです。職業選択の自由で選んだ仕事で、私もちゃんと正規の報酬を払っているのですから何も案ずることはないのに、ついうっかり、さも疲れていたり、具合が悪いようなフリをして、小娘といえどタクシーにのる状況であるという演出をしたりとかしてしまいます。

　数年前に中国に旅行したとき、蘇州で人力車に乗りました。駅前などに人力車がタラタラと並んでいて、乗りたげに近づいていくと車夫さんたちがオイデオイデをして客引きをします。日本の観光地のタクシー乗り場とよく似た雰囲気です。しかし乗り始めると観光気分が「……」になるのは、自分がのうのうと座った車を引いているのが、自分の父親よりも年がいってそうな白髪混じりの男性だったりするからです。現実は、屈強な若者が高貴なお方を乗せて、タッタッタッタッとなめらかな道を走りぬけてゆく図のはずはなく、登り坂などおもわず車を降りて後ろを押したくなってしまいました。でも、車夫のおじさんは嬉しそうにカメラにもポーズしてくれました。もう二度と乗りたいとは思いませんが、あのおじさんにしてみれば、自ら望んで体を使った職業に従事しているのであって、私の思惑は思い上がりに見えるかも知れません。

話はもどり、三軒茶屋から（近くですいませんと謝りながら）タクシーに乗ったときですが、うちは幹線道路から少し入ったところにあり、降りるときに、その運転手さんは本線にもどる道を聞くのです。いま来たところをもどればいいんですと答えると、途中に一方通行の箇所があったからもどれないと言うのです。えっそうだったっけかなあと思いながらも、真っ直ぐ行けばまた別の広い道に出ると言ったら、それじゃやだとか言うので、あせってじゃあココをああ行ってこう行って、じゃなくってあのそのとかマゴマゴしてたら、チッもういいよと舌打ちをされ、領収書も「無い」とことわられ、今度からタクシーに乗るときは一通に入る手前で降りるようにしろ、と怒られ、ヒェすみませんと謝って降りました。しかしどうも変だなと思って思い直してみると、一方通行なんかなんもなくって、なんてことはない、運転手さんの勘違いだったんです。（バカヤロォォ）こういうときって何が耐えられないかと言って、こんなことのためにその一日が不快なものになるってことが一番耐えられません。

いつの日か、あの運転手さんはまたあの道を通り、あぁあのときは勘違いして悪いことしちゃったなと思う日が来るかもしれない、そしてほかにも気付かぬうちに同じ過ちを犯しているかもしれないから、これからはむやみに怒ったりしないように気をつけようと心をあらたにして災い転じて福になるかもしれない、とかなんとか考えて、この不快な気分から逃れたい。私だって知らない間に誤解で人を不愉快にさせてたりしてるのだろうから、きっとその分が回ってきたのに違いない。ｅｔｃ……。

これは、出来た人間になる努力、けなげ、とは全く別物で、ただただ自分が不快なムードにいるということが不快だからで、そこから早く脱出したい一心です。フン。

ところで私もようやく、「若い娘であるという、特典のコロモを着たハンデ」の付いたような状況はもう乗り切れる年になったんじゃないかと願う今日この頃です。

謝罪ならびに現状報告その他

岡崎京子

岡崎京子（おかざき・きょうこ　漫画家　一九六三〜）

80年代半ば、跡見学園女子短期大学在学中に成人誌でデビュー。その後次々とメディアをひろげ、資本主義社会に生きる少年少女の屈託や納得、欲望やあきらめ、連帯や孤独などをこれまでにない手法で描き、後続の、ジャンルを超えた若き表現者たちに影響を与える。また、さまざまなカルチャーや社会現象に対するコメントやコラム、エッセイ等で頻繁にメディアに登場し、コンテンポラリーな気分を持ち前のセンスと勘のよさで掬い取る。96年以降、休筆中。本文は『思想の科学』一九九三年五月号での誌上アンケート、「あなたにとってのフェミニズムとは？」に答えたもの。

私はかつて朝日ジャーナル誌上で「フェミニズムって何か、嫌い」といった主旨のことを書いたことがあります（今から2年ほど前のこと）。

2年たった今、私はフェミニズムを「好き／嫌い」という感情によって処理すべきでは無いと思っていますし、そもそも当時私が「何か、嫌い」といっていたものは「フェミニズムのイメージ」または「フェミニズム」というコトバのみであって、フェミニズムそのものでは無いからです。現在、フェミニズムといってもそれは、一つの理論だけをもつものでも無くいくつかの（ともすれば相反する）流れをもつものですし（歴史の中でのその変換をふくめて）、それゆえわかりにくく、コトバやイメージの断片のみが大量生産され流通されているといった現状だと思います。

〝フェミニズム論を「現代社会における性差別・性による不平等の認識」と規定し、その問題を解決するための運動および思索をフェミニズムと呼ぶ〟。このことが簡潔に分かるまで私はずいぶん苦労したことを正直に告白します。トホホホ。

さて、私はかつてフェミニズムを「何か、嫌い」とヒトコトで片づけてしまった動機について考え、ある結論を得ました。それは、〝「社会」に関与する主体としての自分を労働する者や生活者としてで無く「消費する者」としてとらえる場合〟に、そうゆう何も考えてない状態の発言に至るとゆうワケです。

例えば「性差別・性の不平等」の場所こそが高額の「何より平等で何でも買える」オカネを産み出し、「何より平等に誰でも楽しめる」消費をより多く可能にすること。「社会」というものを仕事場や家庭と思わず、イセタンやラフォーレ原宿やガッコやディスコやディズニーランドだと思っているコドモ（それもかつての私……）もフェミニズムを「好き／嫌い」と言う前に「分かんなーい」と言うでしょう。

つまり、現代という時代には男や女の性差を越えた（とゆうかそれすら無化されたのっぺらぼうの）消費者として生きるしかないという認識が当時の私にあったワケです。

以上を私じしんの過去の失礼の謝罪とフェミニズム理解の現状の報告とさせていただきます。それでは。

ド・レミ前奏曲

平野レミ

平野レミ（ひらの・れみ　シャンソン歌手・料理愛好家）
仏文学者で、混血児救済のための「レミの会」を主宰した平野威《い》馬《ま》雄《お》氏の長女として育つ。文化学院卒業後、シャンソン歌手に。その後タレントとしてラジオ番組に出演。イラストレーター・和田誠氏と結婚後は、「料理愛好家」としてテレビ、雑誌、料理教室などで活躍、料理についての著書多数。当エッセイの底本となった『ド・レミの歌』は、本文ほか、結婚の経緯や出産・子育てについていくつかの雑誌に書いたエッセイを集めたもの。『ド・レミの歌』は一九七六年文化出版局、一九八四年に中公文庫より刊行。

小学生のとき、私はいつもハダシで歩きまわっていた。

勉強のカバンを忘れて、お弁当だけ持って学校へ行くくらい、勉強は嫌いだった。勉強は頭を使うし、頭を使うのはまだるっこしいし、まだるっこしいことは嫌い。だからいつもビリッかすだった。

ケンカはよくした。でも女の子とはケンカしたことはない。相手はいつも男の子ばっかり。ある日、学校の帰りに男の子十人くらいに待ち伏せされた。私がガキ大将でいばっていて、ナマイキだと思われたらしい。男の子はみんなパチンコを持っていて、石 っころで撃ってきたので私の顔は血だらけになってしまった。

それでも私は泣かない子だった。うちに帰ってカバンを置いて、すぐひき返し、男の子のボスをつかまえて胸ぐらつかんで、顔をひっかき、すっ倒し、洋服をビリビリに破いたので、ほかの男の子たちはおったまげて逃げて行ってしまった。

私がうちに帰ると、その子のお母さんがビリビリに破れた洋服を持ってやって来た。

「レミちゃんにうちの息子がこんなことされました」

と泣くので、私の母はただあやまるばかりだった。

そのころ兄はふとっていたので「空気デブ」と言ってからかわれていた。私はそれを聞くと、お兄ちゃんの仇をうちに、からかった子をひっぱたきに行った。

そう言えば母はいつもあやまっていたっけ。そんなふうだから、男の子は嫌いだった。

「男はくさいくさい」

と私はいつも言っていた。


そのころ、ワン遊軒犬丸という人が、毎日のように父のところに来ていた。ワン遊軒というのはもちろん本名じゃなく、犬猫病院の息子で、自分も獣医になろうと勉強中だったのだ。私はワン遊軒がお風呂に入っているのをのぞいては、

「三個ぶらさがってる!」

と大きな声で言ったものだった。

そのうえ、毎日のようにワン遊軒のズボンの上から握ってしまう。私は小さかったから、手をのばすとちょうど届くところにそれがあった。やわらかくて握るのがいい気持ちだったけれど、ワン遊軒は前をおさえて逃げ回った。ある日、ドアを開けて入って来たのをいきなり握ったら、その人はワン遊軒でなく、父だった。父はイテテテと叫び、

「お前、いつもこんな強く握るのか、ワン遊軒かわいそうに」

と言ったのを今もはっきり憶えている。

こんな私に呆れた親戚の人たちは、

「レミちゃんが十八、九になってからこの話をしたら、さぞかし恥ずかしがって赤くなるでしょう、その顔を早く見たい見たい」

と、しょっちゅう言っていた。十八になってからの私は、べつに赤くもならなかったけれど。


中学生になって、私はオッパイが大きくなってきた。ある日ワン遊軒は、いきなりブラウスの上からオッパイを摑んだ。私はビックリしたと同時に恥ずかしく、黙ってワン遊軒の目を見ていた。その時はじめて私が女で、ワン遊軒は男なんだなあ、と思ったのだ。男と女のへだたりのような、変な感じだった。

それ以来、私はワン遊軒のものを握らなくなった。思えばそれまで五、六年握りつづけていたのだった。


勉強はできなかったけど、スポーツになると万能で、中学の時はいつも学校代表になって、短距離とか水泳とか卓球の対校試合になると必ず朝礼台にのっけられて、全生徒がみんな並んで、

「シュンジュウトキハウツレドモ　トワニカワラヌコウスイノ……」

と校歌を歌って送り出してくれた。この歌詞の意味はいまだにわからない。

中学に入ってすぐ、はじめてラブレターを貰った。

差出し人が女の名前になっていたので何げなく封筒をあけると、書出しが「僕は……」だったからびっくり。便箋一枚、鉛筆書きだった。便箋の最後に三橋建太郎と書いてある。同級の男の子だ。

好きで好きでしょうがない、君のことを考えると眠れない……という内容。私は、

「バッカみたい、バッカみたい」

と叫んだが、この時も、「私は女なんだ」と思わせられた。

父と母は二人して親戚中に電話をし、「レミにラブレターが来た、ラブレターが来た」と報告するし、家に来た人に残らずその手紙を見せて朝から晩まで大笑いしていた。学校の廊下ですれちがうと三橋君はマッカになって下を向いてしまう。私の方はぜんぜん平気。

でも、あの時の三橋君の目は熱をもって充血しているようで、すぐ下を向いてしまうのだが、パッと会った時は懐かしそうな、親しみのこもった目だった。男の子のそんな目はそれまで知らないものだった。同じクラスなのに、とうとうひと言も口はきかなかった。

その頃うちの庭は広く、あずま屋があって、そこに近所の子どもたち——私以外はみ

んな男の子ばっかり——が集まって、そこでいろんな話をした。話というのはエッチなことばっかり。そういうことに興味を持ちはじめる年頃の男の子が集まっていたのだろう。

ある日、父の書斎を整理していたら、原稿用紙の間から春画が出てきた。セーラー服の女学生と中年の男、それをふすまの陰から覗いている女、という絵だった。ぜんぜん知らない世界を見たおどろきで、ドキドキしてしまった。いつもパンツはいて見せないところとところをくっつけて、なんて大人ってスケベなんだろうと思った。

それから父の書斎に掃除に行くのが楽しみになった。家の人に見つからないかと思いながらドキドキして見るのはスリル満点。同じ絵を毎日見ているので、頭の中に全部こびりついてしまった。それで見るのをやめたのだった。最近父に聞いたのだが、それは竹久夢二が描いた珍しい春画だったのだそうだ。

学校の運動場にあるトイレの外側の壁に、「レミとやりたい」と書いてあった。目の前に大きく。もうやんなっちゃった。恥ずかしかった。全校の生徒がはいる場所に私の名前だけ書いてるんだもん。男の子は私の顔をみてニヤニヤ笑うし、「やりたいやりたい」ってからかうのだ。

私自身のそんなところを意識したことはなかったのに、みんなが想像しちゃっているのかと思うといやでいやでたまんなかった。それなのにその落書きを消してくる勇気はなかった。

その学校の校庭の土手は二段階になっていて、急な土手だけれど、そのてっぺんに自転車を持って行って、ブレーキなしで下までサーッと下りると、そのままこがないで校庭を一周できるのだった。私の兄貴がいい気持ちそうにそれをやっているので、私も真似してやってみたくなった。ピューッと全速力で土手を下りたまではよかったけど、そこから数メートルのところに直径十センチくらいの桜の木があって、それに激突してしまった。

ちょうど自転車のタイヤにまっすぐ当たったのだ。自転車はひんまがって、桜の木はまっぷたつに折れた。ちょっとはずれてハンドルを持った手に当たったら、自転車がひんまがるくらいだから手もひんまがってぐにゃぐにゃになっていただろう。今考えても恐ろしい。その日のうちに教頭が私の家に来て、桜の木を弁償してくれと言った。

同級生のA君を好きになった。目立たない人なのに、全校生徒の学力テストをやるといつも二番か三番になる。私と同じ卓球部で、とてもうまかった。フォームもいいカッコだった。笑顔がとてもよく、清潔でシャボンみたいな人だった。

彼が学校に忘れたラケットを私はうちに持って帰り、次の日渡したのだが、それがとてもなごり惜しかった。ラケットがうちにあった夜は、なんとなく嬉しく、A君がそばにいるようで、彼と同じ持ち方でラケットを持ったり、なでたりした。幸せだった。それが私の初恋。A君の名前を何万字書いたかわからない。そのくらい好きだった。

卓球部の合宿で蓼科湖へ行ったことがある。女のグループで一人、男のグループから一人、ジャンケンで負けたものがビールを買いに行くことになった。まず私が負けた。私はA君が負けるといいな負けるといいな、と思ったら、本当にそうなってしまった。A君と二人、夜の蓼科湖のほとりを半周して酒屋へ。月が出ていた。湖もはっきり見える。彼の顔もはっきり見える。でも私たちは手もつながなかった。手つないじゃえばよかったなあと、あとから思った。

その日は嬉しくて、ビールといっしょに買ってきたブドウ酒を二本飲んじゃった。そしたら天井がぐるぐる回った。

そのうちA君に私が好きだということが通じたらしい。私に本を貸してくれたりして親切だったが、私は本は読まなかった。

ある日デートをした。上野へ胸ときめかして行った。生まれてはじめてのデートである。

ところが行く途中の電車の中で、おなかがゴロゴロ鳴りだした。その日、私は下剤を飲んだことを思いだした。上野公園でA君と会った。しばらくベンチで話をした。おな

かがまたゴロゴロ鳴りだした。我慢してるとトリハダが立ってくる。私はA君に、

「胃が痛いの」

と言った。ムードがこわれちゃうから本当のことが言えなかったのだ。

彼は背中を叩いてくれた。そしたらよけいにトイレに行きたくなってしまうのだ。もう我慢できなくなってトイレに駆けて行く。

「吐いてきちゃった」

と言いながら戻る。またベンチで話をし、またいい感じになる。

そしたらまたおなかがゴロゴロ鳴りだすのだ。私はまた胃が痛いと言い、彼は背中を叩き、私はトイレへ走り、その繰返しで彼はしらけちゃったらしい。もう帰ろうということになってしまった。

あの時は絶対キスになると思っていた。というのは例のあずま屋の仲間にキスの経験者が二人いて、その話を聞かされていたのだ。ヤッペという子は、

「キスなんて自分のベロ嚙んでるのとおんなじ」

と言い、コッペという子は、

「子牛の上等の肉を嚙んでるみたいだった。だからキスしたかったら子牛の肉買ってきてなめてたらいい」

と教えてくれた。

女の子同士でキスしてた友達もいた。本当は男の子としたいのにできなくて、それでもどんなものか興味があったからだった。

私のキスについての知識はその程度のものだったのに、あの時は絶対キスになると思った。本当なら当然そんな雰囲気だったのだ。でもダメだった。下剤のおかげで。あの日、下剤飲んでなかったら、私はもしかしたら、今、A君の奥さんだったかもしれないのだ。

A君とはそれっきり、デートもしていない。

水泳は、太平洋は私のものだと信じていたくらい得意だった。

高校の頃の夏、大磯へ泳ぎに行った。ちょうど颱風にぶつかって、水泳ができなかった。颱風が過ぎても高波で海はまっ茶色。まだ遊泳禁止だった。

私はじれったくて、大磯の親戚の女の子に洋服を持たせて、水着になって突堤を灯台の方に向かって歩いて行った。女の子は三メートルくらいあとからついてきた。

いきなり高波がきて、わっと思った瞬間、私は海に落ちていた。そこまでは面白かった。泳ぎには自信があったし、荒れた海の方がスリルがあって面白い。私はぐーっと沈んでから浮き上がった瞬間、女の子のことを思った。あの子が波にさらわれていたら絶対助からない。

突堤の上を見たら、私の洋服を持ってその子はまだ立っている。そして私の方を見て泣いていたから、私は手で帰れ帰れと合図をした。それから岸に泳いで行こうとするのだけれど、なにしろ波が高くて、岸が見えたと思うと目の前全部が波になって、岸、波、岸、波、のくり返しばかりで、ぜんぜん進まない。向うに岩が見えたので、とりあえずそこまで行って休もうと思った。そう思ったとたんに波が私を岩まで運んでいた。かじりつこうと思ったが、波がザザザとひいて私はまたもとの位置にひきずられ、その時は岩でガリガリとひっかかれた。ずいぶん時間がかかったけれど、ようやく岸にたどりついた。気がついたら全身血だらけだった。岸では人が大勢見ていた。

私はあんなに海を愛していたのに、海は私を裏切ったと思った。あの時は体力が限界まで来ていたから、もう少しで力つきておぼれていたかもわからない。私が助かっても、もし女の子が落ちていたら、一生牢屋に入っているみたいな気持ちで暮らさなきゃならなかっただろうと思う。

いつのまにか歌にとりつかれ、とりわけ美空ひばりが好きだった。

私が庭で大きな声で美空ひばりの歌を歌っていると、近所の人がレコードが鳴ってると思ったほど、ひばりの歌はうまく歌えた。

私はビリッかすだったが、兄は勉強がよくできて学級委員なんかやっている。それで学校を休んで兄に勉強を教えてもらい、しばらくたって学力テストを受けたら、全校で十三番。先生も同級生もおったまげちゃった。

そして上野高校に私がパスしたら、校長先生も、私の父も、

「奇蹟だ奇蹟だ」

と言ったのだった。ところがやはり勉強は嫌いで、高校二年の頃は数学など何が何だかさっぱりわからず、問題を出されても問題の意味さえもわからない。

その頃、Sさんという同級生の男の子が、なぜか私に親切にしてくれて、あまり口はきかないのだが、授業中に私がわからないと、小さな紙きれに答えを書いて回してくれる。いつも正しい答えなので私は助かり、私がSさんの顔を見ると、彼はニコニコ笑っているのだ。それで私はSさんが好きになりかけた。

ある日、英語の時間、いきなり先生が、

「平野君、立ってそこを訳しなさい」

私はこっそりアンチョコを出し、アンチョコだからスラスラ読むこともできるけれど、感じを出すためにわざとつかえながら訳したが、まわりの席でクスクス笑っている。全部読み終わってから先生に、

「君、ページが違うよ」

と言われたのだ。

先生もひどい。途中まで注意しないなんて。もうこの学校はイヤだと思って教室を出てしまった。

それは二時間めだったが、三時間めはもう出ないで電車に乗った。でも家に帰るには早すぎるので、常磐線の松戸—上野間を行ったり来たりした。それにあきると、山手線の内回り外回りを何回も回ってうちに帰る。次の日も母にお弁当を作ってもらって出かけ、同じように一日中電車に乗って帰る。そういうことを二週間続けた。

同じ常磐線に私と同じことをやっている女の子を見つけた。同じように終点になっても降りないで行ったり来たりしている。

同じ年頃だし、この子もきっと勉強が嫌いなんだなあ、私と同じなんだなあと思うととても心強かった。向うもきっと同じ気持ちだったのだろう、私のことをじっと見ていた。

常磐線も山手線もぐるぐる回ってるのはいやになっちゃったから、とうとう父にうちあける決心をした。父の書斎にはいり、私は生まれてはじめて正座をした。

「学校やめたくなっちゃった」

と言ったら、父は、

「ああいいよ、やめろやめろ」

と言ってくれた。理由も聞かないんだからおったまげちゃった。何も言わないのに娘の気持ちがよくわかるなあと思ってとても嬉しかったし、なんて素晴らしいお父ちゃんだろうと思った。

その次の日に母と学校へ行き、やめることを告げると、担任の先生も校長先生も、やめることはないと説得したけれど、私の決心は変わらなかった。そしたら先生たちは、「では仕方がない。勉強がそれほど嫌いならやめてもいい。だが本だけは読みなさい」と言ってくれた。父も本を読めといつも言っているし、みんな同じことを言うなあと私は思った。

いまだに私は本を読むことを好きになれずにいる。父は二百冊も本を書いている人だけれど、私は父の本を一冊も読んだことがない。このことは父ももうあきらめているらしい。

その後、私は文化学院に入学した。家で遊んでいるよりどこか学校へ行った方がいい、という父の意見もあったし、それにこの学校は試験がなかったのだ。面接と、どうしてこの学校に入りたいのか、という文章を書かされた。

「自由が欲しい。この学校には自由があるらしい。上野高校は山の向うに東大が見えていて、あそこ目指して勉強しろ勉強しろと言われてきた。休み時間でもみんな勉強していた。それがとても嫌だった。私にとって上野高校時代は暗黒の時代だった。一流の大学に入ってそれが何になるんだろう。もっと楽しい、奔放な生活がある筈だ」

そんな内容のことを書いた。いっぱい書いた。

文化学院は本当に自由だった。好きな生活を私ははじめた。


美空ひばりが好きだった私は、歌を習いたいと思うようになった。

ハーモニカの宮田東峰《とうほう》さんを父が紹介してくれたので、宮田歌謡教室に通うようになった。けれど、歌わされる歌の歌詞が「惚れちゃった」とか「もっと酔わせて」とか「ねえアンタ」とか、キッタナイ言葉ばっかり出てくるので、すっかりいやになってしまった。

父の友達のフランス人がよくレコードを持って遊びに来る。そういったシャンソンを聞いているうちに、シャンソンていいな、と思うようになっていた。

もしかしたら私もフランスの血が四分の一はいっているし、それで私にぴったりあったのかもしれない。血がさわぐのかしら。

そこで父は、佐藤美子さんを紹介してくれた。私はシャンソンを真剣に習いはじめた。最初に教わったシャンソンは「聞かせてよ愛の言葉」だった。

私はもともと泥の匂いが大好きで、草花を育てるのが得意、よく園芸学校から草花を引っこ抜いてきてうちの庭に植えていた。そんなふうだから父は私に園芸学校に行くことをすすめていた。

園芸かシャンソンか、どちらか迷ったあげく、シャンソンを選んだ。もし園芸を選んでいたら、今ごろ草花に囲まれて、手のシワの中まで泥がのめりこんで、世の中のグチャグチャを知らない神様みたいな女の人になっていたかもしれない。

シャンソンは好きだから休まず真面目に横浜まで習いに行ったけれど、学校の勉強はあい変わらずしなかった。

毎日のように、銀座、池袋、新宿にくり出していた。私たちは三、四人のグループで、ボーイハントに行くのである。ひっかけられに行くのだ。つまり、ひっかけられるふりしてひっかけるわけ。必ずひっかかった。と言ってもお茶のんで帰るだけなのだ。いつも一回こっきりで、別れる時はウソの電話番号を教えていた。

ある日、池袋でひっかけた立教の学生はハンサムで素敵な子だったが、

「君、ここから上？　ここから上？　ここから上？」

と言って首と胸と腰を指した。キスだけしたのか、ペッティングの経験はあるか、それともセックスまで体験したか、と聞いているのだ。

私は実は男の子と手を握ったことさえなかったのだが、本当のこと言って子どもみたいに思われるのがシャクだから、

「全部やっちゃった」

と答えた。私は子どもだったけれど、スゴイ女になってみたかった。だから芝居をし、芝居することがとても気持ちよかった。

銀座でソフト帽子がころがってきたことがある。ロマンスグレーの人が追いかけているので拾ってあげた。

それをきっかけに、そのおじさんに連れられて日本料理屋に行った。私たちは女の子二人。おじさんは大阪の貿易会社の社長だという。料理屋で酔っぱらってからクラブへ行った。おじさんはダンスしながら耳もとで、

「今夜どう？」

と言うのだ。私は芝居に夢中になっていたので、

「私は高いわよ」

と言った。

おじさんが値段をつけるので私はどんどんつり上げたが、話がとても具体的になるので急におっかなくなり、おじさんをまいて逃げてしまった。

逃げる途中で今度は若い男にひっかかった。私たち女二人、男の子二人でタクシーに乗ったのだが、男の子はこっそり行先を言い、タクシーは千駄ヶ谷の旅館の前で止まった。私は「あ、きたな」と思い、「週刊誌のとおりだな」とも思った。でも本当の私は

見知らぬ人と口きくのが楽しいだけ、そこまでがせいいっぱいだった。

ところがもう一人の女の子は男の子と腕くんで旅館に入って行く。私が大声で、

「入ったら大変よ！」

とどなると、彼女も引き返してきた。そこで私は突然ベランメエで、

「バッキャローなんだと思ってんだ」

と男たちにタンカを切り、男たちは、

「すげえ女だなあ」

とあきれて帰ってしまった。タクシーの運転手は、

「あんたたちあぶなかったですねえ」

と言った。もう明け方になっていた。

そのことを友達に話すと、ゲラゲラ笑う子と、真剣に、「あんたたち不良ね」という子と半々だった。家では父も母も面白がって、またまた、

「うちのレミにはこんなことがあった」

と親戚中に伝えたのだった。

文化学院では遠藤周作さんの講義の時間があった。ある日、遅刻して教室に入っていくといきなり、

「出て行け！」

とどなられた。その時もいつもの友達といっしょだった。どなられた理由はいまだによくわからないのだが、たぶん私たちはいつもデレデレしていて、授業中の態度がよくなかったせいだろう。それでも図々しく席につこうとすると、遠藤先生は、

「おまえたちは俺の講義聞く必要ない、早く出て行け！」

とまたどなり、教室中はシーンとしているし、とてもおっかなかった。仕方なく教室を出た。教室を出たがすることがない。そこでまた二人、銀座へハントしに行ってしまった。

その彼女のお兄さんは評論家のKさんである。彼の知合いにテレビのディレクターがいて、そんな縁で彼女と私はテレビに出たことがある。

それは農村の青年二人と都会の女学生二人が、青春とか若者の生き方、考え方とかいうテーマで討論する番組だった。農村から来たのは青年団の人たちで、真剣にしゃべり、真面目で、「生きてる」って感じだった。陽灼《ひや》けして働く喜びをかみしめているようだった。

その人たちの言葉がむずかしく、何を言っているのかさっぱりわからなかった。私は「生き方」なんてわからないし、「考え方」といったって何も考えないで生きていたからなんにも言えない。

とうとうその番組は話のやりとりがなく、しゃべるのは農村の青年二人だけで、私たちはぼんやり、モニターにうつる自分の顔を見ていただけだった。

ナマ放送だった。家に帰ると母に、

「あんな恥ずかしいことはなかった。まるでバカ娘じゃないの」

と言われた。その番組についての記事が『週刊新潮』に載り、

「都会の娘たちはまるでバカみたいで、農村の青年とはまったく対照的だった」

と書いてあった。


歌に自信があったわけではないけれど、日航ミュージック・サロンのオーディションを受けに行った。先生のピアノ伴奏のブンチャブンチャというのだけではもの足りなくなったからだ。バンドがバックについたところで、一生に一ぺん歌ってみたかった。

誰の紹介もなく、電話帳をしらべて電話をした。

「オーディションやってますか？」

と聞いたら、

「やってます。何日の何曜日に譜面作っていらっしゃい」

という答えだった。

私は譜面の作り方もわからなかったので、そのミュージック・サロンに行ってバンド

の人に教わった。そしてあらためてオーディションを受けに行った。オーディションと言ってもお客さんが入っている。本職の歌の人の前に歌うのだ。前座の前座である。「ジョリ・シャポー」をフランス語で歌った。歌いはじめたら、口の中にヴィックスが三個入っていた。オーディションの前にのどをなめらかにしようと思って、いい声が出るように、ふつうは一個なのに三個も入れていた。口の中はスースーいい気持ちだったけど、歌うにはモゴモゴして歌えない。それで「ちょっと失礼」と言って、まん前のお客さんの灰皿の中にパラパラと出して、それからまた歌った。

お客さんはゲラゲラ笑っちゃうし、私はもう落っこっちゃうと思った。でも歌い終わった時、すがすがしくて、とっても身が軽くなったようで、すごく気持ちがよかった。だから思いがすっかりかなったので、これだけでもうよかった。結果を電話で聞くことになっていたのだけれど、落ちたと思ったし、気持ちがよくて満足していたから、電話をすることなんか、すっかり忘れていた。

そしたら、ある日友達が、

「来月のスケジュールにレミちゃんの名前が出てるわよ」

と言った。それから五日に一ぺんくらい日航ホテルの地下で歌を歌うようになった。オーディションを受けたのは、バンドで歌いたかったこともあったけれど、もうひとつは、歌を習っていた時に月謝をいっぱいつぎこんだので、それのもとを取りたかった気持ちもあった。一人で積極的にオーディションに挑戦しに行ったのは、私のケチがそうさせたのかもしれない。

常磐線で露出狂に会った。私のとなりに坐っている男が新聞を大きくひろげている。私の目の前まで新聞が来るのでなにげなく男の方に目を移したら、いきなり見えてしまった。びっくりした。なにしろ男の人のそういう状態を見たことがなかったから、最初は何だかわからなかった。

次にこのおじさんのはまちがっている、と思った。だって大きいんだもん。小さい時から犬のその状態は知っていた。人間も同じだと思っていた。男の子たちの話を聞いていたし、春画も見たことあったけれど、なにしろ本物ははじめてだ。もうおったまげてじっと見ちゃった。

それは文化学院に通っていた時の話だけど、最近もそういうことがあった。地下鉄で私の目の前に立った男が出しているのだ。私は気がつき、

「あ！　出てる！　出てる！」

と叫んだ。

男はすぐレインコートの下に隠したが、私のとなりの人が、

「どれどれ」

とコートをめくり、

「ほんとだ、出てる出てる」

と言ったから、まわりの人は大笑い。

それぞれ、「ひでえ男だな」とか、「カアちゃんいねえのか」とか言い、その男は吊革につかまったまま目をつむって眠ったふりをしていた。

私はその車両のみんなと仲よくなってしまい、北松戸で私が降りるとき、みんな、「じゃあね」「さよなら」なんて言ってくれた。

その話を人にすると、

「レミちゃんの前でそれをやった男がかわいそうだ」

とみんな痴漢の方に同情するのだ。


文化学院を卒業してまもなく、Tさんと知り合った。

シャンソンが好きで私の歌をよく聞きに来てくれたのだ。足の悪い人だったが、そのことに気がついたのは何回もデートしたあとだった。二人は並んで歩くから、足をひきずっていることに気がつかなかったのだ。私もぼーっとしていた。

彼に言葉づかいを注意されたことがある。父も母も私を野放図に育ててくれたから、注意されたり叱られたりしたことがない。彼が注意してくれたのが最初だった。それでいっぺんに好きになってしまった。

彼は足の手術の話をしてくれた。その話があんまりかわいそうで私は泣いてしまった。

彼は、

「同情されたくない。同情するのは看護婦だけでいい」

と言った。


ある日、日航ミュージック・サロンに歌を聞きに来ていたお客さんが、

「シャンソンのテープを貸してあげる。聞いて勉強していらっしゃい」

とテープを渡してくれた。私はとっても感謝し、何度もお礼を言って家へ持って帰ってテープをかけた。Tさんが家まで送ってくれたので、いっしょに聞いた。

ところがそのテープから出てきた音は、ヒイヒイ、フウフウ、ハアハアばっかりだった。はじめ私は何のことだかさっぱりわからなかった。何か悩みごとがあって、誰かの前で泣きながらうちあけている声だと思った。彼は突然テープを止め、

「あいつはひどい男だ」

と怒りだした。彼が怒るので私はやっとわかりかけた。そのお客さんは私をからかったのだ。

テープの正体はわかったけれど、セックスって快楽だと聞いていたのに、どうしてこ

んなに悲しそうな、みじめな声を出すのか、それはどうしてもわからなかった。

彼は、本をたくさん読む人で、いろんなことをいっぱい知っていて、私が何を聞いてもちゃんと答えてくれる。大きなお兄さんという感じで、私は彼に頼りきっていた。私にないものを求めていたのだろう。

私と彼とはまったく違っていた。私は勉強しなかったから何にも知らないし、彼は何でも知っていた。私はスポーツ万能で彼は足が悪かった。

でもそれは外見のことで、恋とは関係がない。恋って心でするものだもん。

ある日友達が、

「ああいう人とつき合っていて、レミちゃんがかわいそう」

と言ったことがある。

かわいそうなのは私じゃなくて、そんなこと言われる彼なので、私は悲しくてワアワア泣きながら家に帰った。母はてっきり私が強姦されちゃったと思ったらしい。

交際は二人の心が離れるまで続いた。別れたのは心が離れたからで、決して外見のせいじゃない。

ある日銀座の喫茶店で、

「手を出してごらん」

と言われて手を出したら、彼は自分の手と合わせて、

「小さい手だね」

と言い、そのまま私の手を握った。彼は、

「出よう」

と席を立ち、私たちはそのまま手をつないで外に出た。

私たちは日劇の前を通り、いつも乗る有楽町の駅を通りこし、日比谷公園の前を通って皇居まで歩いた。私は「今日、これから何かが起こる……」と思っていた。

皇居前広場のベンチに坐ったとたん、ぱっと来た。キスされちゃった。

これが私のはじめてのキスだった。子牛の肉を噛んでいるようでもないし、自分のベロを噛んでるようでもなかったけれど、黒豆を食べているような気がした。お正月の感じだった。それで、

「黒豆食べた？」

と私は彼に聞いた。そしたら、

「うん、食べて来たよ」

って彼は言った。

ムードもなければキスに酔うこともなかった。幸せでもなかった。はじめてのキスだからしかたがないと思う。何だかあわてちゃった。やったことがないことをやったから。

次のデートの時、おんなじ場所へ行った。

そしてもう一度キスをした。同じベンチに坐ったら、またぱっと来た。今度はこげたパンの味がした。私はまたきいた。

「こげたパン食べた？」

そしたら彼はびっくりしてしばらく黙っていた。そして、

「今日来るとき食べて来た」

と答えた。

こんなふうに、私の最初のキスは、私の嗅覚が発達しすぎていたせいで、何だか動物みたいな感じ。あのときはもちろん真剣だったけれど、今考えるとユーモラスな思い出だ。

そのへんまでが私の手さぐりの時代。恋愛のこともセックスのことも、なんにもわからなかった。無我夢中だった。

日航ホテルでシャンソンを歌っていたら、レコード会社のディレクターが勧誘に来た。歌い手にとってレコードを出すことはとっても魅力があったし、何よりもお婆さんになってから記念になると思った。私はシャンソンのレコードを出したかったが、シャンソンは売れないとディレクターが言う。そこで反戦歌をレコーディングした。

それを会社で会議にかけたら、

「今は反戦歌は下火だから」

とオクラになった。反戦歌が下火という考え方ものすごくおかしいと思うけれど、とにかく次は歌謡曲ということになった。

最初に出したのが「誘惑のバイヨン」という歌で、パチンコ屋とストリップ劇場でははやったのだ。

そんなことしているうちにプロダクションがついた。プロダクションの社長は、

「新人は三か月が勝負だ。世間をあっと言わせるような話題が必要だ」

と言って、私を日活映画に売った。

私は主役だということだけ聞いて撮影所に行って、そこで台本を渡された。その場で台本を読んでおどろいてしまった。私が男の人を強姦しちゃうシーンなどがあるのだ。知らされてなかったが、それはポルノだったのである。私は本をほうり投げてうちへ帰ってしまった。

そしたらすぐ社長から電話があってカンカンに怒っている。

「プロダクションの言うことを聞かないタレントはいらない！」

とどなられた。

その頃私のスケジュールはぎっしりだったが、社長は私が急病になったことにして仕

事は全部キャンセルしてしまった。私は、

「短かったけれど楽しい芸能生活だったなあ」

と思いながら一か月ぐらいぶらぶらしていた。

そんな時、TBSから電話があった。ご病気中のところ恐れ入りますが……という前置きで、「それ行け歌謡曲」という番組が始まるから出てくれないか、と言うのだ。

それでTBSに出かけて行ったら、ディレクターは私の顔を見て不思議そうな顔をしている。それに向う側で何かヒソヒソ言っている。そして、

「混血児ですか」

と聞く。そうだと答えると、

「コロムビア・レコードですか」

と聞く。そうだと答える。

「四月十日発売の新人ですか」

と聞く。そうだと答える。

「レコードの担当はMさん？」

と聞く。そうだと答える。すると、

「じゃやっぱりそうなんだ」

と言いながら何故か腑におちない顔である。

あとで聞いたら、ラジオのディレクターのところに配られていたレコード会社の宣伝に新人の写真がたくさん載っていて、私の写真と辺見マリさんの写真が間違って入れ替わって刷られていたのだ。

ディレクターは可愛子ちゃんが欲しいので辺見マリ目当てに呼んだのに、私がそこへ行ってしまったのである。聞かれたことに私がそうだと言ったのが、辺見マリと偶然全部一致していたのだった。

とにかくそれで毎日ラジオに出るようになった。私のコーナーは「ミュージック・キャラバン」と言って、「男が出るか女が出るか」とバカ声を張り上げていた。

二年半毎日それを繰り返していたら、のどがおかしくなり美声がドラ声になっちゃった（相棒の久米宏はそれをのどちんこ骨折と言った）。だからシャンソンを前ほどきれいな声では歌えない。その代りラジオを聞いて私をお嫁に欲しいと言う人が出てきた。

今その人と結婚している。

小さな恋のメロディ

小森和子

小森和子（こもり・かずこ　映画評論家　一九〇九〜二〇〇五）

当時は不良娘の髪型と言われた断髪（オカッパ頭）スタイルで、女学生のころから映画館やダンスホールに通うモダンガール。雑誌記者、カフェの女給、タイピストなどを経て、戦後、『映画の友』編集部で翻訳を担当、のち映画評論家に。本エッセイの底本『流れるままに、愛』（集英社、一九八四／集英社文庫、一九八六）は少女時代の思い出にはじまる恋多き女「小森のおばちゃま」の数々の愛の遍歴、結婚、映画スターたちとの交流、仕事などなど波乱にとんだ人生を綴る女の一代記。

いまでも目を閉じると、その光景がはっきりとまぶたに浮かぶ。

……まだ空には淡い明るさの残る夕暮れ、その中にけむるような淡いグリーンの光。それは夢のように美しいけれど、同時にたまらなく淋しさを感じさせる色だった……。

これは私がまだ2、3歳のころの記憶のようである。

明治42年（1909年）11月11日、私は東京市麴町区のたしか山下町といった所で生まれた。いまの帝国ホテル、劇場や映画館が集まってる有楽街のあたりだと想う。

家の横には橋があり、それを渡った大通りにはチンチン電車が走っていた。

毎日夕方、夕食のしたくで家の中があわただしくなると、私は祖母かねえや（当時はお手伝いさんをこう呼んだ）におんぶされて、その橋むこうのガス燈のある通りへつれていかれた。

その通りには柳の並木もあり、その間からは橋（たしかいまは高速道路の下に埋まった数寄屋橋）が見える。

私の記憶の中の〝グリーンの光〟は、この数寄屋橋のガス燈の灯《あか》りだったらしい。それを見ながら私はなぜか、幼いながらもたまらないものがなしさを感じたことを、今もはっきりと覚えている。

74歳の今日まで、目の前の興味あることにわりと行きあたりばったりのように生きてきたので、自分のルーツなどといったことにはあまり興味がなかった。だから祖先がどういう人だったかもシカとは知らない。

父の安彦《あびこ》貞治郎は福島県の出で、当時は貿易商をしていた。いま想えば、日露戦争後の好景気で仕事も順調だったのだろう、私が生まれた時はちょうど外遊中だったと、のちに母から聞いた。

家の床の間には、紋付の裃《かみしも》に刀を差した武家風人物の肖像画が掛っていて、

「これは江戸時代に庄屋をしていた人で、安彦家のご先祖さまですよ」

と母が誇らし気に話してくれたのを覚えている。

私たちと同居していた母方の祖母は、新潟の農家の長女だったが、出入りの大工さんと恋におち、まわりに結婚を反対されて北海道へ駆け落ち。そして開拓時代のこの地で棟梁になり、旭川に落ちついたところで私の母・スヱが生まれたという。

母は父には献身的に仕え、家の中でもいつも毅然とした賢夫人的態度をくずさない人、という印象だった。

私の上には4歳年上の姉、茂枝がいた。この姉を両親は溺愛していたみたい。それに

ひきかえ私のほうは、可愛がってもらえた、甘えたなんて記憶すらない。

このことが私の幼・少女時代をつねにやるせない想いにしたばかりか、その後の生き方にまで影響したように想う。
4、5歳のころだったろうか、私たち一家は赤坂丹後町の仮住まいを経て、溜池に新築成った家に引っ越した。
現在の溜池通りに面したこの家は、レンガべいに囲まれた2階建てで、幼い私の目にはずいぶん立派なお屋敷にさえ見えた。

母屋《おもや》は日本家屋で、1階に居間や食堂などと両親の部屋。2階は私たち姉妹と祖母の部屋、そして宴会などもした大座敷があった。

この母屋に接して洋館があり、1階が応接間、2階は父の事務所とされていた。

当時家族のほかには、時々人は入れかわったけどねえやさんと書生さんがそれぞれ2、3人ずつはいた。


この家に移ってすぐに幼稚園に通いはじめた。場所も幼稚園の名もおぼえていないが、ずいぶん遠かったような気がする。

その頃、母は幼稚園の先生から、

「お砂場にばっかりいて、ちっともお教室に入ろうとしないお嬢ちゃんですね」

と言われたという。たしかに私は、はたから見るとちょっと風変りな女の子だったようだ。というのも私は子供心に、

「人から好かれるわけがない」

みたいに想いこんでいて、砂場でもみんなといっしょに遊ぶ気はしなかったし、また仲間に入れてもらおうとも想わなかった。いつもひとりでいるのが、さびしいけど当然みたいな気がしていた。

でも好奇心だけはそうとう旺盛だったみたい。

大通りをはさんだ向かい側は、山王下から溜池の電停近くまでズラリと待合が軒をならべる花柳界だった。家の真ん前がたしか〝花月〟という大きな待合で、夕方になると芸者さんたちがゾクゾクと入っていく。

白塗りの化粧に島田まげ、着物もきれいだが、ツマをとって歩くその姿が私にはとても魅力的に見え、わざわざ駆けだしていって、待合の中をのぞきこむようにしたこともある。

家の2階の大通りに面した廊下からは〝花月〟の座敷がおぼろげに見えた。障子は閉まっていたけど、芸者さんたちの踊る姿がシルエットで映り、華やいだ笑い声や三味線や太鼓の音も聞こえてきた。

私は芸者さんがどういう女性かは知らなかったけど、

「いいなあ、あんなきれいな着物を着て、あんなに楽しそうに遊べるなんて。私もあんな人になってみたい」

とあこがれたものだった。

もっとも時々、そんな私のことをねえやが母にいいつけるらしく、

「和子さん、芸者なんか見ないで勉強なさい」

と叱られたけど、私にはどうして叱られるのかさっぱりわからなかった。

2階の裏側の窓からは日枝神社のある山王山が一望に見渡された。

そのころはうっそうと樹木の生い繁った小山のようで、今のようにホテルやビルもなかったから、私の家も裏側からみれば山王山の麓《ふもと》にある閑静な住まい、という感じだった。

山王山へはよくひとりで遊びにいった。ほかの子供たちは長くて急な階段がきついし、ヘビが怖《こわ》いといってひとりではいきたがらなかった。

いまでは想像もできないが、リスなどもいて昼なお暗いといった感じで、そこにいくと淋しかったけれどふしぎに気持が落ちつき、なごんだ。

このように、いつもひとりぼっちでいるのがつらいというより、居心地よくなってしまったのも、両親が私にはとくにきびしく、冷たく感じられたからだと想う。

私には一家団らんという風景がどうも浮かびあがってこない。時どき食事のあと、コーヒーを飲みながら父が母を相手に外国の話をすることがあった。知りたがり屋の私は全身を耳にして聞いてはいたけど、

「それで？　それで？」

とか、

「どうして？」

というふうに質問できる雰囲気ではなかったようだ。

父は眼鏡をかけたいかめしい顔つきで、心から笑ったという感じの顔はほとんど見た記憶がない。厳格なクリスチャンで、これはつい2、3年前に偶然わかったことだが、「みあしのあと」というエスペラント語の翻訳本も出している。

洋館の応接間にはピアノがあって、よく家族みんなで讃美歌を歌った。ふだんは両親といるのは気づまりだし、いつ叱られるかわからないので気おもだったけど、讃美歌を歌う時だけは歌が好きな私には楽しく、待ちどおしいほどだった。

クリスチャンだったために閉口したのは、せっかくの日曜日に朝早く叩き起こされ、霊南坂教会の日曜学校に行かされることだった。

この霊南坂教会は山口百恵ちゃんと三浦友和さんの結婚式で一躍有名になったけど、当時からよく結婚式があった。

時どき私も花嫁のウェディングドレスの裾をもつフラワーガールとかにかりだされた。そんな時には、いつもはきつい母が、徹夜で私のドレスを縫いあげてくれた。私には面白くもなんともない役目だったけど、母はみんなから、

「かわいいお嬢さんですね」

「お洋服がよくお似合いね」

などといわれるのが、ひどくとくいそうだったのもおぼえている。

小学校はいまもある氷川《ひかわ》小学校で、同級生は花柳界や商店の子供がほとんど。子供ごころにも私に対しては何かちがう雰囲気を感じていたようだ。

おまけにひとりぽっちに慣れっこの私は、こちらからみんなに溶けこもうとしないから友達もできない。だから学校はしかたなく行くだけで、ちっとも面白くなかった。

小学校にあがると両親は前以上に厳しくなった。母はたとえば玄関やトイレでの履き物の脱ぎ方にまで目を光らせ、私が口ごたえをするときびしく叱りつけ、頬をぶつこともあった。

父も食事中に、

「食べる時には音をたてるな」

とか、食べ残しにもうるさかった。

朝食の味噌汁には、よく父の大好きなお豆腐がはいっていた。ところが当時の私はお豆腐が大きらい。食べ残すと、

「食べなさい！」

みかねた祖母が遠慮がちに、

「そんなこと言わしゃっても、まだ子供だし嫌いなものを無理には……」

と私をかばうと、

「嫌いなものははじめから手をつけるな。食物でもなんでもすべては神様が作られたもの、無駄にしてはいけない。手をつけた以上は最後までいただきなさい」

たしかにいま想えば父のいうことは正しい。新潟の農家生まれの祖母がねえやたちに、

「ひと粒の米もひと切れの菜っ葉も大切にしなけりゃバチがあたるよ」

と口ぐせのように言うのを聞いていたこともあって、いまでも私は人いちばい食物に限らず物を大切にする習慣が身についている。

それにしても父の、幼い頃の私に対する態度は、異常と思えるほどに厳しかった。母もまたそんな父に同調するかのように厳しく、私がちょっとでも弁明のために口ごたえでもしようものなら、すぐにぶたれた。父の前だととくに厳しく叱るような気がした。

そんな時にかならず口にするのが、

「お姉さまにくらべて和子さんは……」

ということば。私は心の中で、

「なによ、私だって好きで生まれてきたんじゃないわ。勝手に生んどいて……。どうせお父さまもお母さまもお姉さまが好きで私は嫌いなのよ。私が憎いんだわ」

そう信じこんでいた。

これはかならずしも私の被害妄想ではなかったと想う。その証拠に、祖母がよく2階の部屋で私を抱きしめ、

「同じ子供なのに、和子ばかり口うるさく叱らなくてもよかろうに……」

と目をしばたたきながらつぶやいたのも覚えている。

たしかに姉は、そのころの私の目から見てもよくできた娘だった。

容姿もいかにもお嬢さんらしかったし、両親の言うこともおとなしく素直に聞く。学校の成績も私とはくらべものにならないくらいよかったらしい。

ようするに私は、いまふうに言えば完全な落ちこぼれだったのだから。

担任の米津先生はよく母に、

「安彦さんのお嬢さんなのにねえ……」

と言われたらしい。母は師範学校では後輩の米津先生から、わが娘をそう言われることがよほどいやだったのだろう。

姉は体が弱かったせいもあって、ほとんど外では遊ばず、家でピアノを弾くか絵を描

いていた。

絵はたいていは人物、それも愁い顔のほっそりしたロマンチックな女性像で、いま想えば竹久夢二スタイルのマネなのだけど、そんなことは知らない私は、

「なんて美しい絵を描くんだろう……」

とうっとり見ほれ、

「なんてすばらしい才能を持っているんだろう」

と姉を尊敬もした。

もっともそれはその時だけのこと。いつも自分ばかり叱られている腹いせに、姉にけんかをふっかけたこともあった。

年は下でも力ずくとなれば私のほうが強い。姉が泣きながら母に訴える。もちろん私はこっぴどく叱られ、ぶたれた。

そんな時でも姉は無気力というか、叱られている私にもまるで無関心に見えた。それは後で、姉の弱い体質からきていた、とわかったけど……。

「和子さんはお琴を習うのよ」

と母に言われた時、私は姉との差別にムショーに腹が立った。なぜなら姉は小さい時からピアノを習い、週に1回太田先生という老師が家にきていたし、応接間でおけいこ

している姉の姿を見て、音楽の大好きな私は、

「そのうち私もピアノを習わせてもらえる」

と期待していたのだから。

当時の私には、ピアノはあこがれの世界だったが、お琴なんて興味もなにもないシロモノだったのだ。

しかも私のほうは先生の所まで通うというのも気にくわなかった。はじめのうちこそしかたなく通ったが、そのうちイヤになり、やがて月謝の3円でしんこ細工の買いぐいをするようになった。

いまの若い人にはしんこ細工といってもわからないかもしれないけど、米粉をこねて花や鳥、あるいは虫などをかたどって彩色したもので、私たちの時代には〝駄菓子の王様〟のようなものだった。

もの心ついたころから、路地裏の駄菓子屋や日枝神社の祭礼、縁日の露店などで売っているこのしんこ細工が、食べたくて食べたくてしかたなかったけど、家では、

「良家の子女はお金など持ち歩きません」

とおこづかいはいっさいくれない。お祭りなどについてくるねえやにねだっても、

「お嬢さまが食べるようなものではありません」

こんなとき商家の子なら、ちょっとお使いをしたりちょっとお手伝いをすれば、おだ

ちんとして自由に使えるお金がもらえた。私にはそれがうらやましくてしょうがなかった。

だから月謝でしんこ細工を買ってしまおうと想いついた時は、われながら名案だと想ったし、あとで叱られるだろうということなど、どうでもよくなっていた。

値段ははっきりおぼえていないが、サイダーが12銭ぐらい、ラムネが5銭という時代だから、3円あればそうとうたっぷりしんこ細工を食べることができた。

もちろんこんなことがバレないはずがない。お琴の先生から、

「このところお宅のお嬢さまはぜんぜんおみえになっていませんが……」

と電話が入り、母からいきなり、

「おさらいをしなさい」

といわれてもあいかわらず〝六段〟の途中までしかできない。もうとっくからけいこには行ってないことが歴然とし、

「お姉さまはあんなにいい子なのに、和子さんはどうして……」

とまたまたぶたれるハメになった。

もうこのころには姉との差別や叱られることには慣れっこになっていた。けれども毎年お正月の着物が姉のおさがりというのは、女の子だけに傷ついた。とくに私はほかのことはまるで女の子らしくなかったらしいけど、おシャレにだけはひといちばい関心が

あった。

　だから自分だけがひと目でおさがりとわかるものを着ているのは、とてもせつなかった。

　たしか2年生か3年生の元旦。学校で紅白の干菓子をもらって帰ってきた私は、そのまま2階にかけあがると祖母の膝に泣きくずれていた。たぶん、

「私だけがおさがりだった」

　といって泣いたのだろう。と、母が荒々しくふすまをあけて入ってきた。

「和子さん、なにを泣いているの？」

　母がいうと、祖母は私をかばうように、

「友達がみんな新しい晴着を着ているのに、自分だけがおさがりばっかり。うらやましかったんだろ。女の子だもの、あたりまえだよ」

　すると母は、さすがに祖母の前なのでぶちはしなかったけど、

「和子さん、人をうらやましがったり人のマネをしたいのは弱虫の証拠ですよ。お母さまはそんな弱虫を生んだおぼえはありません！」

　と言うなりピシャリとふすまを閉めて出ていった。

　そのころの私は母を憎んでいたし、言うことのすべてに反発していたけど、このひとことだけは深く胸につきささった。

「そうだ、人は人、自分は自分。これからはぜったいに人をうらやんだり、人のマネはすまい。自分は自分の道を歩けばいいのだ……」

いらい私は、私なりにこのスピリットを実行しているつもりだ。

祖母いがいの家族には疎外感をもっていた私は、家で満たされない愛情を外に求めていた。

私の家の隣は、大塚商店という裏に工場もある大きな糸屋さんだった。ご主人夫婦には子供がなかったせいか、私を、

「和子ちゃん、和子ちゃん」

といって、こっちのほうこそホントの親のようにかわいがってくれる。工場の職人さんたちも、休み時間になると私と遊んでくれた。

私はちょっとした王女さま気分にもなれる大塚商店に、学校帰りに寄るのが日課みたいになった。

が、もうひとつ私にはひそかなときめきがあった。それはこの大塚商店の番頭カネどんに、私は幼い恋心を寄せていたのか？　やせ型でステキな彼にダッコされるのは当時の私の無上のよろこびであった。

そのころ家では、外国人客の接待のためもあってか、たしか明治座に定席をもってた

らしく姉と私も時どき芝居見物に連れていかれた。両親といるのも気づまり、新派悲劇や歌舞伎そのものも衣裳がきれいだと想うくらいで退屈だったけど、豪華なお弁当だけは楽しみだった。

いや、もうひとつある。おとなたちは女形の歌右衛門がお気に入りのようだったが、私には、

「どうしてこんな、男が女のカッコをするのがいいんだろ？……」

と、ただふしぎに思われた。そんな中で、「助六」をやった羽左衛門を見ていらい、〝水もしたたるいい男〟といわれる彼のファンになったが、じつはカネどんは私から見るとこの羽左衛門にそっくり。そう想いこんでいたこともカネどんへの慕情をましたらしい。

そんなある日、大塚家に若くてきれいな女の人がきた。職工さんたちの話だと、養女でカネどんを婿にむかえて家を継ぐらしい。

そう知ってからの私は、カネどんにダッコされてももの悲しく、その女の人・キヨさんにも悪いような気がして、大塚商店への足も遠のいた。

まもなくカネどんはキヨさんと結婚した。結婚式の夜、人々のさんざめきがもれる大塚家の座敷のあたりを、2階の廊下の窓ガラス越しに見つめながら私は……もうカネどんはひとのもの。ダッコされることもいけないんだわ……と、自分に言いきかせて、ジ

ッと廊下にすわって泣いていた。

私が小学校に入った大正5年（1916年）ごろは、日本でも活動写真（映画の前身）が大衆娯楽として急上昇していた時期で、目玉の松ちゃんこと尾上松之助の人気はすさまじいほどだった。

もっともこれは後年知ったことで、当時は活動写真さえも知らなかった。なんせ両親は私を〝良家の子女〟として育てるつもりだったらしいから、〝大衆娯楽などはもってのほか〟だったのだろう。

ところがどうした風の吹きまわしか姉と二人、女中がしらのたまやのつきそいで許されたのが活動写真見物！　まさに天にも昇る心地でいったのが虎の門近くの葵館の〝ニコニコ大会〟だった。

葵館は大正2年（1913年）に開館し、近くのアメリカ大使館の異人さんたちもよく見にくる、いわば高級洋画館と後年に知ったが、お正月と夏休みのたしか年に2回だけは、子供むけ映画が上映された。

それが〝ニコニコ大会〟で、いま想えば短篇喜劇映画特集。チャップリンやロイド眼鏡の元祖、ハロルド・ロイドやバスター・キートンのドタバタ喜劇で、もちろん白黒画面のサイレント映画だ。

でも、初めて文字通り〝活動する写真〟を見た時のビックリたまげ！　はたとえようもなく、こんなオモシロイものがこの世にあるのか！　と、たちまち魅了された。

こんな歓喜はオギャアと生まれた時から、音や映像のはんらんするなかで育つ現代っ子にはとうていわからないんじゃないかナ。

いっぺんに映画のとりこになった私が、もっと見たいと想うのは当然。ところがウチでは、

「ニコニコ大会いがいはダメッ」

とキツイご託宣。

そこでこっそり葵館に行って入場料は？　と見るとたしか特等が35銭、1等が25銭、いちばん安いいわゆるかぶりつきでも10銭だったと想う。その最低の10銭すらどうにもならない私。この時ほど、おだちんにもらった10銭や20銭を持ち歩いている商家の子供たちがうらやましかったことはない。

入場はやむなくあきらめた私は、学校の帰りにわざわざまわり道（家人にみつからないよう）をして葵館に行っては、看板や色つき写真をしげしげと眺めたもの。

美しい女の人とステキな男の人が顔をよせあっている看板は、私のますます見たい意欲をかきたてた。

そして、せめてもの看板見通いをつづけていたある日、私はさして風采のあがらぬお

じさんから声をかけられた。

「お嬢ちゃん。あんた毎日看板ばかり見てるんだね。どうして中へ入らないの？」

「入りたいけどお金がないから……」

「じゃ、おじさんが入れてあげよう」

と、その人が言って私を招いてくれたとき、私は一瞬母がよくいう人さらい？　とも思ったけど、すぐ神様に私の一心が通じたのだ、とも想った。そのおじさんはモギリ嬢のところへ私をつれていって、

「このお嬢ちゃんがきたら、かぶりつきでいいから見せてやって」

といった。するとモギリ嬢がニコニコしながら、

「はい、こちらへ……」

と、私を1階の前のほうのかぶりつき席へ案内してくれたのだ。私はおとぎの世界にいるような心地で、あのおじさんは魔法使いか神様のお使い？　と想ったほど。

ずっと後年になってわかったことだが、このおじさんこそ話術の大家としてテレビの初期にも活躍した徳川夢声さん。当時は葵館の主席弁士として、浅草の生駒雷遊《いこまらいゆう》とともに人気を二分していた名弁士さんだったのだ。

そしてこの夢声氏との遭遇いらい葵館でタダで見せてもらった映画は数々あれど、いまでも印象に残るのはリリアン・ギッシュとドロシー・ギッシュ姉妹の『嵐の孤児』、

リリアン・ギッシュとリチャード・バーセルメスの『東への道』など……。

しかし学校から葵館へ直行の私の〝天国の日々〟はある夜、突如地獄と化した。画面に見とれ、ついに夕食の時間も忘れていた私は、いきなりムンズと首根っこをつかまれた。振りむくと父！

父はものも言わずに私の襟《えり》がみを引っぱると、大通りをそのまま引きずるようにして家に帰った。

そして家につくやいきなり、目がくらむほどに私の頰をなぐりはじめた。父のすさまじい形相に、私は、

「殺されるかも……」

と想ったほど。

その時、祖母が駆けつけてきて、私の前にたちはだかると叫んだ。

「殺すならわたしを殺せ！」

祖母のこんな必死の声、こんな怒りの声を私は初めて聞いた。嫁の母親ということで、祖母はいつも遠慮がちだったようだが、その祖母が父に向かってこれほどはっきりものを言ったのは、この時が最初で最後だったのではあるまいか。

さすがの父も気《け》おされたようになぐるのをやめて立ち去っていった。

でも私は祖母にたいするすまなさと、私自身のくやしさとで、まだ震えがとまらなか

った。

「こっそり映画を見てたのは悪いかもしれないけど、こんなに暴力をふるうほどに怒られなければならないことなのか?……」

「こんな家にはもういたくない。ぜったいに出よう、一日も早く。そして自分で働いて、自分で得たお金で堂々と思う存分映画を見たり、したいことをしてみよう!」

私はそうきっぱり決心した。

しかしチョイ待ち。家を出て働くのに、まず自分にはどんな仕事ができるだろうか?とツラツラ考えた。そのころの私があこがれていたのは美容師さんだった。

母はその頃、夜会やパーティーなどがあるときは、かならず遠藤波津子の美容院へ出かけた。ふだんは母と外出することもあまり気がすすまなかった私も、この時ばかりは泣きわめいてでもくっついていった。ひとつには母が着替えのきものまで乗せてゆくその自動車に乗るのも魅力だった。

そして目の前で母の髪が美しくゆいあげられ(たいていは流行の２０３高地スタイルというのだったと想う)、顔に化粧がほどこされ、みるみる母が美しくなってゆくのは、私にはエキサイティングな見ものだった。

そして、私もこんなふうに自分の手でいろんな人を美しくしてみたい……。また、私ならここをこんなふうにもしてみたい……。すでに幼稚園のころからそんなことを想いながら、私は美容師さんの手元を飽かずに見つめていたのだった。

娘の私がいうのもおかしいけれど、幼いころの私は、

「ウチのお母さまは怒るとコワイし、イヤな顔だけど、ふつうは美しい人だナ」

と想っていた。

いま想えば母はたいへんなおしゃれだったのだ。早朝でもお化粧はちゃんとしていたし、夏でも家の中で白足袋をぬいだのさえ見たことがない。父も母の素顔はおそらく見たことがないのではあるまいか?

その母の素顔を私は1度だけ見たことがある。

ある夏、祖母が新潟のふるさとへ帰った留守。物心がつく頃からズーッと祖母といっしょに寝ていた私は、その夜は両親といっしょに寝るということに何かスリル、みたいなものを感じていた。

何かにつけてきびしい両親に幼いなりに反発は感じていたものの、母から、

「和子さん、お風呂に入りましょう」

と言われたときはカーンゲキ! 洗ってもらったときはうれしいような、テレくさいような……だったのもおぼえている。

お風呂からでて先に蚊帳《かや》に入ったが、鏡台の前に坐った母が、なかなかこないのが待

ち遠しかった。そこで私は蚊帳をはい出た。そして鏡に向かっている母を見て、今ならショック！　というほどにおどろいた。湯あがりのザンバラ髪に化粧してないその顔はのっぺらぼう、まるでお化けのようだったから……。

以来なおさらに美容師さんにあこがれた。魔法のように美しく人を変えられるその職業に、さらに興味をもつようになった。

しかし、だからといって、すぐ実行はできない。まあ、どんな職業につくにしても女学校ぐらいは出ておかなけりゃ……そう想いはじめたのは、女学校受験にそなえて課外授業が始まった小学校4年生のころからだったと想う。

それまでの私は、なぜ両親のいうようにキチキチ勉強しなければならないのか、よくわからなかった。が、この発心以来は勉強することにも興味が湧き、面白くもなったからヤル気も出た。

そして4年生を終る時の成績はいちやく5番で優等生の仲間入り。5年生では2番に進出。まわりも驚いていたが、自分でも驚いた。そんな私を母は、

「私の娘なんだからそれくらいは当然です」

なんて私の担任の米津先生に言ってたそうだけど、とにかくうれしそうだった。そんな母を見ながら私は、

「本気になればこんなもんサ」

と、心中いささか得意だった。

6年生になって府立第三高等女学校を受験した。いまの都立駒場高校の前身で、当時も名門校のひとつで受験も難関とされていた。

氷川小学校からの合格者は、毎年1人か2人しかいなかったそうだけど、その年も27人と受験者は多かった。というのもほかの私立の女学校よりも府立は試験日が早かったため、みんな〝試験場慣れ〟〝度胸だめし〟としても受けるのだった。

もちろん私自身もその一人で、本命は姉が行っていた雙葉か、東洋英和、三輪田、跡見で、第三は受かりたいともまた受かるとも想ってもいなかった。

たしか第1日目が歴史と数学。それに合格すると3日ほどあとに理科と国語。さらに数日後に面接と健康診断、そんな日程だったと想う。

小学校の後半で成績は急上昇とはいっても、私よりもズーンとできる人は何人もいた。なのに結果は、氷川小からの27人の受験者中、正規に合格（補欠が1人）したのはなんと私1人だった。

そのためか、卒業式には私が首席で答辞も読んだ。が、私よりも母が得意満面だったのをよくおぼえている。

物心ついてから小学生時代の私は、ちょうど大正時代と重なりあう。いわゆる大正デモクラシーの時代で、「青鞜」を中心とした女性運動、人道主義を掲げた「白樺」派の活躍、そして普通選挙法要求の声や労働運動も高まり、私が5年生だった大正9年（1920年）には日本で初めてのメーデーも上野公園であった。

私が小学生で〝家を出て働こう〟と決心したのも、あるいはこんな時代の空気を知らず知らずのうちに吸っていたのかもしれない。でも、私自身はそうした事象にはまったく無知無縁だったし、周囲からも女性問題などという言葉すら聞いた記憶もない。

ただひたすら、大好きな映画を想う存分見たい、そのためにはお金のかせげるわざ（技能）を早く身につけて家を出よう……、そう想いながら遊びほうけてもいた、というのが実状といえよう。

二十六回目のバースデイ

如月小春

如月小春（きさらぎ・こはる　劇作家　一九五六～二〇〇〇）

東京女子大学在学中より、劇団「綺畸」を主宰。83年に劇団「NOISE」を結成、作・演出・プロデュースを手がける。ビデオやスライドなどの技術を駆使し、都市と人とのかかわりを主題とした舞台やパフォーマンスは80年代の都市論ブームの一端を担う。全国の公共施設での演劇のワークショップ、「アジア女性演劇会議」での実行委員長就任、大学での講義など、演劇を通じての社会への働きかけにも積極的に取り組んだ。2000年に急逝、享年四十四。当エッセイは『はな子さん、いってらっしゃい』（晶文社、一九八四）を底本にした。

私はあと数日で見事お肌も曲がりきり、二十六歳になる。いまさら誕生日が来たからどうの、というような齢ではもちろんないのだけれど、今回の誕生日、どうもいままでとは、迎えるにあたってのニュアンスが少し違うみたいなのだ。

二十歳頃までは「こうやって少しずつ大人になっていくんだなあ。そのうちにきっと、私も何とかモノになって、落ち着くべきところに落ち着くんだろう」だったのが、大学も卒業し、芝居とアルバイトの間を行きつ戻りつして数年、二十五歳が近づくにつれて「ええっ、ちょっと待ってくれる？　だってまだ何も見つかっていないのに。やだあ、どうしよう！　ジタバタ、ジタバタ」と焦りはじめ、何が〈大人になること〉なんだか〈落ち着くこと〉なんだかよくわからないままに、あれよあれよと一年は過ぎ、そして今年、「あーあ、もうこのまま仕様もなくずるずると齢ばっかりとっていくのかなあ。なさけないけど、私なんてその程度だったのかも」と、焦るのにも疲れて、変に弱気なため息をついたりした。

だれでも十代の頃は、自分に対して小さからぬ夢を抱くものだ。「何ができるかわからないけれど、何かできるに違いない」——それは初めは無限大にも思えるほどの広がりを持っている。けれど次第に自分がいかほどのものか見えてきて、夢と現実とはぶつかりあい、その中であきらめたり、中途半端に妥協したり、あるいは夢を無理矢理押し通したりしながら、社会における自分の位置を手に入れて〈大人〉と呼ばれるようになる。この葛藤はだれもが通る〈大人〉への関門なのである。ところがこの関門、男達の場合と、女達の場合では、状況が少し異なるようなのだ。

男達の場合、それはほぼ就職時に訪れる。就職先が一生を決めるといわんばかりに、大学四年次の一年間悩んだあげく、断髪（リクルート・カット！）をピシリと決めて、ほどほどの一般企業とほどほどの将来計画に滑り込み、よくあるタイプの人生を引き受ける。その潔さには目を見張るばかりだ。

ところがここに、いつになっても決まらない都会の女達がいる。ウダウダ、ウダウダ、半ば生活に追いたてられ、半ば夢に未練を残して、落ち着かない、二十歳もとうに過ぎた女達がいる。就職したくても希望の会社に冷たくあしらわれ、かといって早々と結婚する気にもなれず、じゃあ何をするか、といってもあまり役に立ちそうもない資格など取るのが関の山で、せいぜい腰かけ程度の職種やアルバイトでお茶を濁し（お茶を汲み？）ながら、日が暮れれば、都心のビルの二階でジャズダンスに汗を流し、「私はこんなところで、いったい何をやっているんだろう……でも自分が何をやりたいのかわからない」とぼやき続ける女達がいる。

彼女達をあてこんだ、化粧品やファッションの業界、その他諸々は、そのいかにもアカ抜けた広告コピーで「翔んでる女」とか「いい女」(何て曖昧な言葉だろう!)とか「女の時代」とか、イメージばかり持ち上げて、それこそいい気持ちにさせるけれども、外見上の自由さ、華やかさとは裏腹に、彼女達の足元(経済力)は実はとても不安定で、身分の保障も曖昧で、精神的には大きな空白を抱いたまま、迷い、戸惑い、文字通り都市の消費文化の泡沫と浮遊している。それは心細いものだ。だからお肌も曲がり、ジタバタするのにも疲れたりすると、ほどほどの結婚話にうなずいて――落ち着くところに落ち着くのかなあ……。

〈モラトリアム人間〉という言葉があって、社会に出るまでの猶予期間にある者をいい、学生なんかその最たるものらしいが、考えてみれば、彼女達は〈モラトリアム期〉を脱する機会を失って、永久に戸惑いの中に取り残されたようなものだ。いや、もしかしたらこの男性優位社会では、女性であること自体が〈モラトリアム〉に位置づけられているのかもしれないとすら思う。社会という枠組みの中で、未熟な性として置き去られているのかもしれないと。

けれど四畳半のコタツの中で歯ぎしりしてみたところで、解決策が棚からボタッと落ちてくるわけでもない。問題は、いま現在のこの心の寄るべなさをどうするかなのだ。それは一人一人の女達がそれぞれのおかれている生活の現場で、個々の出来事に直面した時に、いまは資生堂にすべきかカネボウにすべきか、等というきわめて具体的な選択を通して、自分一人で解決していかなくてはいけないタチの問題なのである。

＊

よく「芝居を始めたきっかけは何ですか」と聞かれる。「劇団○○の素晴らしい舞台を観て深い感銘を受け、自分も、こういう、他人を感動させるようなことがやりたいと思ったからです」とかなんとか答えられれば、ずいぶんと格好良いのだが、残念ながら私はそういう逸話は持っていない。いわんや「小さい頃から女優になりたいと思っていた」のでもなければ「演劇という行為に人生の奥義を見出した」からでもない。恥ずかしながら、いっさいの大義名分とはほど遠く、大学の演劇サークルを手伝っているうちに、やめるきっかけを失って、そのままずるずると現在に到っている、というのが本当のところだ。さみしい話だけれど事実だから仕方がない。

私はもしかしたら、ただエネルギーを燃焼させる対象が欲しかっただけなのかもしれない。学問でも恋愛でも仕事でも何でもよかったのだが、私の場合、たまたま芝居が手近にあり、生来のお祭り騒ぎ好きの性格とうまくからみあっただけなのかもしれない。私は足場の危うい私自身の空白を埋めるために、しゃにむに芝居にのめり込む。割とその場しのぎのやり方で。

学生時代は、それでけっこううまくやっていたのだけれど、卒業するにあたって、さすがの楽天家の私も、続けるか否か迷った。その結果（自己満足以外にさしたる効能もなさそうな）芝居はこれでもうやめようと考える。けれどいざ卒業して、事務机の前でタイプライターを打つだけの生活が始まってみると、どうしても、例の問い「私はこんなところでいったい何をしているんだろう」が押さえがたく頭をもたげ、通勤快速に乗れば乗るほど、その問いは心の中でのみ繰り返すにはあまりに大きくなってゆき、舞台の上ででも言わねばおさまりもつかぬほどにふくれあがり、気がつけば、結局、ついに、また、……始めてしまっていたのである。

いつの間にか、芝居は私にとって、宙ぶらりんなありようを続ける自らの姿勢を問うために、必要不可欠な装置となっていたらしいのだ。もちろん芝居をすることで何らかの具体的な解決が得られるわけではない。むしろ逆に、変わりようのない日常の暮らしの中での、個人的な不満や愚痴や恨みつらみを、その時々のイメージにのせてぶちまけているだけなのだが、台詞にすればするほど、そこに浮かび上がるのは「どうしてよいのかわからずに右往左往している自分の姿」である。もはや、これは芝居作りを楽しむ、といったような関わり方とはほど遠い、しんどい作業ではある。が、しかし、こういう自己確認の回路を自分に設定することによって、私は私なりに社会的にも精神的にもバランスを保とうとしているように思う。芝居を通して一度自分を対象化してみることで、私もまた「ひとりの人間である」という手ごたえを得ようとしているのだ。

誰でもが、一生を賭して悔いなき生き方を見つけられるものではない。いや、このように価値観が多様化し、自己の輪郭が不明瞭になりつつあるいま、そのような生き方を設定すること自体が、時代錯誤かもしれない。

大多数の人々は所在なげで、生活の端々に、慎ましやかな喜びや哀しみを見出すことで、それを〈人生〉と呼び習わしているかのようだ。現代においては、多様な選択に身をさらすことによって、迷ったり、戸惑ったり、落ち込んだりしながら生きる方が、むしろ当たり前で、自然な姿なのだと私は思う。そしてこのような「時代の生」を象徴的に生きているのが、都会のうら若き女達なのではないだろうか。

だが、ここで、少し視点をずらして考えれば、彼女達のような抽象的な悩み「何かしたい、でも何をすればいいのかわからない」などという腹の足しにはならない（だからこそ根源的な——だからこそぜいたくな）問いを自分に繰り返していられるのは、やはり非常に恵まれた身分にあるからだろうと思う。食うに困らず、着るに困らず、「親兄弟、妻子を養う」という責務もなく、「出産、子育て」という形で社会に組み込まれるまえのわずかな時間帯、社会構造の間隙に身を寄せて、自分のことだけ考えていればよい、としたら、これはもう恵まれているとしか言いようがない。このせっかくの奇跡的な猶予期間を有効に用いずして、何としよう。ここはひとつ結論を急がずに、したたかに立ちまわって、もうしばらくジタバタしてみよう、と私は密かに思っている。

曲がったら、またもう一つ曲がり角が見えて来た。曲がっても曲がっても行く手の見通しがきかない無限迷路にめまいを覚えながら、二十六回目の誕生日を待つ今年の如月も寒い。

青い薔薇の皿には海があった
――SOSと少女趣味

宮迫千鶴

宮迫千鶴（みやさこ・ちづる　画家・評論家　一九四七〜二〇〇八）
広島女子大学文学部卒業後、上京、絵を描きはじめる。画家としての活動とともに、美術論や家族論、女性問題などをテーマとした評論でも活躍。本文所収の『超少女へ』は父母の離婚によって父子家庭で育った自らの生い立ちと自立をめぐる少女論のほか、『若草物語』や『あしながおじさん』といった少女小説や萩尾望都の作品を分析しつつ「少女」について考察したエッセイ集。『超少女へ』は一九八一年北宋社、一九八九年に集英社文庫から刊行。

もう一〇年あまり前のこと、私が二五歳の頃のことだが、その頃とても親しくしていた私の女友達が、ささやかなプレゼントをしてくれるという。その頃私は、昭島《あきしま》の米軍ハウスで、男のひとと暮しはじめたばかりだった。その男のひとには別のところに奥さんと一人の子供がいて、ということは、私は不謹慎な生き方をはじめていたわけである。私とその男のひとは奥さんとその子供にお金を送ってあげると、あとは毎月、赤瀬川原平さん風に言えば〝超貧乏〟だった。その〝超貧乏〟をみかねたのか、私の女友達が、お皿を買ってあげると言い出した。

私は必要以上の照れ性というところがあって、彼女の好意はうれしかったのだが、不謹慎な生き方にプレゼントをしてもらうというのはさらに不謹慎なことのような気がして、それを断った。しかし彼女は、それはそれ、これはこれ、と私を説得し、街の陶器屋に私をつれて行き、予算はこの位だから好きなお皿を選びなさいという。スープ皿がいいよ、と彼女は私に生活の知恵を授けてくれた。それだったらカレーとか魚もうまくのるし、そう言いながら彼女は一枚のシックな皿をとり出し、これはどう？　と私の方を向いた。彼女の選んだ皿は、デザインもかたちもシンプルで、使うという点では申し分なかった。長く使っても厭《あ》きのこない、しかも多様な使い方ができそうないい皿だった。

しかし、彼女にその皿をすすめられるまで私がじっと見つめていたのは、別の皿だった。その皿は、白地にローズ色の薔薇《ばら》がプリントされたもので、スープを入れるとその薔薇は湖の底に沈んでしまい、白いフチしかみえなくなるようだった。彼女が手にしているのはそれに較べるとずっと大人っぽいセンスのもので、シャレていた。それなのに私の目は、ローズ色の薔薇のついた皿に戻ってしまう。にもかかわらず私は、その薔薇の皿が欲しいと言い出しかねていた。

そんな甘ったるい薔薇の皿に惹《ひ》かれている自分へのとまどいと、その趣味がどこかひどく俗っぽいのではないかという自意識にためらっていた。それ以上に、自分がその薔薇の皿に惹きつけられていること、そんな自分に驚いていたのである。

女友達は私のとまどいやためらいに気づかず、それともこっちがいいかしらと、また別のシンプルで趣味のいい、実用的な皿を手にとったりして、私の反応を待っていた。彼女が次々と手にするそれらの皿を通して見えてくる食卓のイメージは、まさしくシンプル・イズ・ビューティフルの、私たちの七〇年代的青春の美学だった。にもかかわらず、私は彼女の好意にふさわしい返事をしなかったらしい。

やがて彼女はその原因を察知した。私がためらいながら隠していた視線のはてに、ローズ色の薔薇のプリントされた皿を見つけたのである。えっ？　あれがいいの？　彼女は率直な人なので、その皿に率直に反応した。あなた、ああいうのが趣味なの？　彼女がああいうという言葉で表現したものは、ある種の批難だった。と同時に、意外なという思いがこめられていた。

私はますますとまどった。ああいうのが趣味なの？　と尋ねられても、実は私自身それが私の趣味なのかどうかわからなかったのだ。生活における趣味とか美意識というものは、それぞれ育った環境のなかで日々培われるものであるとすれば、そしてそれは主に、その家庭の中心的存在である母親の生活美学からまず受けつがれるとすれば、私にはその母親のいない生活が長かった。それゆえ、その皿が私の趣味であるというはっきりとした自覚もなかった。

悪いけど、と彼女は言った。あれは少女趣味よ。それにちょっと品がないわよ。彼女の指摘は正しいように思えた。少女趣味よ、という彼女のいささか軽蔑《けいべつ》的な批難は、私の心をチクリと刺した。しかし、たしかに少女趣味であるように思えるのは事実だった。品がないというのも妥当な気がした。ローズ色の薔薇はキッチュで、いかにも安っぽいコケティッシュな女のように見えた。その皿に何かを盛りつけた時はまだよくても、それらを食べ終り、食べ物の残りや汚れがそのローズ色の薔薇の上にのっかっている様《さま》は、場末のキャバレエの閉店後のように、疲れきってみえるだろう。汚れた飾りは、飾りのないものよりはるかにだらしない。

にもかかわらず、私はローズ色の薔薇の皿が欲しいと思った。〝超貧乏〟と薔薇との組合せを気取ったわけではない。少女趣味を私が隠しもっていたわけでもない。事態は逆なのである。彼女に〝少女趣味〟と言われてはじめて、〝少女趣味〟という世界の片鱗《へんりん》を知ったのである。なにしろ私は、母親がいなくなってからの少女時代をいまにして思えば〝少年のような気持〟で暮していたので、少女趣味的世界をのびやかな少女として生きてこなかった。とりわけ私の父は、シンプル・イズ・ビューティフルの日本版である質素・清潔・実用的であればよいという考えの持ち主だったので、少女時代の私にジーパンやカジュアル・コートを買ってくれることはあっても、フリルやレースのついた甘い少女趣味の洋服など買ってくれたことはなかった。とはいえ私はそんな父の質素・清潔・実用美学にとりたてて不満を抱くことなく、それなりに順応していた。はっきり自覚していたわけではないが、どうやら私は気分は少年であったらしい。

ローズ色の薔薇のついた皿は、少年が、自分とは無縁な少女世界を垣間見《かいまみ》て、その甘い雰囲気に不思議な胸さわぎをおぼえるようなものだった。もっともその時の私は、自分が少年のような少女であったことさえ自覚していたわけではない。少年がやがて一人の男になり、職業を持って独立するのが自然であるとすれば、私も自然に働く女になっていたし、その自然さは、私が少年らしいぶんだけ、まさしく自然なイニシエーションのように思われ、かつ働き自活して生きるという点では、私の少女性の欠落はかえって効果的に機能した。つまり、少年的独立精神は、女性にとっての難関のひとつである自立性に向けての精神的闘いを簡単に飛びこえていたのである。

だが私の友人は、私とまったく違う少女時代を過して、私と出会っていた。彼女は少女趣味から脱出しようとして闘っていた。彼女は少女世界から脱け出し、自立しようとしていた。しかも彼女はその少女時代に、家庭という小宇宙とその中心で星座の巡りを支えるやさしい母親から、学ぶべき保守的な生活美学を身につけていた。その結果、彼女は二重の闘いをしていた。自分の少女っぽい感性と意識からの脱出に向けての闘いと、そういうかたちで自立することが母親や父親の娘に対する一般的な期待を裏切ることになってしまうという自責の思いとの闘い。それゆえ当時の彼女にとってシンプル・イズ・ビューティフルは、少女時代に身につけた少女的感性の飾りをふるい落す自立の理念でもあった。

私たちの友情は、その結果、奇妙な男らしさにあふれていた。だがその日の皿の一件でも明らかなように、ややもすれば二人の育ち方の落差がきわだった。少年的な私が心惹かれるものは、少女的な彼女には心理的抵抗を与えるものであり、少女的な彼女がややもすれば自立心を挫折《ざせつ》させるのを見ると、少年的な私には、それが女特有の依存と甘えに思われ、うっとうしくなるのである。にもかかわらず、私は彼女が好きだった。彼女が少女であることから脱け出そうとするエネルギーは、時として傍若無人な自己中心的言動をひき起したが、その時の彼女の自我の強さは、少年からある意味で〝男らしい職業人〟になった私には社会的モラルに縛られているがゆえにできないことだが、時に社会性をけ散らかして進むパワフルな魅力にさえ見えた。もちろん彼女は、そのエネルギーに自らまきこまれ、バッタリと倒れることもよくあった。バッタリ倒れると信じられないくらい気弱になり、少女になった。そしてその気弱な少女性が露呈してくる自分を、彼女は激しく自己嫌悪して二重に悩むのである。

むろんその頃の私には、彼女の生きていた世界、彼女が内なる少女性と闘っていたことの深層まで理解できていたわけではない。むしろわからなかったというのが正確だろう。少年が少女を理解できていたとは思えない。だがひとは理解するものを愛するとはかぎらない。しかし、愛することによって、やがて理解することもある。時には愛が冷えて、歳月が流れて、地層が浮び上ってくるように、かつて自分が愛したものの意味が、理解できるようになることもある。そしてその理解が訪れた時、私たちはふたたび、彼あるいは彼女を自分のなかで愛することができるようになる。

ふりかえってみれば、私が彼女を好きだったのは、彼女が自立しようとしてエネルギーを燃え上らせている時よりも、バッタリと倒れ、気弱な少女が顔をのぞかせる時の、不思議な少女的感性に惹かれていたような気がする。そういう時の彼女は、いつもの自尊心を失ってとても素直に、自分を愛してくれる者に助けを求める。ＳＯＳが発信される。船は社会という荒波のなかで沈没しそうなのだ。少年的な私なら潔《いさぎよ》く敗北を選ぶところで、彼女はナイーブな悲鳴をあげる。そして、世界が自分を中心に回らない不条理に、子供っぽい悲しみを抱きながら、傷ついた心を抱きしめている。

もちろん私もいまだ人生という船旅に乗り出したばかりの未熟な三等航海士だったから、沈没しそうな船を前にして、浮輪を投げたり、板きれにつかまって漂流しろというほか知恵が働かない。なにしろ私だってしょっちゅう難破していたのだ。だが、少年にはＳＯＳの発信方法がわからなかった。ＳＯＳを発信することは、屈辱のように思えていたのだ。

その日も、ローズ色の薔薇のついた皿をめぐって、私たちは友情にみちた敵対感情に襲われていた。彼女は私の〝少女趣味〟を嫌悪し、私は私でそれが実は私の無自覚のＳＯＳだと気づかぬまま、〝品がない〟と言うかたちで表明される彼女の中産階級的美意識に〝超貧乏〟の現実を傷つけられる思いを抱いていた。もっとも彼女はやがて、あなたがどうしてもそれがいいのならという寛大さを発揮してくれ、そのローズ色の薔薇のついた少女趣味の皿をプレゼントしてくれた。

たしかに、それは私のＳＯＳだった。しかしそれが私の少女性の欠落であり、その欠落が生み出す感情生活の歪《ゆが》みであったことに気付いたのは、つい最近のことだ。と同時に、私と彼女は、その青春の日々に、たがいに激しくスレ違い続け、いまにして思えば、その日の薔薇の皿は、スレ違いのターニング・ポイントのような気がする。

実際、彼女が言ったように、その皿は品がなかった。しかしそれは描かれた薔薇のデザインの悪さであり、その安っぽい描き方のせいであり、薔薇の皿という少女趣味性のためではない。だが、私はいまでは彼女の寛大さに感謝している。そののち、その皿を眺めながら私はその皿の甘ったるさに惹かれる自分を、鏡に映らないもうひとりの自分のように見つめて〝超貧乏〟生活を過した。そして〝超貧乏〟の雲が間違って晴れたある時、それはその米軍ハウス暮しにおいて、奇跡が起ったような日だったが、私は不謹慎な共同生活をしている男のひとと一緒に、立川《たちかわ》のデパートで、ある皿を買った。

それは、起きた奇跡が一瞬にして消えさるような、〝超貧乏〟には〝超贅沢《ぜいたく》〟な皿だったが、その皿には白地に手描きの青い薔薇がついていた。その青い薔薇には、ローズ色の薔薇とは違って、ピカソが気の向くままにポンとつくった皿に似て、南仏の、私の憧《あこが》れる地中海のような明るさがあり、その青い薔薇の皿を眺めて暮すなら、〝超貧乏〟も、不謹慎な暮しのやるせなさも耐えられるような気がした。そしてなによりもその皿は、品がよく、それだけでなく甘さとシンプルさがほどよく調和していたのである。ローズ色の薔薇の皿が、安キャバレエのわびしさを思わせるものであったとすれば、青い薔薇の皿は、海の匂いがした。その皿にめぐりあってから、私ははじめて、自分が少女的感性を持っていることに気付いたのである。もっとも、その時は、自分のなかで長い間眠っていた少女性が、私の少年性のわきをすり抜けて、季節風のように一瞬、吹きすぎたにすぎない。私が奇妙な少年であったことに気付いたのは、その皿のほとんどが壊れて、たった一枚残っているつい最近の発見なのである。そしてその青い薔薇の皿が知っていることを、私はいまタイム・トラベルのようにさかのぼってみようと思う。少女が奇妙な少年になるかなしさとおかしさ、そして奇妙な少年がふたたび少女性に目覚めるこれまたかなしさとおかしさ。できればウッディ・アレンのように苦いコメディに、あるいはジャン・グルニエのように明澄にやさしく書ければ満足だが、どうやら私の力量ではB級シリアス版にとどまりそうだ。

『くますけと一緒に』あとがき

新井素子

新井素子（あらい・もとこ　作家　一九六〇〜）

高校在学中、『あたしの中の……』で奇想天外SF新人賞に佳作入選。十六歳で作家デビューを果たしたSF界のプリンセス。一人称で語られる女の子らしさあふれる文体と新鮮な作風で、SF好きにとどまらず、特にティーンの間で人気を博する。本文初出の『くますけと一緒に』は、くまのぬいぐるみを片時も離さない少女の成長譚。彼女自身も大変なぬいぐるみ好きとして知られ、「正しいぬいぐるみさんとの付き合い方」（『ひでおと素子の愛の交換日記4』角川文庫、所収）なるエッセイもある。『くますけと一緒に』は一九九一年大陸書房、一九九三年に新潮文庫より刊行。

あとがきであります。

これは私の二十四冊目の本にあたりまして、平成二年から三年にかけて『ネオファンタジー』という雑誌で連載させていただいたものです。

☆

えー、さて。

私、スティーヴン・キングが好きなんですよね。それで、彼の『呪《のろ》われた町』が映画になった時、わざわざ劇場まで見にいったのでした。この映画のできについては……えーと、私、そう映画をよく見るって方でもないし、特に何もいいませんけれど、中で一箇所、ああそうかって納得した処《ところ》があったのでした。

えーとね、ある家で、吸血鬼と牧師さん（ん？　神父さん、かな。私、キリスト教徒じゃないんで、この二つの区別ってよくつかないんだ）が対決するんですけれど、この時吸血鬼、その家の子供を人質にとってしまうんですね。で、「子供を放せ」っていう牧師さんに対し、「それなら十字架を捨てろ、信仰だけで対決してみろ」って吸血鬼が言うの。

深く納得しました。

そーかー、吸血鬼がほんとに弱いのは、十字架とか聖水なんていうアイテムじゃなくって、きちんとした信仰、それ自体だったんだよな、そう言えばって。(……これ……落ち着いて考えてみれば当然のことなんですけれど、信仰ってものをまるで持っていない日本人の私、こう言われるまで、何となく信仰って思いつけなかったんです。)

で、その時同時に、何かとんでもなく莫迦《ばか》なことを考えちゃって。

仮に今、自分の家に吸血鬼が侵入してきたとして……その場合、私、どうなるかなって。私の場合、キリスト教に対する信仰ってまったくありませんから、多分、十字架って、あんまり、きかないんじゃないかな。かといって、仏教徒でもないので、数珠《じゅず》もって念仏となえるって訳にもいかないし。神道《しんとう》も、信じてるって訳じゃないから……うーん、神道の場合、そもそもこういう時はどうするんだろう？　まさか、吸血鬼に注連縄《しめなわ》はるって訳にもいかないだろうし。

まあ、それはおいといて、とにかく私はどうなるのか。信仰をもっていないから、哀れ吸血鬼の犠牲になってしまうのか。

けど、この時何故《なぜ》か、私、自信をもって首を横にふれました。

うんにゃ。家に吸血鬼が侵入してきたのなら大丈夫、どんな信仰も持っていなくても、必ずうちのぬいぐるみが、私のことを守ってくれる。これについては、自信がありました。

で、そこまで考えると。そのことから導かれる考えって――この場合、私にとってのぬいぐるみって、宗教なんじゃないかなってこと。うん、自信を持って、「ぬいぐるみが私を守ってくれる」って断言できるんだもの、その点にかんして私はぬいぐるみのことを信じているんだもの、これって、立派に、宗教じゃないでしょうか。

うーん、今までは私、自分のことを無宗教だって思っていたんだけれど、そうか、私は「ぬいぐるみ」教徒だったんだ。

映画館の椅子《いす》の上で、私、しみじみと納得してしまったのでした。

☆

えっと、前の段落をお読みになれば、ほとんどこんなことお判《わか》りでしょうが、私は、ぬいぐるみが大好きです。これはもう、どっちかっていうと「病的」って言えるくらい、好き。何せ自宅が、「御近所の名物・ぬいぐるみ屋敷」になっているくらいだもの。(一軒の家の中にぬいぐるみが四百もいれば、そうなりますね。)

その上、これはどうしてなんだか、私、今でも本気で、「ぬいぐるみって一見生きていないように見えるけれど、実は生き物で、だから個性もあれば感情もあり、ついでに、ぬいぐるみパワーとでもいうような一種独特の力も持っていて、持ち主に何かがあれば、きっとぬいぐるみが守ってくれる」って思っているんです。（……ま……常時四百対《つい》のつぶらなぬいぐるみの瞳《ひとみ》に囲まれていれば、そう思うようになるのも当然って気も、しますね。……実際、結婚前は特にぬいぐるみが好きだって訳でもなかったうちの旦那《だんな》は、今では私以上のぬいぐるみ好きになっていますし、以上のことは、旦那だって信じているんだし。）

それから私、ホラーって結構好きなんですよね。いつか書いてみたいなって、ずっと思っていましたし。

で。そんな私が、「そーかー、ぬいぐるみっていうのは宗教だ」って思っちゃったら、次に考えることって、も、決まったようなもんです。

ぬいぐるみホラーを書いてみよう。

——と、まあ、こんな経緯で、大体このお話の輪郭ができあがった訳でした。（と、まあ、ここまでは話は簡単なのですが……これがきちんと〝怖い〟話になっているかどうか、そこはちょっと謎《なぞ》ですね……。私、今までに何回かホラーを書きたいなって思ってお話書いたことがあるんですが、どうも何かその、怖い話とは、微妙に違う話になっちゃって……。）

もっとも。最初に考えていたぬいぐるみホラーって、このお話とは全然違うものなんですけどね。

☆

最初に考えたのは、こんなものです。

「ある家に、夫婦と十歳くらいの女の子が引っ越してくる。その家は、大きくて古くて、何かあやしいものの潜んでいる気配がする。女の子はすぐにそれを察して、引っ越そうよって親に言うんだけれど、親は当然、子供のそんな訴えをとりあげたりしない。（それにまたその子は、十歳になってもお気にいりのぬいぐるみを絶対手から放さない子なので、その件についても親ともめていて、親はもともとその子のいうことを半分も真面目《まじ》目《め》に聞いていない。まして、ぬいぐるみが引っ越そうって主張してるって聞くと、余計、真面目に聞かなくなる。）

家の中のあやしいものは、まず、女の子に触手をのばしてくる。女の子は必死になって、家の中の気配から逃げるんだけれど、徐々に、徐々に、あやしいもの、女の子にとりついていって……。」

ここまではね、まあ、問題ないんですけれど。このストーリー、ラストで挫折《ざせつ》しました。お話の構成からいって、ラスト、ほんとに女の子が危機に陥った時、あやしいものと対決して女の子を守ってくれるのはぬいぐるみってことになるんですけれど……、さて、それを、どうやって書いたらいいのか、それがどうしても判らなくて。

十字架とかね、聖水だったら、まあ、だしただけで厳かっていうか、何か雰囲気《ふんいき》、ありますよね。けど……ぬいぐるみをかかげるっていうのは……うーん、イメージが。

ぬいぐるみが自力で立ち上がって女の子を守る。ぬいぐるみが戦う。……あのぽよぽよの手で、どうやって？

ぬいぐるみが巨大化する。これは、避けたい。これじゃ、ギャグです。

ついに、化け物と、巨大化したラッコのぬいぐるみが戦う、それも、ラッコのぬいぐるみが、ぬいぐるみの貝を化け物にぶっつけて戦うっていう夢をみまして、その余りの莫迦莫迦しさに、最初に考えたストーリーはやめになりました。（せめて竜《りゅう》のぬいぐるみだったら……やっぱり格好がつかないだろうなあ……。）

☆

ところで。このお話にでてくる、くますけっていうぬいぐるみですが。

これ、確かに「くますけ」って名前をつけたのは私だし、親戚《しんせき》のおばさんなんかも「熊《くま》」って言っているんですけど――でも、最初、私がイメージしてたのは、実は犬のぬいぐるみでした。茶色い犬で、顔がちょっと熊みたいなんで、何となく熊かな犬かなって迷うような。（……要するに、私の初めてのぬいぐるみ、わんわんっていうのが、そういう形態の犬なんです。）

ところが。連載の一回目を書き終えたある朝、私が起きてリビングへいってみると、家中の熊のぬいぐるみが、リビングの私が座る場所を囲んで待っていてくれたんですね。多分、私をはげましてくれる為《ため》に。（夜中に旦那が連れてきてくれたらしい。）

こうなると。今更、あれは名前がくますけで、実際は犬だなんて、とても熊達に言えなくなってしまって……。（ああ今も、もーすけ君っていう名前の熊が、じっと脇《わき》で私のことを見ている……。）

二回目からは、開きなおって、完全に『熊』だってことにして書きました。

☆

それでは。最後に、お礼を書いて、あとがき、おしまいにしようと思います。

まず、当時大陸書房にいらっしゃった新野さんに。このお話のタイトル、なかなかいいのが思いつけなくって、結局、新野さんに考えていただいちゃいました。どうもありがとうございました。

それから、この本を作ってくださった、森さんに。どうもありがとうございました。

あと、ちょっと個人的な話ですが、私の、わんわんと、そして、熊達に。いつもどう

もありがとう♡

そして、最後に。この本を読んでくださったみなさまに。

読んでくださって、どうもありがとうございました。気にいっていただけると、嬉《うれ》しいのですが。

そして、もし。もし気にいっていただけたとして。

もしも御縁がありましたなら、いつの日か、また、お目にかかりましょう――。

平成三年九月

新井素子

幻の姉のように……

熊井明子

熊井明子（くまい・あきこ　エッセイスト・ポプリ研究家　一九四〇〜）

信州大学教育学部（松本）修了。映画監督・熊井啓と結婚。わが国でのポプリ研究の第一人者で、ハーブにも造詣が深い。執筆のかたわら、講演、ポプリ講師養成講座、生きがいを見つけ暮らしを楽しくするためのトーク講座などの活動を行う。99年、『シェイクスピアの香り』をはじめとする著作活動に対し、山本安英の会記念基金より、第七回山本安英賞を贈られる。女性の暮らしを優しく活気づける、花、香り、猫、英米文学などに関する著書多数。本文初出の『薔薇の小部屋』はイラストレーター・内藤ルネ編集による、少女の夢あふれる雑誌。同誌創刊夏の号（第二書房、一九七八）が底本。

少女という言葉を、人は何気なく使うけれど、少女とは一体何歳ぐらいの女の子を指すのだろうか。

あるとき、私は原稿のなかで、十六歳前後の女の子を想定して、少女という言葉を使った。ところが、編集の若い女性と、それに組ませる写真について話しているうちに、彼女が抱いている少女のイメージは、十一、二歳の子供だということに気がついた。彼女にとって、少女とは、文字通り年齢の少ない女の子、むしろ幼女のイメージに近いようだった。

一方、私は、少女という言葉に対して、もう少し複雑なニュアンスを感じとっている。それというのも、私にとって少女という言葉は、少女雑誌と切っても切れない関係を持っているからだ。昭和二十年から三十年代の少女雑誌のイメージが、月の暈《かさ》のように少女という言葉のまわりをとりまいているのである。

では、当時の少女雑誌とは、どういうものだったか、その若い女性に説明しようとして、私は当惑してしまった。現在出ている雑誌でそのたぐいのものは思いあたらないので、説明のしようがないのだ。

「涙の味もまじっている綿菓子みたいな……抒情的で、綺麗で、啓蒙的なところもちょっとあって、女の子の夢の玉手箱って感じかしら」

苦心して言ってみたが、そんなことで、少女雑誌の感じを伝えたことにはならない。百聞は一見にしかず……それも、雑誌の場合は、その時代を反映しているので、そのときに読まなくては、特質をとらえることはできない。いま、かつての少女雑誌を彼女に見せたところで、化石を見せたほどの効果しかないことだろう。

その日、私は、書店の雑誌売場で、あらためて少女雑誌らしきものを探してみたが、やはり一冊も無かった。おびただしいマンガ雑誌と週刊誌ばかりが棚をうずめていて、その多くが、けたたましく、あからさまなものだった。表紙も、収録された記事のテーマも、イラストや写真も。

芸能界やスポーツ界の噂話、おしゃれの店や食べものの店のガイド、そして、セックスを意識したマンガや小説。それは、ある種の大人向き女性誌と殆んど変らない。そこに息づいているのは、少女ではなくて、大人の女を、やや小型にしただけの小女である。なにも、そう早々と大人になるには及ばないのに、と私は嘆息してしまう。何しろ、いったん大人になってしまうと、先は長いのだ。もう一度、何も知らなかった少女期に戻りたいと思っても、出来ない相談。努力次第で、少女の感受性を保つことは可能でも、それはあくまでつくりものになってしまう。

少女期とは、女の生に、セックスが深くかかわってくる以前の、うつろいやすくこわれやすいひとときだ。それは、必ずしも単純に美しいものではなく、不安や緊張にみちているけれど、そのときにしか見えないもの、感じとれないものがあると思う。それと同時に、影響を受けやすい時期でもある。

そのときにしか感じとれないものを大切にすくい上げ、強調すると同時に、より良い方向へ少女たちの眼を向けさせようとしたのが一昔前の少女雑誌。ところが今日の少女向け雑誌・マンガ雑誌は、そのひとときを、大人ごっこをしながら、フル・スピードで走りぬけるようにそそのかしているようだ。最近のある少女向けの週刊誌に、

「花の命って、はかないものですネー。美しいものはすべて同じ。きみたちもぼくちゃんも青春を燃え狂っちゃおうよ」

というアピールがのっていたが、これは、今日の少女向き雑誌の傾向を、うまく言いあらわしているではないか。

それに対して、かつての少女雑誌は、「花の命のはかなさ」を意識するところまでは同じだが、それだからこそ、その時期――うつろいやすい少女の花どきをいとおしみ、より美しく咲いてほしいと願う気持があふれていたように思う。それは、当時のある少女雑誌の、次のようなアピールからもうかがわれる。

「やさしく、明るい少女であると同時に、力のある少女であってほしい。力というのは

なにも暴力とか腕力とかの意味ではない。正しく物事を判断する力、理解する力、精神の力、信条をもって生きる力など、すべて一個の人間として、いい方向に向って前進し、向上する力である」

これは時代がどのように変っても通用する言葉だ。かのフィリップ・マーロー（チャンドラー『長いお別れ』等）のセリフ、

「強くなければ生きて行かれない。やさしくなければ生きていく資格がない」

にも通じる。花だって、やさしいだけでは咲いていられないのだ。

なかでも、「信条をもって生きる力」の大切さを、大人になって身にしみて感じている私は、少女雑誌のなかのこうした語りかけを今さらながら貴重なものに思う。他にも知らず識らずのうちに、多くのものを得ているかもしれない。昭和二十年代から三十年代にかけて少女時代を送ったひとは、多かれ少なかれ、少女雑誌から何かを得ているのではないだろうか。

同じくらいの年齢だけれど、どうみても少女雑誌とは無縁だった感じの女性が、何かの拍子に、ふっと、

「私、昔、『ひまわり』に夢中だったのよ」

とか、

「これでも『少女の友』のファンだったの」

などと言うことがある。すると、それまで私が彼女に対して違和感を持っていたとしても、それはさっと消えてしまう。このひとも中原淳一や藤井千秋の絵に、抒情的な小説やロマンティックな外国の詩に胸をときめかせた……そう思っただけで、くどくどと説明されなくても、同じ世界に入る鍵を共有している仲間のような気がするのだ。

私が初めて手にした少女雑誌は、『ひまわり』だった。まだ少女雑誌には早い、小学校の二年か三年の頃、同じクラスの男の子が、

「姉さんの本なんだけれど……表紙の顔、きみに似てるだろ？」

と、そっと貸してくれた。

彼は、生みの母親を幼いときに亡くしたせいか、どこか寂しげな翳のある子で、男の子たちの乱暴な遊びにはあまり加わらなかった。家でも、いつも姉と遊んだり、姉の本を読んだりしている様子だった。

当時の私は、どういうわけか、一緒に宿題をやるのも、お誕生会に招いてくれるのも男の子。女の子たちからは、いじめられることが多かった。転入生だったせいかもしれない。

そんなとき、いつも、「気にするなよ」となぐさめ、かばってくれたのが、例の男の子だった。好きとか嫌いとかいう感情とは関係なく、困っている子や泣いている子を見

るとかわいそうでいたたまれなくなるらしかった。彼自身、ごく幼い頃から、哀しみとか寂しさを知っていたからだろう。

『ひまわり』を貸してくれたのも、私が何かのことで、意気消沈しているのを見かねてのことだったと思う。

『ひまわり』は、すみからすみまで美しい雑誌だった。

私はまず、つぶらな瞳と花びらのような唇をした表紙の少女に魅せられた。同じタッチの名作影絵物語や、少女小説のさし絵にも。そして、その絵を描く人が、中原淳一という名前であることを知った。

中原氏の絵の少女たちは、皆、極端にやせ細り、子供らしくない愁い顔をしていたが、その姿に、私は、ヤセッポチでいつも青白い顔をしていた自分自身の姿を見る思いだった。

絵だけではない。内容もまた、私の心のどこか——それまで誰もふれたことのないどこかに、微風のようにふれた。

私は長女で姉を持たず、近所に年上の女友達はいなかったし、母はアララギ派の歌人なのにエネルギッシュなスポーツ・ウーマンで、およそなよなよとしたところは無かった。そうした環境にあった私にとって、繊細でたおやかな雰囲気を持つ『ひまわり』は、あこがれの〝やさしい姉〟の化身に思われたのだ。

『ひまわり』はまた私に、夢みること（空想・想像）の愉しさを教えてくれた。現実に不満があるとき、それを嘆く代りに、夢みる。それは大きな慰めになると同時に、現実をも次第に変える力を持つことを、子供心に私は予感した。夢みるということは何と素晴しいことだろう。どんな絶望的な状況にあっても、人は夢みること——ヴィジョンを描くことを忘れなかったら、自らの人生を変えることが出来る。（そのことを、何年か後、私は実際に体験した……）

ところが当時、『ひまわり』を私が読んでいることを知った先生は、

「そんなおセンチな雑誌、やめなさい。ためにならない。夢みたいなことで頭がいっぱいになって、地に足がつかなくなる」

と言われた。しっかりしていると評判の、地域の青年会の女子高校生も、

「そんな雑誌よむ暇あったら、ちゃんとした本を読みなさい」

と叱るのだった。

私は、『ひまわり』だけを読んでいたわけではない。文字を覚えて以来、本というものに魅せられ、未知の世界を知りたくて、学校図書館の本も、家にある本も、片端から読んでいた。が、学校の本は外国のメルヘンのほかは、幼稚すぎるか無味乾燥すぎ、家の本は難しすぎた。難しくても、萩原朔太郎、滝口修造、堀口大学といった詩人の作品を読み、アンドレ・ブルトンやシャルル・ボードレールの訳書をパラパラと眺め、伏字

だらけの『千一夜物語』を手にとったりしていた。そんな私にとって、ロマンティックな『ひまわり』は、実に新鮮なサプライズだったのだ。

私の先生や青年会の女子学生は、なぜ『ひまわり』を目の敵にしたのだろうか。今になってみると、二つの理由が考えられる。

一つは、昭和二十年代という時代が、戦後の復興期であり、新時代の波に乗って、男女同権ということがしきりに言われ、感傷に流されない、健康的な少女像が、一般に理想とされたこと。

もう一つは、私が生まれ育った信州では、信濃教育会というものを作って、文部省検定の教科書を使わずに独自の教科書で教育を行っているのだが、その信濃教育会の教育方針が、一言でいえば「質実剛健」。だから、少女雑誌のようなセンティメンタルなものは、害になるとみなされたわけである。

だが、私は『ひまわり』を読むのをやめなかった。禁じられる、とまでは行かないけれど、何となくタブーめいた存在になると、かえって魅力が増したような気がして、一層心ひかれる結果となったのは皮肉だった。

今、私の手もとには、数冊の『ひまわり』がある。どれも、もうボロボロで、おしまいの一、二ページ欠けているのもあるが、手にとるたびに遠い日のときめきがよみがえってくる。

その一冊、昭和二十六年三月号をひらいてみると、はじめの見ひらき二ページが淡いサモンピンク地で、そこに中原氏の「三月の言葉」が、さし絵入りでのっている。さらにページを繰ると、ブルーグレイ地の淳一影絵物語「蝶々夫人」(高英男文)、淳一スタイル画・「みだしなみ・せくしょん」、「雛の宵」と題する写真(杉葉子)、宝塚花組組長・打吹美砂の写真、多色刷りの蕗谷虹児の絵、連載小説「萬葉姉妹」(川端康成・玉井徳太郎絵)……と続く。川路柳虹の詩のページもあれば、城夏子さんによる愉しい手紙指導のページもある。サトウハチロー氏のユーモア小説も、中島光子(新章文子)さんのメルヘンも、杉浦幸雄氏のマンガも、水野正夫氏のカットも。

盛り沢山の内容を、小さな活字でぎっしりとつめこんだ雑誌なのに、レイアウトがしゃれているので、すっきりとしてゆとりを感じさせる。所々、ピンクやブルーやオレンジの色刷りが、入れ忘れた押し花のようだ。紙質も、印刷技術も、思うようにならない時代に、よくこれだけの雑誌が作られたものだと思う。もちろん、子供の頃は、そんな風に客観的に見ることはできなくて、ただ魅了されていたのだが。

実は、ここまで書くのに、ずいぶん時間がかかってしまった。資料として、途中で一冊とり出して見たところ、残りも全部読みたくなって、次々と読みふけってしまったのだ。

それだけでなく、ちょうど折りも折り、ある男の方から、私が小学校五年のときに読んだ覚えのある『少女の友』をお借りした。(余談になるけれど、『赤毛のアン』を初めて私に貸してくれたのも男の子、中原淳一氏の原画をポンと下さったのも男の方である。)その『少女の友』に、また読みふけり、原稿の方はストップしてしまったのだ。

この『少女の友』は、『ひまわり』についで私が夢中になった少女雑誌である。順序から言えば、普通はむしろ逆ではないかと思うが、私の場合は、そんな風だった。もっとも『ひまわり』の方は、『少女の友』と並行して読んでいたし、廃刊後も古本屋で探したりしたが、『少女の友』は、小学校五年から六年にかけての、ごく短い間のおつきあいだ。

しかし、短い間とはいえ、この雑誌にまつわる思い出は多い。

当時、私にはようやく女の子の親友ができていた。他校からの転入生で、美しくやさしい少女だった。彼女の存在は、私の生活を、どれほど明るく愉しいものにしたことだろう。イラストや手紙のやりとり、お人形遊び、誕生会や新年会、そして雑誌の貸し借り。私は『少女の友』、彼女は賑やかで派手な感じの『少女サロン』をとって、互いに貸しあった。他に二、三人、私たちと仲良しの女の子がいて、それぞれに『少女』や『少女クラブ』をとっていたので、皆で交換しては読んだ。

『少女の友』は『ひまわり』と似た内容だったが、もっとくだけていた。『ひまわり』にはない怪奇小説とか、探偵小説などものっていたし、マンガも多かった。だが、私が『少女の友』にひかれた最大の理由は、藤井千秋氏の絵だった。藤井氏の少女の絵は、文字通り「夢みている」感じの眼と、その眼もとの微妙な陰影に特徴があった。附録の紙ばさみやメモの表紙の場合は、あまく溶けるような色が素敵で、使うのがおしいくらいだった。

もし、少女雑誌がなかったら、私は、女の子との友情が保てたかどうかわからない。なぜなら、その頃の私は、本の虫ぶりがさらにエスカレートして、ずいぶん観念的な、大人びたものの考え方をしていたので、同じ年の子供とは話が合わないことが多かったのだ。さきにあげた本に加えて、金子光晴、北川冬彦、深尾須磨子、あるいは、トルストイ、プーシキン、ジイド、ストリントベルヒ、ニーチェ、フロイト、手あたり次第何もかも、とにかく読んでいた。休みの日は、漱石全集とか、明治・大正文学全集とか、『大菩薩峠』など、後から後から続けて読めるものをつみあげて、籐椅子に身を沈め、ひたすら読み続けた。一種の活字中毒だったかもしれない。

そのように読んだものを、どの程度まで理解していたかはわからない。相当背のびし、無理していたことは確かだ。とにかく未知のものにあこがれて読みふけったものの、疲れもひどかった。そんなとき、少女雑誌は、やわらかく、やさしく、私をくつろがせてくれて、私は少女らしさを取り戻すのだった。

先生は、相変らず私が少女雑誌を読んでいることを、作文や日記から察して、渋い顔をされた。この先生は誠実で暖かいお人柄の方で、体が弱くて体操を一年間休んだりしていた私のことを、親身になって心配して下さったので、私は言いつけを素直に守れないことが心苦しかった。

半分あきらめたのか、先生は少女雑誌のことは口にされなくなったが、私の作文や詩が少しでもセンティメンタルなあまいものになったりすると、厳しくチェックし、直された。一にも写生、二にも写生、素朴で飾り気がない文章を、そして、そうした生き方を私に選んでほしいと思っていらしたようだ。

先生の気持はよくわかり、さりとて少女雑誌は捨てられない私は、とうとう六年生の三学期、二冊の日記をつけるようになった。一冊は普通のノートに、ごくあっさりした記録風の日記。もう一冊は、まっ赤な表紙で、各月のはじめに花の詩や花言葉が入っている、中原淳一装幀・さし絵の「花の日記」に、思いきりロマンティックなことを。

そうした二重生活は、何といってもうしろめたくて、長くは続かなかった。だが、ほんのわずかの間のことなのに、今は亡き先生を思うときはいつも、そのことがトゲのように私の心を刺す。

中学生になると、私は読書の本当の面白味を知るようになって、少女雑誌熱は少しさめた。大人の小説だけでなく、『赤毛のアン』をはじめ、少女向きの翻訳書が、村岡花子さんたちによって次々と出され、私はそれらの本に夢中になった。

そして中学三年生のとき、『ひまわり』が変身した雑誌『ジュニアそれいゆ』が出た。これは『ひまわり』のやさしさに対して、潑溂としたヴィヴッドな魅力に満ちていて、私は『ひまわり』以上に好きになってしまった。

『ジュニアそれいゆ』は、『ひまわり』同様に、中原淳一氏の美意識で統一された雑誌だったが、『ひまわり』時代には見られなかった新しい個性が加わることによって、フレッシュで現代的な魅力を増していた。

なかでも内藤ルネさんのイラストは、それまでに見たこともない変ったタッチのものだった。竹久夢二の系譜につながる中原氏や藤井氏の抒情画とは違って、思いきりデフォルメされた顔や体……最初にそれを見たときは、かすかなとまどいを覚えたが、やがて、そのキュートな少女たちが大好きになった。それまで見なれた抒情画の少女たちが、ガルボやディートリッヒやピア・アンジェリなどを思わせるのに対して、ルネさんの少女たちは、レスリー・キャロンや、オードリー・ヘプバーンを思わせた。つまり、一ひねりした魅力を持っていたのだ。

私は、絵を眺めるだけでは満足できなくなって、ルネさんデザインのハンカチや、封筒、便箋を買っては、大切に使った。ハンカチの一枚——レンガ色地に、黒で人魚がプリントされたもの——は、現在も私のハンカチの引き出しに入っている。レンガ色は色あせて、うすい黄色になってしまったけれど、人魚のファニー・フェイスは、今なお鮮やかである。

やがて『ジュニアそれいゆ』誌上に、ルネさんによる画、音楽、ファッション、文学など、多方面にわたる話題をあつめた、イラスト入りのエスプリのページ（「フェアリイ・メモ」）が登場した。愉しいページだった。このページは、多くの少女の心に、夢の種子をおとしたことだろう。

『ジュニアそれいゆ』は、それまでの少女雑誌にくらべると、はっきり異性を意識した内容だったけれど、それはあくまで清潔で、あこがれにみちたものだった。

『ジュニアそれいゆ』を最後に、私は少女雑誌を離れた。年齢からいっても、大人向きの女性雑誌を読む時期に入っていたし、ますます広い範囲の本を読むようになって、それに時間をとられていたから。

でも、『ひまわり』や『ジュニアそれいゆ』は捨てられなくて、いつも身近に置き、勉強や読書に疲れると、手にとって見た。女子は一割にも満たなくて、家庭科の無い高校に通いながらも、夏服は全部手作りしたり、ドライフラワーやパッチワークを手がけたりしていたのは、こうした少女雑誌の影響だった。

二十一歳で結婚したとき、主人（編集部註・熊井啓氏）の本の中に、『ジュニアそれいゆ』のシニア版『それいゆ』が一冊あるのを見つけて、驚くと同時に嬉しく思った。彼は当時、日活撮影所の助監督だったが、『それいゆ』『ジュニアそれいゆ』には日活の俳優がよく登場していたので、助監督室にはよくこの二つの雑誌が置いてあったという。そのなかに、新生活に必要な家具のリストがのっている号があって、それを彼が持って来たのである。

それで安心（？）した私は、結婚に際して妹にゆずって来た『ひまわり』『ジュニアそれいゆ』を返してもらい、さらに古本屋で『それいゆ』を見つけると買い求め、本棚の片隅に、今もつみ重ねてある。それを、このごろ、

「ちょっと見せてね」

と取り出すのは、十一歳になる私の娘。その細い手に、遠い日の私の手が重なって見えて……思えば、あれから、もう二十五年が過ぎているのだ……。

ああ懐しい少女雑誌。私は左の詩を、昔の少女雑誌にささげたい。内緒で「少女」という言葉を全部「少女雑誌」と変えて。

少女

少女はとても身軽なのです
まるで蒲公英《たんぽぽ》の綿毛のように仄《ほの》かなのです

私はさういふ少女を抱いて
午前のお日さまの匂《にほひ》を嗅《か》ぐ

少女の頬には
未熟な林檎が二つころがってある

私は少女のやはらかなおさげの髪に
それ故　椿の花を挿しました

少女の聲は泉のやうにせせらいで
私の乾いた心をうるほしました

少女は駭《おどろ》きやすい
早春の鶸《ひは》のやうに飛びたちやすい

少女には井戸端会議がありません
少女には閨房がありません

少女は散歩が好きです
少女は「謎々」が好きです

そなたが少女だから愛するのです
そなたが少女だから私は愛するのです

——平木二《じ》六《ろう》「少女」

女の子の読書

富岡多恵子

富岡多恵子（とみおか・たえこ　作家　一九三五〜二〇二三）
大学時代より詩作をはじめ、二十二歳で自費出版した詩集『返禮』でH氏賞を受賞。卒業後教職に就くが、1年あまりで退職し、翌年上京。三十代からは詩のほかに評論・エッセイ・翻訳・シナリオ・戯曲など活躍の場をひろげる。三十六歳で『丘に向かってひとは並ぶ』を発表、以降小説に主力をおき、評伝にも力を注ぐ。エッセイや評論では、「コトバ」の問題や社会制度と女性をとりまく状況について、つねに一貫した自身の問題意識を底におきつつ発言しつづける。本書所収のエッセイは雑誌『図書』（一九七七年九月号）に発表されたもの。その後『詩よ歌よ、さようなら』（冬樹社、一九七八）に収められ、一九八二年に集英社文庫になった。

久しぶりに小林旭のLPレコードをかけて「昔の名前で出ています」を聴いていたら、たまたまわたしがその号の座談会に出ていたために『朝日ジャーナル』（八・十二―十九合併号）が送られてきた。そこに、「究極の女性解放」という題がついているボヴォワールさんの長いインタビュー記事が出ていた。

ボヴォワールの『第二の性』を読んだのが、なんともう二十年も前なのを思い出すと不思議な気がした。『第二の性』を読んだといっても全部でなく一部分だったが、今そこに書いてあったことをなんにも覚えていない。ボヴォワールさんの最近の写真がインタビュー記事のところに出ていた。もう七十歳近い年齢になられるそうである。女ばかりの大学へ入ったころ、みんながボヴォワール、ボヴォワールといっていたのが夢のようだ。ボヴォワールとサルトルのような関係が女子大学生のあこがれであった。ボヴォワールにあこがれた女の子たちは今いずこ。みなさんそれぞれのサルトルにめぐり会われたであろうか。

アメリカ人の男性インタビュアの問に答えて、「性差別闘争は階級闘争を内に含んでいますが、階級闘争は性差別闘争を内包していないのです」と六十幾歳かのボヴォワールはいい、「究極的には、女たちは勝利します」と最後にいわれるのである。

「昔の名前で出ています」は酒場で働いている女のひとのこころを歌ったものである。ところで、「昔の名前で出ている」のならともかく、「昔の名前で出ています」を聴いて、歌の文句を覚えようとしている者と、「究極の女性解放」とはあまりに遠すぎる。コーモリ傘とミシンくらい遠い。「究極的には、女たちは勝利します」と、知力と勇気とで断言できる人間とできない人間の距離は遠く、両者の知力、能力、勇気、覚悟の差は大きすぎる。えらいちがいだなあ、と思ったが、わたしは神さまを怨まない。

　さてその凡庸な女の子が読んだ本のことを思い出してみる。

ものごころついた時、わたしの家には一冊の本もなかった。それにはふたつの理由があった。ひとつはもともと家族の中に本を読む人間がいなかったことであり、もうひとつは、戦争であった。本を読みたくなりはじめるころが敗戦であり、新制中学校へ入学したころにも、まだ本はあまり出まわっていなかった。それでも、手に入る少女小説や、通俗レンアイ小説をわたしは楽しんでいた。

　ところで、知識人皆無の家族親類にあって、ただひとり遠縁に本を読むインテリがいた。そのインテリは、某旧帝大医学部を受験せんとしている高校三年の男子であった。その時はすでに新制高校になってはいたが、その男子が入学した時は、旧制の某県立中学であった。そのインテリが、人生は限られているのだから、そんなつまらない本を読まないでもっといい本を計画的に読まなくてはいけない、と通俗レンアイ小説愛好者となっていたわたしに忠告した。そして、彼は、自分の愛読書である『ロウソクの科学』という本を貸してくれたのだった。岩波文庫を手にしたのは、その時がはじめてだった。

　今から思うに、その高校三年生の読書指導は、なんとなく旧制中学、旧制高校風なのであった。十二、三歳のころから二十歳くらいまでの間に、人間が読んでおくべき本のコースがあるといっているようであった。勿論、そのコースは、彼自身の発見でも発明でもなかった。多分、彼の学校の先生である旧制高校、旧制師範学校、旧制大学卒業生から受けついだ伝統であるはずだった。つまり、その読書コースは、社会の中でエリートたるべき人間にあてはまるコースであると思えた。

　わたしはオトナになってから、えらいひとの読書体験記を読む機会が何度かあったが、その多くはエリートたるべく教育された男のひとたちの、読書コースをたどったはなしであった。昔の旧制高校の生徒というのは、たいてい同じ本を読んでいたんだなあ、とわたしは何度も感心した。ボヴォワールの真似をすれば、それはいわば「性差別主義者《セクシスト》」がつくった社会のエリートたるべきひとのとる読書コースであった。普通の女の子は口を開いてそれをポカンと見ていた。いったい、なんでもない、凡庸な普通の人間、学問を仕事にしようなどとは思いもよらない人間は、どんな本を読めばいいのだろうか。

その後、わたしは女ばかりの大学に入学し、通うようになった。その大学は、その昔女だけの官立の女子専門学校であった。つまり、昔は、女が官立の大学に入学できなかったためにつくられた女子の高等教育機関であった。そこの男の教授は旧制帝大卒業者がほとんどであった。そのひとりが或る時、ここの卒業生はお嫁にいく時イワナミ文庫を何十冊とかを必ずもっていく、といったことがあった。勿論、わたしはもう少女小説でなく、岩波文庫も買って読んではいた。しかし、お嫁にいく時それをもっていくかどうかは趣味の問題であるし、本は読むためにあって、お嫁にいく時もっていくために買ったり、保存しておくものではなかった。二十年くらい前までは、岩波文庫が迷惑するような話も、このようにあった。

ボヴォワールさんは、先のインタビューで、男と同じように勉強し、男と同じような待遇で職業をもち、仕事もできる自分は女という階級への裏切りがあったから成り立ってきた、といって反省しておられる。ほんとにえらいひとだなあ。わたしは、昔風エリート男子をつくるための読書コースとは異なる読書コースがあると想像し、また女にはそれなりの読書コース（それは一種の女文化であろう）があると思っていたので、ボヴォワールさんの言葉に力を得たが、一方で彼女とは別の反省もあった。

敗戦後の少女たちにかなり影響を及ぼしたと思える雑誌に、中原淳一氏の出しておられた『ひまわり』という雑誌があった。『ひまわり』を愛読した少女は、現在四十代の前半にいる女であろう。『ひまわり』の上級生版『それいゆ』を愛読していたハタチ前の女は今もう五十歳になる。敗戦直後のカストリ雑誌については、先ごろ山本明氏のされたような研究書があるが、『ひまわり』は男の子に読まれなかったために、その影響力を男のひとは知らない。また、女の子には、吉屋信子の少女小説も見のがせない影響力をもっていたと思う。しかし、戦前型エリートの男子には、女の子の読書、女の思想形成などは思いもよらないだろうから、『ひまわり』も吉屋信子も埋れたままだった。だいたい女に思想があるなどとだれも思わなかった。少年少女にそれがないと思っているように。そのうちだれかが、敗戦後の廃墟の中にヨーロッパの文化（ことにフランスのパリ）を絵に描いたモチのように、当時にすればおそろしいほどの贅沢な紙にきれいな絵や写真や物語で示してくれた『ひまわり』を研究してくれるだろう。

　吉屋信子の少女小説の熱読からはじまったわたしの読書は、岩波文庫の熱烈な購入者になろうはずがなかった。ただ一度だけ、なぜかたいへん感動した岩波文庫があった。たしか大学の三年生ぐらいの時、岩波文庫から聖書の各篇が一冊になって出た。『創世記』を買って読んだら、その解説がたいへんおもしろかった。それで『ヨブ記』も買って読んだが、これもおもしろかった。なぜおもしろかったかはっきりと覚えていないが、普通の聖書を読んだ時にはただ神となっていたのに、『創世記』ではヤハウェの神となっていた。解説には聖書が聖書になるまでの歴史が書いてあったのかもしれない。

それがきっかけで、しばらくは翻訳小説を岩波文庫で買って読んでいた。ただしロシアのものは読まなかった。阿Qを読んだ時の印象がいちばん強く残っているので不思議である。他に、どんな翻訳小説を読んだか、忘れてしまって思い出せない。

ところで、最近はめったに文庫本は読まない。こまかい活字を見るのがつらくなったからである。勿論、老眼鏡をつくり、読書には不自由しないが、なるべく大きい活字の本を読みたい。四十歳そこそこで、こんなたわ言をいうと、読書家からはナマイキだとお叱りを受けるだろう。しかし、文庫本は青春に似合っている。

どう考えても、岩波文庫は流行歌ではない。やはりクラシックである。けれども、少女のころにとった杵柄で、それをおばあさんになって歌謡曲を聴くように読んでみたいというのぞみはある。もう少しメガネの度は強くなるだろうが、おばあさんになるともう目を大事にしたいなどという姑息なことはいわないで、それまで無縁だった古今東西の古典を、楽しく読破したいものだ。青春に似合った針のような刺激が、老年には無償の快楽となって受け入れられ、砂糖菓子が溶けるような甘美な楽しみにみたされたい。大きな、重い本をもつ腕の力はすでになく、やさしく軽い文庫をやっと支えて——。

娘とわたしの時間

大庭みな子

大庭みな子（おおば・みなこ　作家　一九三〇〜二〇〇七）
女学生のころ、広島市近郊で終戦をむかえ、原爆被災者の救援隊として派遣された経験を持つ。津田塾大学卒業後に結婚、夫と共に渡米。アメリカで過ごした11年の間に、大学で美術を学ぶ。68年『三匹の蟹』で群像新人賞・芥川賞を受賞、作家として出発する。戦後の日本という国と人の核心をみつめるまなざしは冷徹できびしい。どこか翻訳小説めいた文体、自然への繊細な感受性によって織りなされた作風で数々の作品を著す。
当エッセイは初出は『花椿』一九八一年六月号。その後『私のえらぶ私の場所』（海竜社、一九八二）、『続・女の男性論』（中公文庫、一九八八）に収められた。

子供の頃、わたしは母の気まぐれで、妙に大胆な人目をひくものを着せられたり、持たされたりして弱った記憶がある。

昭和の初め頃、洋装して断髪にしているような母だったから、娘たちにも思い切ったなりをさせて平気だった。派手なショートパンツだの、真っ白なケープにスカートだの、その頃、周囲のどこを見まわしても見当たらないようなものを自分でデザインして子供たちに着せて悦に入っていた。

母は無自覚に他人の真似をすることが何よりも嫌いな人で、真似をするときはほんとうにそれをよいと思わないかぎり、意味がないと考えていた。だから、デパートなどで売っているような――当時は服飾界でも今のように個性のあるブティックは少なかった――ものには見向きもせず、独創的なデザインでなければ、デザインの価値はないと、商業的な大衆性を軽蔑しているらしい様子だった。「みんながこういうのを着ている」とか「みんなが持っている」というわたしのはかない望みはいつも無視された。

あるときは、抽象的な幾何学カット。あるときはロマンチックなおとぎばなしのお姫さまのようなものというふうに、奔放に飛翔《ひしょう》する彼女の想像力は、現実にはわたしの奇妙キテレツななりということになってしまったのだ。母は絵も描く人であった。

まあ、こんな風にわたしは辟易《へきえき》はしていたが、同時にいつの間にか自分でものを考える、夢みることをごく自然に愉しいものだと思うようになった。わたしが芸術分野に進むようになったのも、こういう母の育て方が大きく影響している。

むかし母が選んだ和服は五十年くらいたった現在でも、そのまま新しい感覚で着られるものばかりで、母が死んでしまった今、わたしが着て結構愉しんでいるが、これはいったいどういうことであろう。

それは多分こういうことらしい。その時、非常にとっぴな、破壊的に見えるものは、生きている人間の表現に本質的につながる初《うい》ういしさがあるので、永遠の新しさを持っているということなのであろう。

かといって母はむやみと新しがり屋だったわけではなく、長い歴史を通じて、人間たちが捨て切れずに大切にして来た伝統的な美しさ、定着してしまっているものにも充分価値を置いていた。だから、彼女の選択は非常に古典的でしかも革新的なのである。およそ、浅薄な流行に左右されるものがほとんどないのである。

「ものを選ぶときに、そのとき、そこに溢れているありきたりのものの中で、むしろ多くの人が目にもとめない美しさを、自分が見出したものがよいのよ。そういうものはなくならないから。発見となつかしさの混同したようなものなら、間違いないわ」

そんな意味の言葉を繰り返していた。

わたしは後年、この母の言葉を度たび思い出し、味わい深く文学のうえでもあてはまる言葉だと思っている。

今、わたしは娘のことを考えると、反射的に亡くなった母のことを思い出す。母と娘の立場が逆転したさまで、さまざまな想いが深いからである。

わたしは娘が小さい時から、よく自分の幼年時代を思い出して、彼女の祖母にまつわるエピソードをいく分の説明をつけ加えて、物語めいた雰囲気をひき出すようにしながら、彼女自身の好みをひき出すようにした。初めのうち、わたしはかなり押しつけがましい意見を述べたこともあったような気がするが、そのころ、本人がそれをよいと思わないかぎり、その選択力は発展しないものだということに気づいたので、ときどき違った意見、要素を与えることで、彼女自身の発見と思わせるように仕向けたのである。

もちろんこうした操作は上手くいくとばかりは限らなかったが、娘が二十四歳になった今では、どうやら他人にあまり支配されない個性的な感覚もできてきたのではないかと思っている。つまり「これは好き」「これは嫌い」とはっきり言えるようになって、自分自身の快い組み合わせを創って喜んでいる風情がある。

わたしは不精者で、お洒落に勤勉ではないが、精神的には大そうお洒落で、お洒落をするのは男でも女でもよいことだと思っている。それは最も手近なところで生命力のあらわれを歌うものである。本当のお洒落とは決してお金を使って流行を追い、他人の真似をすることではなく、自分の表現を見出すことである。お化粧でも身なりでも自分の好きなように、自分がいちばん自分らしく見える方法でやったらよいと思っている。

卯歳の娘たち

矢川澄子

矢川澄子（やがわ・すみこ　詩人・作家・翻訳家　一九三〇～二〇〇二）
東京女子大学英文科、学習院大学独文科を経て、東京大学美学美術史科中退。70年代より文筆活動をはじめる。「ぞうのババール」シリーズなどの児童書から、グリム童話、ギャリコ、キャロル、チムニク、エンデ等、数多くの翻訳を手がけるほか、詩・小説・エッセイ、外国文学の紹介者として活躍。また野溝七生子や森茉莉、アナイス・ニンなど、女性作家についてのエッセイや評伝を通じて独自の少女文学論・少女論を展開した。
当エッセイの初出は『少女座』No・6（一九八八年六月、掲載時タイトルは「使者としての少女Ⅵ」）、その後『「父の娘」たち：森茉莉とアナイス・ニン』（新潮社、一九九八）に収められた。

一九八五年。卯の年の暮れ。

この冬は十二月早々から東京でもまっしろに雪がつもったという。こんなことは観測史上はじめてだとか。とすると、これは過ぎようとする兎の年に名残りを惜しむ何者かの心やさしいはなむけでもあろうか。

もっともこれくらいつもったら、標高七〇〇メートルのわが家のあたりでは、たちまち雪のおもてに兎やリス、いたちなど、小動物の足跡が縦横に入りみだれ、ふだんはめだたない野生の隣人たちの存在をいやでも思い出させてくれるのに、大都会ではそんな楽しみもたえて味わえない。という兎の足跡をわたしがおぼえたのも、もちろんこの高原に引越してからのことだ。パリやニューヨークはいざ知らず、少くとも東京の都区内では、野生の兎などもはや一羽ものこっていないのではなかろうか。小鳥やリスとちがって彼らは樹上にも逃げられず、ネズミのように下水溝を走りまわれるわけでもない。また野犬や野良猫なみにゴミバケツをあさって飢えをしのぐわけにもいかないだろう。兎という種族の棲息スタイル自体が、コンクリート舗装の街にはいかにも不似合いなのだ。

アリスの発祥の地、十九世紀オクスフォードあたりのように、兎穴が子供たちにもごく身近かな現実としてそこここにぽっかり口をのぞかせている、そんなのどかな時代がこのお江戸にもたしかにあったはずなのに、彼らはいつのまにどこへ影をひそめてしまったのだろう。

ちなみに最近読んだ野上彌生子さんの長篇『森』には、明治三十三年、ちょうど世紀の変り目の年に東京へ出てきた十五歳の少女の目で当時の風物が生き生きと描かれていたけれど、麻布から王子へ向う少女の通学路はまだ汚穢屋の牛車がぬかるみのはねをあげて行き交うといった曠野の一本道で、あれならいつ少女が兎君に拐《かどわ》かされたとしてもふしぎではなかった——

*

アリスはさておき、お江戸ならぬえとに、いますこしこだわることをゆるしていただくとすれば、やはり兎年とともに立去っていった森茉莉さんのことを思い出さないわけにはいかない。茉莉さんはちょうど少女野上彌生子が明治女学校にせっせと通っていた頃の東京で、二十世紀さいしょの卯の歳（明治三十六年）に生まれ、還暦の上にさらに二回りを重ねて七度目の卯年になくなったのだった。

私事にわたるが、じつは二年まえに逝ったわたしの母も、茉莉さんとおない年の兎の生れだった。生れ育ちも東京の、それも医者の娘という、境遇としてはかなり似通ったところのあるこの二人ではある。

母の生涯をかえりみるとき、わたしはともすれば底知れぬむなしさにひきずりこまれそうになるのをどうすることもできない。あのひとはあのひと、わたしはわたし、とわりきって知らんふりしてすませたいところだけれど、でもやはり、大きくいってわたしは母をゆるしてしまっているのだろう。少女の一頃のように、このひとの似姿にだけはぜったいなりたくないと思いつめていた、その気持が、年月とともにいつしか解《ほど》けかかっているのである。

それにしてもいったい何の思し召しで、あのような人格が形成されてしまったのだろう。わたしのみたかぎり、母はやっぱり希有のひとだった。ともかくあれほど無欲といおうか、あらゆる意味での上昇志向からきれいさっぱり救われていたひとをめったに知らない。

これはなにも称讃の意味でいっているのではない。彼女は要するに怠け者であり、だめなひとだったのだ。なにしろ努力とか精進とか、刻苦勉励とか切磋琢磨とかいった、およそ倫理的に尊しとされる美徳の一切を、このひとはついに身に帯びずに押通したのだから。

よりよき状況をめざして、わずかずつでも努力を積み重ねるなどといったまねは、はじめから拋棄していた。つらいことはいやだし、いやなことはいやなのだった。

戦後の窮乏時代がまずそうだったが、老衰のおとずれに処してもその通りだった。七十すぎてかるい脳血栓でたおれたあと、運動機能が徐々に失われはじめてからも、まったくお手上げの状態で、いわゆる社会復帰のための訓練にはてんで意欲を示さなかった。無理して、がんばって生きるなんて！　そんな野暮なまねは自分にはとてもできない、とはじめからきめてかかっていたのかもしれない。

あんなに無防備に何もかも拋棄してしまうなんて——。周囲は途方に暮れて顔を見合せるばかりだった。

母はそれでも家族に負担のかかるのをおそれ、自分から言いだして、世田谷の家からそう遠くないU院にお世話になることになった。

晩年の五年間を彼女はここで過した。ここでは介助の手もゆきとどき、本人にその気さえあればいくらでもリハビリの機会はあったはずなのに、母はもうそれも億劫だったらしい。やがて寝たきりになり、ほとんど口もきかなくなった。さいごの一、二年はさながらお人形だった。

茉莉さんの終焉の家になったフミハウスは、たまたまこのU院と小田急線をへだてて反対側にある。代沢のマンションを追われるようにして茉莉さんがこちらに移ってこられたのは、わたしとしてはかえって好都合だった。

みじかい滞京時間のあいまをぬって、半日くらいのひまがみつかると、まずは小田急電車にとびのるのが一頃のわたしのお定まりのコースだった。千歳船橋の駅をおりるまで、どちらへ向ってあるきだすかは決めなくてもいいようなものだ。でも、母の方はなるべくなら食事の介護もできるように、その時間にいあわせた方がよろこばれるし、だからたいていはこちらが優先されることになる。茉莉さんの方はなにしろ時間など、あってもなくてもおなじようなものだから。

最後の二、三年、母はこちらの訪問を、いったいどこまでわかっていてくれたのだろう。たいていはベッドでうつらうつらしているようで、すぐそばへ行って、「お母さん、スミコよ」と名のらないかぎり、こちらの顔をみとめてにっとほほえんでくれることもなくなっていたのだ。

母の傍らですごすひとときは、正直いってまったくこちらの恣意にゆだねられている。相手はただだまっているばかりなので、こちらが一方的にしゃべりつづけているだけだ。でなければ痺れた手足をさするか、ものを食べさせるか。そうしながらも知人の動静や自分のしごとのことなど、てきとうな話題をえらんで口にのぼせてはいるものの、相手がおもしろがっていてくれるかどうかは目顔の安らぎようでかろうじて判断するにすぎない。

同室の老女たちもおおむね耳が遠いし、空調の行届いた静かな部屋の中には、もっぱらわたしのひとりよがりなおしゃべりがひびく。自己満足? そう、かもしれない。でも、それでもかまわない。少くともこれでしばらくは疚しい良心から解放される……。

*

U院をあとに、次なる兎の住居に足をふみいれたらさいご、こんどはもうしゃべる必要はなかった。ここでは要求されるのはもっぱら耳であり、聞き役であることだった。

お引越しの日にお目にかかった次男の亨《とおる》さんに、世田谷のこのあたりはわたしのホームグラウンドですし、なによりこのさきのU院に母がお世話になっているのでたびたび足を運びますから、と安心していただくつもりで申し上げると、亨さんは、それはありがたいけれど、でも近くにそんな施設があるなんてことは茉莉には伏せておいてくださいね、と念を押された。いわれるまでもなかった。もともと自分の肉親のことなど茉莉さんのところでは話題にしたくもなかったし、また茉莉さんの方だって、わたしがどうして、どんな道順でお訪ねしたのかなんて、いっさい関心の外だったろう。それほどにも茉莉さんの中には茉莉さんなりの話題がありあまっていたのだ。

茉莉さんはほんとにとめどもなく語りつづけた。まるで話が熄《や》んでこちらが「そろそろおいとま」といいだすのを恐れでもするかのように、継ぎ目もなしにことばが紡ぎだされてきた。こちらがよほど意志鞏固《きょうこ》でないかぎり、その日のそれ以後の予定はことごとくご破算になることをはじめから覚悟してでなければ、おいそれとお訪ねできなかった。そんなにまで話したがるその話題はといえば、すでに一再ならず茉莉さんによって書かれたか、もしくは語られたかして、先刻承知ずみのことばかり、こちらとしてあらたに得るものはほとんど皆無といってもよかったろう。

それでもやはりわたしは茉莉さんをたずねつづけた。なぜってわたしはやはり茉莉さんが好きなのだったし、その好きな彼女が久々に聞き手の居合せてくれるよろこびを全身で表しているのを見るだけでも十分たのしかったから。

＊

茉莉さんとわが家の母親とのいちばんの共通項はといえば、彼女らが極端に片付け下手だったということかもしれない。書生や女中がうようよしている中で生い立ったこのやんごとなきお嬢さまがたは、自分のちらかしたものを人手をかりずにみずから始末するという習性をまるでもたないのだった。

戦前はそれでよかった。でも戦後の手不足と人件費高騰の時代になって、彼女らの脆さははっきり表れた。まさか卯年が関係してはいないだろうけれど、だいたい人間の住居というか、女性の営む巣穴のうちで、茉莉さんのそれとわが家の母親のそれとは、乱雑ぶりにおいて双璧といってもよかった。なぜそんな仕儀に立ち至ったのか。娘のわたしの方はあそこまで居直ることはとてもできない。みみっちい美意識や羞恥心が災いして、中途半端でもやっぱり少しは片（形）をつけたくなってしまうのだ。

順境に育った者、わが身を愧《は》じる必要の毫もなかった少女たちの老境をこの二人は交々思い知らせてくれた。それでも茉莉さんは自分の美意識と境遇とのあいだにどこかで違和感を感じはじめたのだろう。その結果は作家となって、あのような見事な小説をのこしてくれたけれど、わが家の母親にいたっては、ただただ母親として娘たちを世にあらしめただけで、形而上学的次元では何ひとつ実りをもたらさなかったのだ。

自然に抗わず、老いと亡びにまかせるといった生き方は大きくいって共通していたけれど、それにしても二人の少女の道はどこから岐れはじめたのだろう。そしてわたしはこれからいったいどちらの似姿により近づいてゆくのだろう。小田急線の北と南と、二つの家の訪問を終えて帰りをいそぎながら、思いはつねにおなじところへ立還るのだった。

ピンクのガーター・ベルト

鴨居羊子

鴨居羊子（かもい・ようこ　下着デザイナー・画家　一九二五〜九一）

新聞記者を経て、54年に大阪で下着会社「チュニック」を設立。メリヤスの白い「ズロース」がまだ一般的だった当時、色とりどりのナイロン製の小さなパンティ「スキャンティ」を売り出し、昭和三十年代はじめの下着ブームの一端を担う。さまざまなジャンルのアーティストとのコラボレイトによる趣向を凝らした「下着ショー」や、常に時代の一歩先をゆく大胆なデザインでも話題に。下着デザイナーとして、メーカーの社長として奔走する傍ら、少女時代からの夢であった画家としても活躍。また、エッセイも数多く、本文初出の『わたしは驢馬に乗って下着をうりにゆきたい』（三一書房、一九七三／ちくま文庫、二〇〇七）は、彼女が新聞記者を辞め、下着デザイナーとなるまでの顚末を綴った半生記。

まだかけ出しの新聞記者の女の子だったころの私は、毎日の仕事も生活も、みんな自分の夢の一つだった。夢という言葉はちょっといやだ。つまり、したいことが山ほど胸の中にうずもれていて、その夢の一つとして記者の私も動いていた。だから記者以外にも何かしたいな、何か——とたえず貪欲に胸がうずいていた。それはいまでも同じような感じだ。何かしたいなという——この何かがなくなった私はきっと味気ない顔をしてオモロクないとブツブツ言って、死ぬ日を待つだけのような気になるだろう。

何か——の一つにはバレリーナもふくまれていた。体でおどり、体で音楽を感じることには、ことのほかひかれていた。

西野皓三さんの学校が大阪の南にあったころ、私は仕事を終えてから毎晩のように遊びに行った。黒タイツの練習着に無性にひかれて、毎晩バカみたいに口をあけて黒タイツの白鳥の湖やジゼルなどをうっとり眺めていた。汗にまみれた黒タイツの中に無数の華麗な色彩が舞うようにみえた。踊り子たちは公演の前はめいめい自分の衣裳は自分で縫っていた。練習場の床に黒タイツの脚を投げだしながら、無器用な手つきで色とりどりのチューチュの仕上げをしていた。いまから花が咲こうとしている花園の風景にそれは似ていた。

そうだ。私もおどろう。婦人記者で、しかもバレエなどかるくこなせるなんていいじゃないの——と一人合点して、黒タイツがはきたかったせいかもしれないが、弟子入りをした。ところが、かるくこなせるどころかバーの基本だけで汗だくで、しかもチビたちにまじって、でかい私は目立ってよくおこられ、一カ月もしたらやせこけてきて、母から無理矢理に黒タイツをとり上げられてしまった。

ある日、私は綿メリヤスの黒タイツをヒザのところでちょん切り、ゴムを入れて、ぴっちりしたいわゆるパッチにつくりかえて、はいてみた。ひざのところは白く光るガラス玉を縫いつけた。スポーティなので、スカートの下はスリップをつけないでこのタイツである。ひどくあたたかいし、一人でに歩くのまでバレリーナ気取りに軽快になる。

つねに、黒装束で黒い花の印象を与えるバレリーナのリドミナ・チェリナは私の好きな一人だが、このパッチの奥には彼女のくすんだ微笑がかくされているようだった。

取材先で、わざとかろやかに脚を組む。ひざのガラス玉が組んだ脚もとからキラと光る。私の目は何くわぬ大真面目さでザラ紙と鉛筆に向けられているが、取材先の相手は、ひざの宝石に魅せられてアッと言う。言ったかどうかは知らないけれども、ギクリとして、私の脚の宝石と私の顔とを見比べてドギマギと、言わなくてもいいことまでペラペラしゃべってくれるにちがいない。何とも爽快な気持。指に宝石をつけるのではなく、内臓に宝石をはめてるなんてイカスネエ。これがほんとの奥ゆかしさというものだ――と一人ごとをよく言った。

のちに下着屋になった私の下着の中には、クラシック・バレエ的なデザインがだいぶあるが、この宝石入り黒パッチをスカートの下にはいて仕事をしていたころに下着屋になりたい――と多分、私の脚が考えていたのかもしれない。

ランジェリーといえば人絹の壁デシンと呼ばれるペラペラした白い下着が、市場の大半を占めている時代だった。私自身も何を着ていたのかサッパリ思いだせない。

男の人のラクダ色のメリヤス・シャツとパッチ、人絹やクレープのステテコというのは、いまでこそ若者とは縁遠い存在になりつつあるけれども、そのスタイルは明治以来つづいていた。女の人も冬ともなれば、ボタンのついた分厚いメリヤス・シャツと長ズロースをはき、その上に壁デシンのスリップか、メリヤスのシュミーズを着ていた。ごろつく上に肩がこって仕方がない。早く春になって上衣と下着もろともセミの皮脱ぎのように、全部体からはがしてしまいたくて仕方がないという思いを毎冬感じていた。

当時、お風呂場でぬぎすてた上衣の中身には、何とタマネギのように何重もの下着がどっさりとくっついてきたことだろう。愛着すら残らない単なるメリヤスのシャツやメリヤスのシュミーズを、冬の長い年月を毎日毎日ゴロゴロと体にくっつけているのである。ついには、ゾーキンかボロ布のようにすら思えてきて、朝服を着るときも、夜服を脱ぐときも、それは人生の重荷を象徴するかのように、にぶいネズミ色で重かった。私は冬がいやだった。

男だって無意識に着ているその下着が、ほんとにいやだと思っていたにちがいない。太った父が、綿メリヤスに毛のメリヤス、綿のサルマタに毛のパッチ。腰のところをひもでややこしくむすび、その上にワイシャツを着こみ、ズボンをはき、チョッキに上衣——そしてフーッと息をついてよいこらしょとかけ声で起き上がり、また分厚いオーバーをはおっていたのを覚えている。どこの父親だってそうにちがいない。冬はややこしい重荷を背負うときだ。

私がその同じ綿メリヤスをちょん切って細目に縫いこみ、バレリーナのようにぴったりした宝石入りのしゃれたパッチをはいたとき、それまでの不合理なメリヤス下着への批判を、私の体と脚が体験的にやり始めていたのである。

世の中の大半の人はくそ面白くもないメリヤス製品で満足していた。ためにメリヤス業界は、相も変らず同じものを市場におくりだして安泰だった。男の人はメリヤスのシャツの袖口を必ず折りまげて着ていたが、二枚も三枚も重ね着した場合、その袖口は四重にも六重にもなり、さらにその上へワイシャツを着て、苦しそうな顔つきで、それでもキラと光るカフスボタンで一応おさまりをつけたつもりですましていた。いまの感じでいえば、クサイものにフタでもするような感じだ。いくらカフスボタンがきれいでも、どうも中身がゴタついている。その袖口を折りまげる習慣は初め外人の寸法で入ってきたものにちがいない。そうでなかったら、当初のメリヤスはものすごくちぢんだから、先を見こしていたのかもしれない。

その一方で特別上等の絹の女の下着もあった。メリヤス製品は実用品であり、絹は純粋におしゃれ品であり、ダテの薄着という言葉通り、おしゃれのために寒くてもふるえて薄着をせねばならないというのが一般の考え方であった。

黒タイツにつつまれた私の脚は考えていた。実用的なことが同時に美しいというわけにはゆかんもんだろうか？　毎日毎日働くこの体、この脚は毎日機能的で心地よく、そして美しくたのしくないといけない。ある日は、よそゆきのために、美しい薄着をし、ふだんはひどく腹のたつ、もたついた分厚いものを着ねばいけないということが気にくわない。「実用品」を名のっているメリヤス製品が、実ははなはだ着心地わるく、肩がこり、人生がいやになるシロモノとすれば、これはほんとのイミの実用性とはいいがたいじゃないの、と私は思っていたが、多くの人々も無意識にしろそうだったと思う。

ところで、幼い頃からどんな下着をつけていたのか、上衣と同様、全く記憶がない。何かそこらへんのもの、母のくれるもの、ときには兄貴のおさがりのシャツなどを尊敬の念をもってひっつけていた。母親にとっては私は手のかからぬ娘だったにちがいない。

ある日、記者の私は心斎橋のとある小さな店の奥へ吸いこまれるように入っていった。一つのケースの中に舶来雑貨がぎっしり入っている。昭和二十年代の前半は、日本では舶来ものは何でも宝石のような輝きで私たちを見おろし、私たちはそれを何か罪の意識をもって眺めていた。

二十五年ごろから三十年ごろまでは、アメリカ雑貨が東京、上野御徒町を基点として日本中に出まわった時代で、御徒町時代ともよんでよい時代だった。

真黒なペチコートが頭のすぐ上に一つぶら下がっている。三段も四段もギャザーの切りかえがついていて、内側には黒チュールとばら色のチュールが一めんに張ってあり、ローズ色のリボンがあちこち花のようにつけてある。束ねると、あでやかな夜のばらの大花束にみえる。値段はとび上がるほど高く、たしか一万円近かったから、私はため息をついて下から仰ぎみるだけだった。昭和二十七年、私の月給は一万七千円。これで母子三人が食べてゆけた時代の一万円である。

ペチコートの中身は別世界の窓口のようであった。私の知らない華やかな外国の風景もみえるし、フラメンコやカンカンおどりや、ドガの描くおどり子もみえる。そして女体の奥底へひきずりこまれるようでもあった。

ケースの隅にふと小さなピンクのガーター・ベルトを発見した。ピンク色のナイロンシェアには小花のプリントがされており、靴下つりのこましゃくれたゴムも金具もピンク、そしておへそをお祝いでもするように細いレースが一面にちりばめてある。この小さいガーターは一ひらの花べんに似ていた。女の体をむしったら、こんな一ひらがおちてくる。この一ひらは千五百円もした。思い切って買って胸に抱きしめて家へ帰った。

宝ものをみせるようにソッと母にみせた。

「まあ、そんなに美しいものは、よそゆきのためにしまっておきなさいよ。お嫁にゆくまでしまっておくんですよ。それがたしなみというものです」

私の予期したようにコゴトがはじまった。この言葉は美しい下着への抵抗的な非難をこめた母の第一声で、それ以来この言葉は十数年もつづくのだ。下着に対する私の讃美と母への抵抗は、このときから同時に育っていった。

あるいは、もしこのとき、

「まあ、すてき。すぐ着てごらん」

と簡単に母が賛同したら、私のひそやかな下着讃美は、常識的で明朗な成長をとげていたかもしれないが、きっと他愛もないものになっていただろう。

そういえば、母は私に〝お嫁にゆくために……〟という言葉ばっかりいいつづけていたような気がする。

「そんなに行儀のわるいことで、お嫁にいったらどうするんです！」

「お嫁にゆくときまでしまっておくのよ。それがたしなみです。あなたはすぐに何でも浪費してしまう」

たしかに、まだ世の中が、海のものとも山のものとも見分けのつかぬ三歳のころから、ガキ大将のように棒をもって飛びまわっているときにも、せっかく学校でいろいろなことに好奇心をもっているときも、絵をかいているときも、無心に本をよんでいるときも、母はそれらのすべてをお嫁にゆくために——という目的に結びつけていた。

これはいままでの日本の母親の習慣というより、もっとはげしい女の生きる道の武器かもしれない。いままでというより、いまもそうにちがいない。

子供心に私は母親不信になってひとりごとをツブやいた。

「そんなら、お嫁さんにゆかんとけば、行儀がわるくてもいいのね」

と、わざと脚で障子をあけたりした。ママは、あんなことといわずに、行儀をよくすることは立派な人間になることだといえば、ワタシも納得するのに——とナマイキにも子供の私は考えた。

子供のときの反抗が急に一ひらのガーター・ベルトを仲介にしてよみがえってきた。そのころは下着屋をしていたわけでもなく、記者といういわばサラリーマンにすぎなかったけれど、私は決して結婚前の腰かけではなかった。といって結婚などするものかと思っていたのでもない。つまり頭の中にしたいことが山ほどあってそうそう結婚にパーセントを占められるひまも面積もなかった。

私の体はそのころから体験的にいろんな下着、ネマキを求めて動き出し、同時に一枚ごとに母の反感を買い、喜びとケンカが交錯してすすんでいった。

私はそれらの反感に妥協しなかった。ここでゆずることは古い世代に新しい世代が屈服することだと思った。たいていの日本の娘さんはここで妥協してしまうのだ。みんな母親と友だちのように仲がいいし、家庭円満で親孝行だ。私は母を愛していたけれど、親不孝だった。どうしてあんなにケンカしたのだろう。赤いネマキが着たいばっかりに家出でもしかねないケンカになった。

もともと私は物質には全く執着がなかったから、何も下着とかネマキへの執着でケンカをしたわけではない。死んでもそれをもちたいためのケンカではない。それを一日着て捨て去るためのケンカである。タンスに青春をしまわないで、今日青春を謳歌し、明日それを捨て去るためにケンカをした。

母は青春をタンスへしまいこめという。もし母の命令通り暮したら、私の自由な青春はいつ花開くのだろう。

きびしい親のシツケというのは私は大好きだし、いまでもそれをありがたいと思っている。しかし、娘と母はいつまでもいっしょにいてはいけない。自由を求めて一人で暮さないといけない。にもかかわらず、あれから十数年、私は母といっしょにいた。

ケンカのたびに私は新しい世代と自由を意識していった。いま考えるとそのつみ重なりが「新しい下着屋」をつくったことにもなり、自由に生きる、経済的に独立する、たくさん恋人をもつ自由な生活の方へ私はどんどん触覚をのばしはじめた。

母が結婚という一つの目的に私を集約させようとしたのと全く反対に、まるでクモの巣のように四方八方へ目的は散っていった。いやこの目的という言葉が気にくわない。〝結婚のために〟という妖術のような言葉のせいで、私は「結婚」と表札のついた高い高い石の塀を想像するくせがついた。棒高とびの選手のように、鉢巻をした私はやっとのことでとびこえてストンと塀の向う側へ尻もちをつく。よくよく眺めたら野原の中にベッドが一つある。ダアーレもいない。大声で叫ぶ。母も友だちも恋人もいない。結婚の相手なんて一体どんな顔でどこへかくれているのだろう。腹這いになってベッドの下をのぞいてみると、バッタが一匹ピョイとでてきた。もう一度ひき返そうと思ったら、棒高とびの棒は塀の向う側である。ハシゴがない。のぼれない。ずりおちる。疲れた私。ぽっかり浮かんだ塀の向うのお月さん。可哀そうな私とお月さん。

こんな高塀のような結婚のために、すべての生活も勉強も遊びも集約するなんて、ワタシ、イヤだ。

世の中は結婚以外にも多くのことを「目的意識」にむすびつけるクセをもっている。

何々のために、何々のために、何々のために。

ちょっとぐらい無駄なことがあってもいいじゃないの。

ママが脱線する娘を結婚にむすびつけようとして叱るように、世の中も、少しでも横見をすると私たちを叱りつける。「何々のために」の目的に反するではないか。私たちは「目的」のための奴隷のようである。恋愛が結婚への手段であるなら、親も世の中もそれを正当視した。私も昔はそう思っていた。しかし目的意識に疑問をもちだしてから変ってきた。

「君を好きだよ」

と彼氏が言ったとたんに女の子はかれんな顔つきで、

「あたしもよ。でも結婚を前提にしたおつきあいでなくてはいけないわ。私は単なる遊びはいやよ」

と純粋そうに言う。ママのいうことと同じセリフだ。

ところがこんなチャッカリした取引きはない。ここでは当然のように愛が結婚の手段につかわれている。これで何が純粋だろう。でもこれはいまでもあまり変っていない。うっかり映画に誘っても、いちいち結婚と結びつけて計算されるようでは、男たちはオイソレと声もかけられない。恋愛はまるで結婚のための約束手形みたいなものである。そうでない場合は不純のように言われている。人を好きだと思ったとき、他のことを考

える のを忘れるほど、無条件にゾッコンほれこむ方が純粋だと私は思う。そう思い、そう信じている私はだから多くの人を無条件に変えてしまう何かをつくりたいという気持を強くもった。

鏡の前の裸の私は、ピンクのガーター・ベルトと黒い靴下のみをつけていた。髪の毛は若々しく真黒で、目の玉も黒、ヒフの色はピンク。お尻はふっくらしていたが、大柄の体は、少年のように骨張っていた。

自分の体をとっくり眺めたのはこのときからにちがいない。脚を組んでフランスの娼婦気取りに煙草を吸ってみる。私の脚はそんなにスラリと長くはない。ももはなかなか肉づきがいいが、桃のようなお乳とはいえない。愛の谷間なんて形容はできない。でもうつむいたらリンゴの谷ぐらいになる。首の線はいいとして、肩はいかつい。いいスタイルじゃないが、満更でもない。そういえば生れてからこのかた、長いこと自分の体のことを忘れていたことに気がついた。ボーイフレンドと海へも行ったことがないのに気がついた。スタイルがわるいものだと決めつけていたことに気がついた。私はスタイルというものを洋服を着た上でのプロポーションの寸法ばかりを考えていたことに気がついた。

つまり、この鏡の中にある小さいピンクのガーター・ベルトと透明な黒のストッキングにつつまれた肉体は、寸法としては目にうつらず、全体からぶちつけてくるあの感覚、ある悩ましさ、ある溌溂さなどが、それも私の目の玉からではなく、ヒフから触覚的にアタックされるのである。

女の美は全体的に把握するもので、寸法で把握されるものではないなと私は思った。多分絵描きさんなら八頭身のアメリカン・スタイルのモデルより、五頭身のデブ子の方に美を見出すにちがいない。下着によって変貌する女の魅力は、洋服を着たときと全く異なった角度からみられる。それはセンチザシでははかれない。もしモノサシをつくるのなら海綿みたいな、またはマシュマロみたいなくらげみたいな素材のモノサシではからないといけない。

日本にはクジラザシはあるけれど、クラゲザシはないだろうね。ピンク・ガーターのおなかがピクピク動いて笑いだす。

私は母の命にそむいて、その高価なガーター・ベルトをタンスにはしまわず、買った翌日から洋服の下につけた。上はおそまつな黒っぽいセーター・スタイルなのに、私の中身はピンク色に輝き、おなかは絶えず一人笑いをした。とくにトイレへ行くときがたのしみである。ぱっとスカートをめくると、たちまちピンクの世界が開ける。おしっこまでピンク色に染まっているようであった。

祝福されたおなか。私はそのとき、どんなブラジェアとパンティスとスリップを着ていたかは覚えていない。すべてを図式的に調和させて常識的に順序正しく衣服を着てゆくつもりは毛頭なかった。ピンクのガーター・ベルト一つで私は十分に下着のよろこびと女の魅力を掘り下げて考えていた。

このひそやかなよろこびを「お嫁にゆくまでタンスにしまいこめ」と言う日本の母親の頭はたしかに狂っている。

母のこと
私の家と遅咲きの花

高田喜佐

高田喜佐（たかだ・きさ　シューズデザイナー　一九四一〜二〇〇六）

多摩美術大学卒業後、靴のメーカーに就職したのち、66年に初めての個展「靴のファンタジー」を開く。これがきっかけで「KISSA」ブランドが生まれる。雑誌、広告、ファッションショーのための靴作りで活躍ののち、77年に株式会社キサを設立。青山の「ブティックKISSA」を拠点に、大人のためのカジュアルシューズを世に送り出した。エッセイストとしても活躍。母親は詩人の高田敏子。

底本は『私の靴物語』（主婦と生活社、一九八五／講談社文庫、一九八八）。

母のこと

母はとても若い。

確かもう七十歳を過ぎているはずなのに、色は白く、肌はつやつや、気持ちは若々しく、楽しそうなおしゃべりと笑い声に、相変わらず押されっぱなしの私である。

思えば小学生の頃、授業参観などで母が学校に来るのが嬉しくて、子供心にもいたく自慢だったのを思い出す。

他のお母さんたちよりも、ひときわ若々しく、綺麗で華やいでいたからだと思う。けっして美人の部類ではないのに、なぜか目立ち、愛らしい人という魅力を持っていた。

担任の先生や他のクラスの先生方にも人気があったようだし、近所の八百屋さんとか肉屋さん、魚屋さん、出入りの大工さんたちにもけっこうもてていたようである。

そして、私が高校生になってボーイフレンドができるようになってからは、私より母とデートしたい等と言われて、まいったものであった。

友達は必ず家へ連れてくること、ちゃんと親に紹介するのがうちの鉄則であったので、ボーイフレンドも当然家へ来てもらっていた。そして、母と話しだすと、いつの間にやら楽しげになって仲良く話し込み、私より母とデートしたいとなってしまうわけである。それが、ずっと何十年とつづいていて不思議でならないのだが、私としては喜んでもいられず、立場がない。

友人たちに言わせると、母のほうが断然色っぽく、可愛いそうなのである。

これはいったいどういうわけなのかと、ほうってはおけない問題なのだけれど、一人暮らしを始めて母を客観的に見るようになり、あらためて母の可愛さ、色っぽさを認めてしまうことになる。

母のほうが私より数段無邪気であり、自分に正直であり、純粋で天真爛漫、恥じらいがあり、少女っぽい。

これらがすべて可愛らしさ、色っぽさとなるようで、一緒に並ぶと歴然と出てしまい、私が味もそっけもない、変に物わかりのよいつまんない女になり下がり、娘として面目なく、実に嘆かわしいことになる。

バイタリティといい、素直さといい、ただただ脱帽で、母のふりまく魅力に私のほうでも見とれてしまうというありさまである。

七十年間の人生の積み重ねが、きっと母の魅力となって人に説得力を与えるようで、私にはない深くて重い体験を、母が美しく消化してきたのだと思ってしまう。

母は、純粋な下町っ子である。

そして、三人の子供の母となり、台湾から引き揚げてきたときは今の私より若かったはずで、父はまだ現地に残っていて、大変な苦労をして日本に着いたそうである。

東京へ戻ってからは、母の姿というと夜中までミシンを踏んでいる後ろ姿であり、私にはたくましく働く母というイメージが強い。

父は、日本に戻ってからも貿易会社のサラリーマンとして、海外勤務や国内の出張で留守がちだったし、夜は夜で遅かったし、本当にうちは母子家庭であり、母を中心にすべてが回っていたと思う。

服はもちろんのこと、水着や靴、カバンや帽子、パラソルも、生活に必要なものはすべて母の手作りで育ったし、犬小屋も垣根も器用に作り上げていたのを知っている。

私も小学生になると、絵と工作が大好きで得意だったのは、手を動かすこと、物を作ることの好きな母の影響だと思っている。いつの間にか十何人かのお弟子さんに洋裁を教えていた母は、その合間に料理をし、子供を育て、また、居候さんや来客のお相手という忙しさだった。私は学校から帰るとまっ先に母に飛びつけない淋しさを、いつもどこかに感じていたように思う。

そんな子供の気持ちを察してか、暇ができたり夏休み等は、本当に思いっ切り全力をあげて子供たちと遊んでいた。きっと、母なりにも気分転換、自分も楽しみたいという思いがあったと思うけれど、実に見事に遊びに熱中していた。

うちは、けして経済的に豊かではなかったけれど、遊びだけは人並み以上の贅沢さだったと思う。

夏はひと夏を逗子《ずし》の海岸で過ごし、お手伝いさんも祖母も母の友人も一緒の大世帯で、一カ月余りの自炊生活を真っ黒になって楽しんだものだった。

高校時代までつづいていたから、十年間、逗子の夏は私にとって思い出深い。

田舎のない私たち家族は、東京を離れること、満員電車に乗って海へ行くのが楽しみでならなかった。母は海が大好きだったし、泳ぐのもとても上手だった。

延々と遠くまで、ゆったりと泳いでいく母の姿に、小学生の頃、突然、そのまま帰ってこなくなるのではと、恐怖と心細さで見つづけていたのを思い出す。

また、私が十六、七歳のときだと思う。

あぶずり海岸の岩場の上に、二人で休んでいたときだった。

「泳ぐわよ!」という声とともに、母がすっと立ち上がり、海へ飛び込んでいった一瞬――。瑞々《みずみず》しく、美しい水着姿に、私は初めて見た人のような錯覚を覚え、まぶしく見上げていた。母というより、綺麗な女の人という第三者としての自分の視線を、はっきりと覚えている。

そのときの母は、四十七歳くらいだったけれど、今でもその水着姿は昔の古い映画の一シーンのように、私の目の奥に鮮やかに残っている。

泳ぎやダンス、射的、楽焼《らくやき》は逗子の海岸で教わったことだけれど、私の遊びのもとはすべて母にあるように思う。

映画やお芝居、スケートや百人一首、庭いじり、ビリヤード、野球、大工仕事、絵画やお祭り、両国の花火、べったら市や観音さまのお参り……、おしゃれも、洋裁もお料理も……すべて、母と一緒になって覚えたことである。

自分の好きなこと、楽しいことは子供にもという考えらしく、ダンスホールにも玉つき屋さんにも、十歳くらいでついていった。

母が詩を書くようになり、詩人として活動するようになっても、働き者と遊び好きは並行して変わらなかったし、うちの応接間は、詩人の方たちの集まり場所でもあって、半強制的に同席させられたという感じが強い。

勉強会のあとは決って酒席となる。お弟子さんや素敵な先生方のそばに私はちょこんとすわり、お手伝いかたがた、ご相伴《しょうばん》にあずかるというわけだった。

子供は子供というのではなく、子供と一緒にというのが母の考えであり、私は今、全く同感であり、よかったことと感謝している。

思い立ったら吉日とすぐ実行するのも母のやり方で、ぐずぐずしているとよく叱られたものだった。失敗しても後悔はしないし、あきらめは良いし、私の知るところ、その勘はさえていたと思う。

それに、江戸っ子の心意気というか、宵越しのお金は持たないみたいなところがあるし、賑やかなこと縁起の良いことが大好きで、それこそすぐ実行となり、〝やられたな！〟というエピソードはいくつかあり面白くなる。

ある年のお正月のこと。

私が二十五、六歳のときだと思うけれど、母がいなくて、お手伝いのブーばあちゃんに着物を着せてもらい、勇んで家を出ると、途中でばったりと母と会った。

いきなり、「なんです、その着物は！」と言われ、びっくりしてつっ立っている私に、「三ガ日なのにみっともない」と突然引っ立てられて、家に連れ戻され、あれよあれよと言う間に身ぐるみを剝《は》がされ、華やかな友禅に着替えさせられたことがある。

自分の好きな、地味めの、普段の銘仙か何かを私は着ていたのだと思うのだけれど、母は、おめでたいお正月の三ガ日にふさわしくないというわけで、帯を締め終わると、「さっ、行ってらっしゃい！」とポンとおたいこをたたき、追い立てられたという始末なのである。

着物を着るたびに思い出す出来事で、母らしいと懐かしくなる。

いつまでたっても自分で帯が結べなくて、よく叱られたもので、母に助けてもらうたびに小さな納戸の中で喧嘩をしたものである。

小さい頃から、いつも誰かがいて、母と二人でさし向かいになるなんてことはめったになかったものだから、狭い納戸で面と向かって母をそばにすると、本当に照れくさく、素直になれない私だった。

いまだにこの照れくささはお互いにあるようで、今はさすがに喧嘩はしない分、なにか落ち着かない母と私である。


母は、私が多摩美大在学中に、朝日新聞の詩の連載で武内俊子賞という賞をいただき、六年後に室生犀星賞を受賞している。詩人としての母が新しく始まってしまったのだけれど、父と子供たちには、あくまでも普通の主婦でいたかったようだ。

皆のいる前では、けして原稿用紙を広げなかったし、私も一度も見たことはない。洋裁を教えるのはもうやめていたけれど、自分の服や孫たちの服を縫ったり、余り布を集めてクッションを作ったり。でも、それ以前に、女の人が仕事を持つことに後ろめたさを感じていたようである。

そんな母が詩を書く時間は、皆が寝静まった夜中となり、三時、四時まで起きていて、翌朝はいつもの早起きという超人的な毎日だった。

私と弟は、とてもあのようにはできないと反動もいいとこで、寝坊を得意とするなまけ者となって母を嘆かせたものだった。

ある晩ふと話がしたくて、母の部屋の襖《ふすま》をそっと開けたことがある。

そして、私の目に映ったのは、原稿用紙に向かう、真剣な、見たこともない母の後ろ姿だった。声をかけてはいけない何かを感じとり、足音を忍ばせ、部屋に戻ったことを覚えている。

それは、「夕鶴」の自分の羽をとって機《はた》を織る鶴のよう。身を切るようなきびしい後ろ姿に、私は言葉もなく圧倒されていた。縫い物をしたり、お料理をする楽しげな後ろ姿とは全く違う、創造することの厳しさを、私は初めて母の後ろ姿で知ったように思っている。

母の詩は、これもなんだか照れくさくて、あんまり読んでいない。

でも、母の生き方、考え方、物の見方に、ああ、そうかと教えられることばかりで、自分のいいかげんさ、甘さを知ることとなる。

反抗期もしっかりとやり、やっと大人の四十歳を過ぎた今、とても素直に母を認めている自分がわかる。

普段の生活の中で、日々の自然の中から、たった一つの小さな喜び、美しさを見つける気持ち、その心の尊さを、謙虚さを。人間の持つ〝寂しさ〟が、愛を生むことを。〝寂しさ〟をいつくしむことを、大切にすることを。

六年前に父を亡くし、その後の二年ほど、母はとても影が薄く、小さく見えた。

でも、今、また美しく明るい、楽しそうな母の声が電話口から響いてきて嬉しくなる。

どなたかが亡くなるということが、いちばんこたえるようで、楽しい話を極力しながら、八十歳、九十歳でも、お元気で素敵な方がいっぱいいらっしゃるのよ！　と、母もその仲間になってほしいとはっぱをかけているこの頃である。そして、これからも友人たちから、母とデートしたいと言われつづけてほしいと願っている私である。

私の家と遅咲きの花

実家は高田馬場にある。

中学生の頃までだろうか、高田馬場は〝早稲田大学の街〟という誇りが町じゅうに満ち満ちていて、バンカラで親しみのある街だった。

家には早稲田の学生さんの居候もいたし、勉強を見てくれたアルバイトのお兄さんも近所の早稲田の学生さんだった。

いつも角帽に白い開襟シャツ、黒のつめ衿の学生服というスタイルで、一緒に早慶戦を見に行ったり、釣りに行ったり、パチンコをしたり、勉強の記憶はあまりない。

早稲田が優勝すると、駅前の商店街はもう大変な大賑わい。あずき色の地に白のWの文字の大きな旗が、軒下に一斉に飾られ、自慢の角帽をぐしゃぐしゃにして肩を組み、天下御免で「都の西北」を歌う学生さんたちの渦となり、町内の人たちも一丸となって祝ったものだった。

私も、校歌と応援歌はいつの間にか全部覚えていたし、自分たちのことのように早稲田の優勝は嬉しかった。

昔から――いまだにそうなのだが――、私の家は、いつもだれかしらの居候さんやお客さまが必ずいるという家だった。

家族は、父と母、祖母、姉と弟と私の六人で、住み込みのお手伝いさんが小さい頃から一人いた。

そして、親戚から始まって、昔お世話になったという台湾のご家族や、その方の知り合い、地方の友人、その娘さんや息子さんたち……。入れかわり立ちかわり、なんとなくうまい具合に居候さんが滞在しているというふうだった。

面倒見がいいというか、賑やかなのが好きというか、母は、いつも喜んで笑顔で迎え、家族同様に振る舞っていた。

朝起きると知らない方と洗面所でバッタリ！　という光景はしょっちゅうで、あわてて自己紹介となり、朝食となるわけで、夕食もしかり。家族だけでの食事というのは本当に少なかった。

山形から来ていたお手伝いのうめさんも大阪のブーばあちゃんも、もう、だれがだれだか、何がなんだかさっぱりわからないまま、てんてこ舞いの忙しさで、ただただ動き回っていたと思う。

家族とお客人、それにご近所の方々など、広くもない家のどこかしらの部屋にいるわけで、いつも人のざわめきがあり、バタバタと人の動きの絶えない家だった。江戸っ子の祖母などは、「おかしな家だ」と言いながらも、元来、賑やかなことの好きなたちだったから、けっこう来客を楽しみにしていたふうだった。

二階の八畳間が私の部屋で、ベランダがあり、大きな柿の木が枝を伸ばしている。

この部屋が仕事場も兼ねていたわけで、階下のざわめきを聞きながら、アシスタントの洋子ちゃんと二人でスケッチをしたり、紙や粘土で靴を作ったり。ときどき祖母が上がってきては、「いい年頃の娘が……」と花嫁修業とはとんと無縁な私の姿に、あきれ返っていたものだ。

家賃なし、三食つきという恵まれた環境。私とアシスタントもこの家の立派な居候だった。昼時になるとカレーやチキンライスを作り、お客さまや居候さんたちと一緒に食卓を囲む。それはまるで合宿風景で、食事が終わるとまた二階へ上がって仕事をするという具合だった。

靴での収入はもちろんなく、足を出していたし、グラフィックデザインや講師のアルバイトで収入を得ていたわけで、本当に実家にいたからこそ、好きな靴を暢気《のんき》に作っていられたとつくづく思う。

私が自立に目覚めたしっかり者であったなら、とうに収入にならない靴のデザイン等あきらめて他の仕事をしていたと思うし、一人暮らしもさっさと実行し、別な人生を歩んでいたと思う。

あいにく、しっかり者でなく、自立心の薄い淋しがり屋の私は、こんな家の環境にすっかり甘え、根をはやし、のんびりと好きな靴を作っていたことになるし、静かな一人暮らしにも強烈に憧れてはいたものの、なかなかお御輿《みこし》が上がらなかった。

そして、一人暮らしをやっとの大決心で実行したのは、なんと三十歳になってからという遅さだった。

いつもだれかがいて、賑やかなざわめきの中で、それがあたりまえだとすっかりなじんでいた私にとって、一人暮らしの決行は大変な勇気を必要とした。

食事を一人でするなんて全く想像もつかなかったし、人のざわめきのないことも考えられないことだった。

憧れは強いものの自信は全然なく、いざ引っ越しというときは、涙がボロボロという情けなさだった。

最初の一年間は、もう日曜日になるたびに実家にすっ飛んで帰るというありさまで、相変わらずの、バタバタとした人の賑わいの中に身を置いて、ほっとしたものである。

今、一人暮らしにもすっかり慣れ、実家を訪れることも年々少なくなっているけれど、つくづく、やることや自覚が遅いと思ってしまう。暢気というか社会性が稀薄というか、遅咲きというか、他の人より十年は遅いと思う。

一人暮らしもそうだし、〝シューズデザイナー〟と自分の仕事を対外的に言えるようになったのも三十代半ばだったし、自立という言葉の意味を自分の中ではっきりと自覚したのも、ここ数年前というありさまである。

欲もなくあせりもなく、好きなことをしていた優雅なアマチュア時代。お嬢さんの趣味と言われながら、暢気に靴を作っていた、長い長いまわり道の私の家での日々。

そして、この長いまわり道のアマチュア時代が、現在の私を形づくっているとはっきり思う。

自分の暢気さもさることながら、それを自由気ままに包んでくれた私の家の環境をありがたく思っている。

しんこ細工の猿や雉（抄）

田辺聖子

田辺聖子（たなべ・せいこ　作家　一九二八〜二〇一九）

樟蔭女子専門学校を卒業し、大阪の金物問屋に事務員として就職、7年間のつとめのなかでも小説を書きつづけ、その後大阪文学学校に学んだ。『婦人生活』への懸賞小説『花狩』で作家として出発し、『感傷旅行《センチメンタル・ジャーニィ》』で芥川賞を受賞。自立した女性の恋愛をテーマとした作品で多くの女性ファンに愛された。『源氏物語』の現代語訳や伝記小説『わが青春の与謝野晶子』など古典や女性作家を題材とした著書、エッセイも多数。本文の底本となった『しんこ細工の猿や雉』（文藝春秋、一九八四／文春文庫、一九八七）は自伝的小説。

ここではそのいちばん最初の章を掲載する。

私は女学生のころから、「本を書く」のを夢みていた。これは作家になることとちがう。

大学ノートに、一篇の物語を書き、それに挿絵を描き、表紙を画用紙でくるんで水彩絵の具で彩色した絵を描き、好みの題を、内容にふさわしくつけ、そうして麗々と、

「田辺聖子作」

と書く、そういう「本ごっこ」「著書ごっこ」が好きなのである。

（いまでもどうかすると、「著書ごっこ」をしているのではないかと、私はフト疑ってしまう――自分のことはむろんだが、ひとさまの本でも、それがあまりに麗々しい題であったりすると、「著書ごっこ」的感覚に襲われて、気はずかしくなってしまう）

内容は、いずれも、愛読書に（無意識に）似せられている。

私は荒唐無稽《こうとうむけい》の小説を好んだから、私の「著書ごっこ」の「田辺聖子作」も、必然的に荒唐無稽な作品が多い。

たとえば題をみてもわかる。「古城の三姉妹」「春愁蒙古史」「白薔薇館の怪」「北京の秋の物語」……等々である。伝奇小説というべきものもかなり多い。

女学生のときにそれらをいっぱい書いて友人に回覧し、

「全十巻やから、順番まちがわんように読んでや」

と悦に入って説明していた。

朝も晩も、それらの本を肌身はなさず持ちあるき、嘗《な》めるように、自分の文章をよむ。

つづきものをたくさん書いているが、あんがい、混乱錯綜しないものである。一冊ずつちがうことを書き、何しろ荒唐無稽なので、筋は無責任に、いくらでもひろがるわけである。セッセと借りにきた友人たちが、ほんとうに読んでいたのかどうか、しかしずうっとあとになって私が芥川賞をもらったとき、朝日新聞のひととき欄に、かつての旧友が投稿してくれたことがある。これは三十九年の一月二十七日付の新聞だが、ちょっと、書き写してみる。受賞のニュースを見て投稿してくれたものである。

「……私はあの頃を思い出します。少しウェーブのかかった毛髪にクリクリした眼を輝かしながら、黒っぽい紺のセーラー服姿のあなたが『これ第三巻、いま九巻目書いてんの』といって何のためらいもなく、渡してくださった蒙古族のこどもたちを扱った物語を。

大学ノートに書かれた長篇小説を読ませていただいたものだ。

………

やんちゃ盛りの子供たちを持つ私には、あなたのような小説の真似ごとも出来ないけれど、過ぎし日読んだ貴方の蒙古族のこどもたちへのほのかな夢を、自分のこどもたちの心にも残してやりたいような気がします」

してみると、荒唐無稽もそれなりに、夢を伝染させていたのかもしれない。

私は、コドモ心にも、それが、ニセモノの本だ、ということを知っている。

でもまあ、それでいいのだ。

べつに、ホンモノの本にしよう、という気はないのだ。

だからホンモノの小説の勉強をする気にはなれない。

私がもっぱら熱中してるのは、「著書ごっこ」であるから、そういうのが幾冊もできていれば満足なのである。

しかし周囲はそう思わないらしくて、

「あの人は小説を書いたはる」

という神秘のベールに私は包まれていた。

昭和十九年に、繰上卒業で、樟蔭女子専門学校の国文科へ入学したから、女学校のクラスメートはなおさら、怪異のものでも見送るように、四年で出ていった私を見送った。

戦前の女学校では、上級学校へゆく人が、あまりいなかった。さらに「著書ごっこ」なんかに没頭している女学生はもっとなかった。

もっとも上級学校といっても、樟蔭（神戸のミッションスクールの松蔭とは別で、大阪の樟蔭は、お嬢さん学校というか、花嫁学校的色彩が強い）は、数学の試験がなく、私には入りやすかった。

関西の女子の上級学校最高峰は、奈良の女子高等師範で、その次にむつかしいのが、大阪では府立女専であった。私などには、門の前も通れない難関で、よりぬきの切れものの女学生がゆく名門である。

河野多恵子さん、鴨居羊子さんはここの出身で、更には、その後身の府立女子大学になってから、富岡多恵子さんが出ていられる。

女専の半ばで終戦になった。

女専は三年制である。

まるきり一年半は、女学校時代にひきつづき戦争中で、私は伊丹にある郡是《ぐんぜ》の精密機械の工場へ学徒動員で行かされ、そこは寮住まいだったので、またせっせと「著書ごっこ」に励んでいた。

やっぱり荒唐無稽のツクリバナシであったが、こんどは読み手が国文科の学生なので、いろいろ、注文や苦情が出たりして、もはや挿絵や装幀でごまかすことはできなくなった。

自分一人「著書ごっこ」に陶酔し、ヒトにもそれを押しつける、ということはできなくなったのである。

おまけに、

「小説」

というコトバをみんな使わなくなり、

「文学」

というコトバを使うようになったから、私は、たいそうやりにくくなった。

高垣眸《ひとみ》や、吉屋信子なんかの作品が私はだい好きで、それらの作品に似せた作品をかいて、

「田辺聖子作」

として満悦であったのに、それらを読んで単純に、喜んでくれる友人はいなくなった。

私は、読者を失って批評家を得たのである。

入学して間なしの頃に、担任の教授が、生徒に、各自好きな作家をきかれたことがあった。漱石や鷗外、横光、などと皆はいっている。私は、

「吉川英治の『宮本武蔵』です」

となにげなく答えた。

みんなどっと笑った。

なぜ笑うのか、私には解せない。世紀の傑作だと思うが、みんなに笑われて、頓《とみ》に不安になり、自信が失くなった。でも私は「著書ごっこ」の中身に、漱石や鷗外に似せた

小説を書こうとはかつて思ったことがない（かなり読んでいたけれど）。吉川英治のは、少年小説も、オトナの小説も、よく真似をした。

「著書ごっこ」は、自分でも、「ごっこ」か小説修行か、区別がつかないくらいだから、他人にわかるはずがなく、私は、いつも何だか小説まがいのものを書いているというので、校友会の文芸部長のようなものを押しつけられた。

「わたし、いややわ。そんなん、きらいやねん」

私は、文芸部長なんてどんな顔をしてたらいいのかわからない。それに、人見知りするので、人前に出てしゃべったり、みんなの意見をまとめたり、決断したりするのはきらいである。

「むりにさしたら、泣いたるから」

といった。

「ええやないの、ややこしいことができたら、わたしらで肩代りするから。ともかくあんたはいつも小説書いてるし、文学趣味があるんやから適任やないの」

と国文科のクラスメートたちがいっておしつけた。

終戦後の学園は息をふき返したように活気をとり戻して、校友会のいろんな部が生まれていたが、生徒もまた、息をふき返したような子がたくさん出て来た。

活潑で、人前に出て物おじせず、集会をリードし、水に放たれた魚のようにイキイキしている。そういうのは、戦時中にはないタイプである。私は絶対にそんなタイプではない。

　私はむりやりに文芸部長にならされたが、イヤでならなかった。私は「著書ごっこ」、小説ごっこをしているだけというのが、われながら思い知らされた。生徒の原稿を集めたり編集したり、などというシッカリした現実的なことはにがてである。

　しかし、生徒はどんどん短歌や俳句を投稿してくる。そうして、

「本はいつ出ますか」

　と期待して聞きにくるのだった。仕方ない。

　まだ町には印刷屋もないので、学校から原紙と紙をもらい、生徒が交代でガリ版を切った。下級生の保育科の人が、芋版で表紙のイラストを仕上げてくれて、ハカナゲなガリ版の機関誌「青い壺」はでき上った。

　百五十冊刷ったが、またたくまに売れてしまった。誰もかれも読み物に渇えているらしかった。

　小説がないと恰好つかない、というので私はここに「十七のころ」という短篇をのせている。これは十七歳の泉という、口数少い、おとなしい夢みがちの女の子と、俗人の代表のような両親との対比をねらった小説で、それだけのものである。われながら低調で冴《さ》えなかった。

私は、やっぱり蒙古人や海賊や、古代フェニキアの奴隷（それらは「著書ごっこ」の主人公たちである）を書いている方がたのしかった。その方が文章もいきいきした。同じツクリモノなら、現実と等身大のツクリモノよりは、荒唐無稽のツクリモノの方が、自分で書いてたのしいであろう。

文芸部の顧問の本庄先生は、まだ若い男性で、英文学をやってられたのかと思うが、地味な嘉村礒多《かむらいそた》なんかがお好きらしく、礒多や、横光の「紋章」などの講義が多かった。

「十七のころ」についても、懇切な批評をして頂いた。先生はツクリモノだと指摘して、

「若いときは、自分がよく知っていて、体験したことだけ、書く方がいいですね」

「ハア」

「身のまわりをよーく見て、見ることとだけです、モノを書く要素は。そしたらツクリバナシはかけなくなる。ホンモノを書く」

「ハア」

私はふかくうなずいたが、ほんとうは自分の体験したことなんか、書きたくなかった。蒙古人や、空とぶ絨毯《じゅうたん》や、フェニキアの奴隷や、北京の中国青年の方がずーっとよく知っており、彼らのことを考えると、イキイキと情景は浮び上って、ペンは動くのであった。私はどうしていいかわからず困惑した。そうして、

（「若草物語」のジョーが、先生に注意されるのと一しょやわ）

と考えていた。本庄先生は高い文学的理念を持っていられるようであった。荒唐無稽のこと、まして「著書ごっこ」の伝奇小説などは話にもならぬという感じ、おまけに先生は白皙《はくせき》の美青年だったから、私は、「著書ごっこ」がいかにも下賤で幼稚で無教養な気がして怯《ひる》んだ。しかし荒唐無稽は、大好きであった。

この学校には、印象的な先生が多くいられたが、歌人の安田章生先生に、国語学史と文学概論をならっている。

尤《もつと》も、この先生の講義は教科書は一ページもすすまず、ノートも書かず、もっぱら、思いつくまま、ゆきつもどりつする話を聞くだけである。

耳に快い、透りよい声で、半分、独白のようにつぶやかれるのだが、そういう話が耳にはいって、ストン、と頭の中にこびりつく。

「人生観なんてものは、もう君たちのとし頃でその原型が出来てなくちゃ嘘《うそ》ですなあ」

「人間は、いかに生くべきかを師に求めるべきやけど、師には完《まつた》きをのぞむことは不可能やから、古今にわたってどんな人でもいい、歴史の中から発見してくるといいんだけれども……」

というような、とぎれめのない、一種のリズムある話しぶりで、先生の額はひろく、聡明そうに輝き、その声はとりわけ、斎藤茂吉の歌を口ずさまれるのに適《あ》っていた。

それからまた、ふいに、長雨のときなどに、

「うっとうしいですなあ」

と窓のそとを見て、三分ぐらい黙っていられたり、する。

「こう、雨がつづいて気が滅入ると、僕は、『万葉集』の歌を思い出して、かなわんですがねえ。ワリと近代的な感じで、その――つまり、われわれの心情にぴったりという。『うらさぶる心さまねし久方のあめの時雨の流らふみれば』というんですが。

いやもう、この歌の滅入った気分というのはこう、……」

私は安田先生にはことにも、「気の滅入る歌」をよく教わった。夏の暑さが過ぎると、

「秋のはつ風たちぬれば
今年もなかばになりにけり
多くの年月　なにをして
ことぞともなく過すらん」

「一年すぎるのが早くてねえ、このごろは。秋になると、この歌が思い出されて、ちょっとやりきれんですなあ」

この場合、古いうたをハンケチのように惜しげもなく使う、そういう使い方を、我々は教わっているわけである。

先生は父君の青風先生と共に歌誌「白珠」を主宰していられたので、そっちへ入って短歌を勉強している生徒も多かった。

私は短歌にはホントウのことを盛らねばならないので、荒唐無稽の入る余地がないからあまり熱意はなかったが、先生の点を稼ぐため、神妙な顔で提出して添削をうけていた。

「子らいまだ若ければなほ生きたしとのたまひし父よ思へば哭《な》かゆ」

これは去年の暮れに父が死んだのだった。

父は、往診にきた医者に、ほんとうにそういって涙声になっていたが、私は百カ日もたつと、もうこんな歌をつくっていて、べつに泣いてるわけではない。昭和二十年から二十一、二年の年は、ふつうの年ではなく、あまりにもめまぐるしいので、父の死にいつまでももたもたしていられないのである。

「ひえびえと風のわたればそよぎたつ葦のあひだゆ湖《うみ》みえてきぬ

刈りをへし田をうれしみてひろびろと駆けつどふ子らに夕日赤しも」

これらは先生に、

「力が弱いが、まあまあの出来ですなあ。ひえびえ、や、ひろびろ、はおちつきが悪いから、あまり使わぬ方がええけどなあ」

といわれた。

しかし昭和二十一年には私は、ほとんど、「著書ごっこ」をしなくなっている。

さすがに、ツクリバナシにも飽き、ノートの表紙に自分で絵を描いて着色して「田辺聖子作」とやるのも気がさしてくるようになった。空襲に遭って貧乏になったから、現実的になったのかもしれない。

このころ私はホンモノもツクリバナシも、何でもいいから、お金にならないかなあ、などと考えている。

家には逆さに振っても一銭も金がなくなった。スマトラから叔父が復員して来て、私たちの家に同居しているので、食べものを確保するのはたいへんなのだった。空襲をまぬかれていれば、住む所も充分あり、売り食いもかなり保ちこたえられたのだが、ほとんど、二十年の六月一日に焼いたので、わずかに疎開した着物しか残っていない。中学生の弟と女学生の妹は食べざかりであった。母は田舎へ買出しに出かけたり、闇市《やみいち》へ帯を売りにいったりして、闇の米や芋を買う。

昭和二十一年と二年の食糧事情は、戦時中より酷かった。兵庫県でも全く配給のとだえた日が五日つづいた。やっと配給があったかと思うと、麦とソースというへんなとり合せである。配給はあっても払うお金がないので、復員ボケで家でぼんやりしている叔父から借りたりする。

思いついて私は縁側の本箱をひっくり返して目ぼしい本をさらえ、風呂敷に包んで、甲子園へ売りにいった。

尼崎市と西宮市のあいだを流れる、武庫《むこ》川のそばに住んでいたので、甲子園は川を越せばすぐであった。暑かったが風があったのでしのぎやすい日で、私はぶらぶら歩いた。二十一年の七月なかばごろであった。

　この本は、防空壕に埋めてあったので助かったのだ。三冊のうち一冊は、林芙美子の本で、初山滋の装幀の「青春」だった。私はこの本が好きで、装幀も気に入っていたから、焼いてはいけない、と思ってわざわざ防空壕へ入れていたのだが、結局、手放すはめになってしまった。空襲にあわなければ、三百冊ぐらいの本を、私は、女学生時代から蒐《あつ》めていたのだが。

　いまは新刊本もないので、古本はたかく売れた。三冊で二十二円になった。

　そのお金を持って帰ると、母はそれで胡瓜を買った。海藻を炊きこんだ御飯に、胡瓜もみで夕食をとっていると、

「ごめん」

　といって白い短ズボンの男が暗い玄関から入ってくる。二カ月分の家賃を取りに来たというのだ。母も腰が据わっていて、

「いまないから、明日持っていきます」

「まあ、そういわんと。せっかく来たんやさかい」

「持ってゆく、いうてますがな、明日」

「今晩もって帰らなあきまへんねん。何とかしとくなはれ」

「さあ。あるやろか」

と母はヒトゴトのように不敵にいい、

「おまへんか、どこぞ、そのへんに」

と男は、上りかまちに腰かけて、気らくそうにいっていた。

私の財布から救急袋から弟の月謝袋、叔父の紙入れ、あちこちから十円二十円のはした金をさらえ、やっと六十何円そろえた。

「おましたか。やれやれ」

と男が受けとって帰ってゆくと、あんまりきれいにさらえたので、みんなおかしくなって思わず、げらげらと笑ってしまった。どうせ停電だし、けったくそわるいので、

「もう早よ寝よ寝よ」

と寝てしまう。オカネはどうやれば儲《もう》かるものか私にはさっぱりわからなかった。学生のアルバイトがはやっているが、女子学生にはほとんど求人がないし、学校の友達には働かなければいけない人はいないようだった。

「著書ごっこ」の本が、古本のように売れたらいいのだけれど。

クラスの友人の知人に、東国書房という出版社の人がおり、彼女は、

「何か、小説かく人さがしてはるみたい。逢《お》うてみたら？」

というので、連絡してもらった。放送局でも出版社でも、人や作品を募集している新

人登場時代であるらしい。

荒唐無稽の小説でも、ひょっとして売れないかしらと私は考えた。母は病院や料理屋の手伝いに働きにいったりしているので、オカネが私にも儲けられれば、母を喜ばせることができるだろう。どうせ卒業したらすぐ働くつもりであるが。

東国書房は京都にあるそうで、京都で逢うという連絡がきた。私は緊張して、

「お見合いみたいやな」

と母にひやかされながら、髪を編んだり、あたらしいシャツを着こんだりしている。折から祖母がやって来た。祖母は、父が死んでから叔母の家に身を寄せているが、私の家で暮らしたがっているのである。しかし母が女手ひとつで、三人の子供を育てているというので、遠慮して、来ないわけである。祖母は、

「どこいきや」

といい、母は誇らしそうに、

「はあ、聖子の小説が本になりますねんて」

と話が希望的観測に傾いてしまう。

「へえ。セイちゃんの小説が本に。ほたら新聞にものるのやろうか」

祖母は新聞の夕刊小説愛読者であって、川口松太郎の「蛇姫様」などを大いに好んでいたから、小説というと新聞夕刊の連想が働くようであった。

「ほたら、活動にもなるやろうな」

「『人妻椿』みたいなんやったら、なるかもしれませんわな」

とみんな自分の好きな作品をあげている。

「ワタイ、活動にするんやったら、長谷川一夫の出るのんにしてや」

祖母はだんだんエスカレートして、

「そないなって金がもうかったら、ワタイもここへ来られるようになるなあ」

「そらもう」

「いつごろ本になるのや。ワタイも、早うここで、あんたらと暮らしとうてなあ」

あほらしくて返事もできない。

「人前で食べるのやさかい、思うて気張って、お弁当も、ほれ、こんなに」

と母は祖母に、弁当をみせていた。巻鮨にかまぼこである。当節としては破天荒な弁当である。

まだどこも、レストランや料理屋は営業していない時代なので、遠出するときは、弁当持ちで出るのだった。私は一足しかない靴と絹靴下をはいていたので気持が弾んで、母や祖母の見当はずれな期待にも、あんまり気をわるくすることなく、京都へ出かけた。

東国書房の人は西田氏といって、中年のおだやかな表情の男性で、三十くらいの女性と二人で私を待っていた。女性は、やはり私と同じような目的や期待で、西田氏に逢いに来たらしい。

三人で京極を歩いて、小さな店に入り、パンと汁粉を西田氏はとって、私と、その女性は弁当をひろげた。彼女はアルミの弁当箱に、白い御飯をほんのちょっぴり、詰めていた。

すこし世帯やつれした、おとなしい人であるが、さすがに私よりは、ちゃんと西田氏と受けこたえした。

私は、

「はあ。はあ」

ばかり、いっていた。

未知のオトナとしゃべるのは、はじめてだったから。

「まあ、今すぐ、というのではなくて、ひとつウチを文化的足だまりにして頂いて、文芸的なつどいを作って頂けたらと、そう思っています。文学作品も批評し合えるし、読みたい本があれば読んで頂く、というような」

西田氏は、吹けば飛ぶような学生の私にも、きわめて親切で礼儀正しく、

「埋もれた宝をさがす、という意味も、私どもにはありまして、若い新人の方々に期待してますねん」

と、関西なまりのやわらかい物の言いぶりであった。

話はもっぱら、西田氏と、その婦人のあいだに交された。

食事がすむと、また外をあるいて、西田氏はしたしげに、

「おいそぎやなかったら、これ、見ていきましょか」

と、最新の洋画「王国の鍵」を指した。婦人は賛成したので、私も好意に甘えることにした。こういうことでもなければ、こんな贅沢《ぜいたく》はできないと思った。

私は「王国の鍵」をキリスト教宣伝映画みたいやなあ、と思いながら熱心に見ていた。ふと気がつくと、西田氏も婦人もいず、あわてて外へ出てみると、二人は出口で私を待ってくれていた。映画の珍しい田舎者をいたわるように、二人は私を見て微笑していた。

それからまた喫茶店でコーヒイを奢《おご》ってもらい、西田氏とはそこで別れて、婦人とは京都駅で別れた。

「あの人は、東国書房の社長さんですか」

と私がきいた。彼女は、

「編集者のかたとちがいますか？」

と心もとなさそうにいった。彼女はおちついてるようでもあり、くたびれたようでもあり、今日の会見に、さほど心をそそられたようでもなく、どこか浮かぬ表情だった。

しかし私は編集者という人種を生まれてはじめてみたわけである。それに、焼け跡だ

らけの殺伐たる大阪からゆくと京都の町並は戦前とかわらない賑わいだし、日曜なので人は混んでいて、それもウキウキさせるものだった。

それに、「何かお書きになったらお見せください」と西田氏が鄭重《ていちょう》にいったのだ。私は、こういう一人前のオトナの前ではさすがに、「海賊島」やら「古城の三姉妹」などという荒唐無稽小説を出すことは憚《はばか》られたが、しかし何だか今にも、西田氏の期待に副うホンモノの作品が出来上りそうに思われて、うれしかった。

帰宅してみると祖母はまだいた。

私から話の結果を聞こうとしているらしい。

「うまいこと、いきそうかいな」

「今日明日の話とちがうわよ」

と私はいった。

それでも母は、くわしく聞きたがるので、私は、逐一、今日の模様を話した。

「へえ……ほんなら何か、出来た小説がよかったら、買《こ》うてくれはる、というのかいな」

「そうかもしれへん」

「たくさん今まで出来たんあるがな、あれ見せたらどうやのん?」

「あかん」

「古城の三姉妹」のように、波の間から海坊主があらわれ、それが古城の廊下や、ドアのノブを濡らしてゆく、という怪奇小説を、あの温厚で良識的な、礼儀正しい紳士の西田氏が双手をあげて歓迎するとは、さすがの私にも思えなかった。

「あんたはあかん、思うても、ヒトさんが見はったらええかもしれへんがな」

母は、かいもく私の著作については暗いので、そんなことをいっている。

「あかん、いうたらあかんねん」

私はすこし、イライラした。

「何でやねん、あんなに毎日毎日、ひまさえあったら書いてたのに」

「あれはホンマモンちゃうねん」

「ホンマモンちゃう、いうても、べつに人のもん写したわけやないねんやろ?」

「それはそうやけど……」

「表紙まできれいに描いて」

「そんなん関係ない」

「あんたはいずれ、こういう風にしようと思《おも》て、物ばっかり書いててもほっといたんやから」

と母は恩着せがましくいい、

「ほんまに、昔から、いつみても本をよんだり書いたり、してる子やった」

と祖母もうなずいた。

「この子は足もわるいので、どうせ嫁のもらい手もないやろうし、独身で女流作家にでもして、やがては吉屋信子さんみたいになったらええなあ、思うて」

母はスラスラという。祖母もそれをうけて、

「せやな、和裁でもええがな。近所の娘さんあつめて和裁の先生しとってな、仕立てしてたらええカネになりまっしゃろ。仕立物やったらうごかんでもすむし。嫁のもらい手なかったら、なんぞ、ええ手ェもって食べること考えなあきまへん」

「もうええ、もうええ」

と私はいい捨てた。私は、小説がオカネになればよいと漠然と考えてはいたものの、何もそれは、仕立屋をえらぶか小説家をえらぶか、という卑近な問題とちがう。

そうかといって、本庄先生に褒められ、東国書房の西田氏に胸張ってさし出せるような、ホンマモノを書こうとしても、私は気がすすまないのである。

生まれてはじめて編集者というものを見たが、ナマ身の作家というのにもそのころはじめて会った。藤沢桓夫《たけお》氏のお宅へ、安田先生や校友会の委員とともにいったのだ。卒業間近の昭和二十二年の一月末で、藤沢氏はすでに中年だったが、まだ結婚はしていられなかったと思う。住吉のお宅では、火曜日が来客日ということで、たくさんの人がいた。客間の隣室に通され、

「どうぞお楽に」

と中年の婦人が、炬燵をすすめられた。

二時半に着いたが、隣室の先客は話が弾んでいた。何でも織田作之助の兄さんと、おくさんだということであるが、よくわからない。

ただ、にぎやかな談笑の声は、とぎれずきこえていた。四時すぎに、

「やあ、お待たせして」

と和服の男性が、あいだの襖《ふすま》をからりと開けて、

「こちらへ、どうぞどうぞ」

と招じ入れた。それが藤沢氏だった。私は予想とひどく違っていておどろいた――作家というのは気難しく、陰気で、無口の人だろうと想像していたのだ。ところが藤沢氏は骨太な大きい体を身軽に浮かせ、愛想よくやさしい感じだった。大きい声でへだてなく話しかけ、

「うん、うん……そお」

とうなずいたり、目を細めて天井を仰ぎ、煙草をくゆらしながら人の言葉を聞く様子も、すべて世間なれて愛嬌《あいきょう》よく、人をそらさないのだった。

私は意外な気がしてついまじまじと、顔ばかり見ていた。

「何か話して下さい。私は将棋さす」

氏はそういい、美事な欅《けやき》の盤を引き寄せ、袋からすべすべとよく磨いた駒《こま》を、盤上にあけた。相手は顔色の赤黒い青年である。

藤沢氏の指はじつに華奢《きゃしゃ》で、ペンのほかに重いものを持ったことはないような、細長い、骨張った美しい指であった。その指先が駒をつまむ形がすっきりして、たいそう綺《き》麗《れい》なので、あたまに残った。氏はふいに、

「大阪の女専や女学校の生徒さんは、なんにも話をしないね。尤も、あとでワルクチいうんやろうけど」

みんな笑ったが、それでも一緒にいったクラスメートたち、小河さんと高木さんも、私も、何もしゃべれなかった。藤沢氏は将棋をさしていられるし、ほかに人もおり、私は話しかけることも憚られた。私たちを顧みて、

「何かありませんか、お話しすることは」

と、安田先生はいわれたが、私はもじもじして、べつに思いつかなかった。そのときの用件は、学校の座談会へ来てほしいというものであったが、氏は、結局、四月ごろ暖くなってから出かけますよというお返事だった。

四月では私たちは卒業してしまう。

「そうそう、名前おぼえとこう」

と藤沢さん（藤沢先生、というより、さんの方がぴったりの、暖い感じだった）はそ

のへんのあり合せの紙に、私たちの名を聞いて書きつけられた。

「火曜にはあそびにいらっしゃい。みんな来るから」

といわれたのは、何時間もじっと待っていて、そのくせ会うとひとこともしゃべらない女子学生たちへのねぎらいのようなものだろう。そこは叔父さんの家だということだったが、あとで考えると、いま、石濱恒夫さんが住んでいられるお住居だったかもしれない。

ナマ身の作家をはじめて見た、というのですこし興奮して、私はふらふらと帰ってきた。

帰宅するともう七時を廻っていた。私はひとり台所で、パンとおでんのおかず、甘酒二杯（というへんな取合わせ）の食事をしながら、母にその話をしていた。

「そんなんやったら、何か小説できたら持っていってみてもらえるやないの」

と母はすぐいうが、私はそんな現実的なことはどうでもいいのだ、それよりナマ身の作家を見て何となく気持がイソイソとおちつかない、そんな気持であるのだ、わからんかなあ、これが。

現実に役立つことなんか、私はこれっぱかしも考えたことがなかった。私にはそのへんの思考脈絡がスパッと陥没しているらしい。

卒業試験の前に、教生をしなければいけない。女専の国文科というのは、ほとんど自動的に国語・社会科の教員免状を貰《もら》える仕組みであるが、授業技術を習得するために、教壇に立つことになっている。

尤もそれは申し出た人だけで、義務的なものではない。

私は申し出た。

就職先を学校ときめていたわけではないが、何でもやっておかねばならないと思う、りちぎとまじめの精神からである。

かつ、担任教授と同級生と、女学校の担任の先生が教室の後に立って見ている前で授業する、そういう発狂しそうな状態にも、ぐっと堪えて自分を鍛えねばならぬという、戦時中の身心鍛錬の思想が、私にはまだ根強く残っているからである。

「キャー、そんな恰好わるい恥ずかしいこと、ようせんわ」

と級友たちはいい、私も内心はそうだ、と思っているが、しかし、萎《な》える心に鞭《むち》うち、叱咤《しった》激励して、「憂きことのなおこの上に積もれかし」と自分を鍛えねばならぬ、そういうネバナラヌ精神が私にはある。結局、教生実習を申し出たのは私一人であった。

一日かかって教案を作り、夜、みんなが寝静まってから台所で、実演してみる。腕時計を机の上におき、咳払《せきばら》いして、なるべく易しい言葉をえらんで話しはじめる。言葉がなかなか出てこなくて、教案を覗《のぞ》くと、そこにはもっとよい言葉が書いてあった。「十六夜《いざよい》日記」をやるのだが、これはそう面白い作品ではないのだ。むしろ阿仏尼《あぶつに》について脱線した方がいいかもしれない。実演してみると一時間にはすこし余り、いよいよ自信がなくなった。

しまいに眠くなり、火鉢にかがみこんで寝てしまい、額が熱くなってびっくりして目をさました末、床に入って寝てしまった。

教生実習の対象は同じ樟蔭学園の女学校三年生のクラスで、とりわけ出来のいいクラスをえらんである。生徒は出来がよく、おとなしかったが、われながら低調な講義だと思った。のぼせたりあがったりしなかったが、活気がさっぱりなかった。大事をとりすぎたのだ。

「語尾が消えて声が低いのが最大の欠点、それに講演式である」

という、先生の批評をもらって赤面した。ネバナラヌという敢闘精神のおかげで、私はかかなくてもよい恥をかいている。

あくる日は学校へ出ていくのもいやなぐらいだった。とりわけ、思い出すのもいやなのは、

「新古今集の名前ぐらいはおぼえておきましょう」

と黒板に書いてルビまでふっておいたが、あとで教科書を見ると、第一課は「新古今集」で埋まっていたのだ。私は熱を出しそうな気がした。

終戦からこっち、大学の門戸は、女子学生にも開放されたが、たいてい女子の学力が

格段に男子より劣っていたので、入試を突破するのは大ごとであった。とりわけ語学のできない女子が多かったと思う。学力の問題というより、それまでの日本の女子教育の機構的な欠陥である。それでも私たちのクラスから一人二人は、大学を受けた人がいた。

私は教生実習をしたが、結局、教師ではサラリーが安いというので、担任教授の世話で、同郷の知人だという人の店を紹介してもらった。梅田新道ちかくの小さいバラック建のような店で、背の低い、表情のよく動く商売人らしい男が出てきた。これが大将である。

「三十人ぐらいやさかい家庭的にやっとりまんねん、雨の日は皆で、活動見にいたり、しましてな」

と大将はセカセカといい、私に、すばやい、火花の出そうな一べつをあてた。卒業式からそのまま来たので、私は校則通り、黒紋付の着物に緑の袴《はかま》で、足もとは靴をはき、卒業証書を入れた丸い筒を手にもち、三つ編みのお下げに白いリボンをむすんでいた。大将は好奇心をいっぱい顔にあらわして、私の姿をながめ、私たちは店の前で立ち話をしていたのだが、店の中からもガラス戸をすかして、人々が見ているのがわかった。

母が卒業式に来ていたので、そのまま、一緒に店へもまわり、大将にはもっぱら母が挨拶していた。ここは家庭金物の卸問屋なのである。

卒業試験は九十六点で、私は首席であったが、そういうものも「白薔薇館の怪」も

「古城の三姉妹」もしばらくは棚上げになって、私は現実の中へ降りてゆかねばならない、という気がした。「降りてゆく」という形容しか出てこない。ただ、実社会の中へはいったら、あるいは人サマの前に出せるホンモノのものが書けるかもしれないという気はする。私は十九歳で、そのころはＢＧという語すらなく、「事務員」である。昭和二十二年である。

ニューヨークの仔猫ちゃん

黒柳徹子

黒柳徹子（くろやなぎ・てつこ　女優　一九三三〜）

テレビ放送開始の頃から女優として活躍。舞台や司会、またユニセフ親善大使としてアフリカ、アジアへ精力的に訪問、募金活動や社会福祉事業にも尽力するスーパーレディ。トモエ学園に通った小学生時代を書いた大ベストセラー『窓ぎわのトットちゃん』以降、「トットちゃん」のニックネームで親しまれているが、女優をはじめたころのあだ名は本文初出書のタイトルにあるように「チャック」であった。

38歳の時のニューヨーク留学と帰国後の思いを綴った本エッセイの底本は『チャックより愛をこめて』（文化出版局、一九七三／文春文庫、一九七九）。

私は、女優としてよりも一部では、パンダ研究家として知られているような人間なものだから、今度、日本に中国から、パンダをいただくことになり、たくさんお問い合せがあったりしました。

いま、世界の動物園にいるパンダは、中国も含めて十七匹ということになっているわけですね。で、その動物園にいるのが日本へくるのか、それともワシントンに送られたように野生のがくるのか、それは私、知りませんけれど、番《つがい》をくださるということは、将来、コドモが生まれるということを、見込んでのことだと思うので、そういうことから考えると、責任はものすごく重大です。好物の笹やタケノコがたくさんあるのもいいことだと思うけれど、責任はやっぱり重大です。

というのは、パンダっていうのは、二匹いるからって、必ずしも仲が良くなるってもんじゃなく、非常に相手を選ぶ動物なのね。四匹メス、一匹オス、という組合せが、中国の動物園にあったけど、全部のメスが、そのオスをイヤだっていったがために、オスはどうしようもなくて、まったく無用になって、よその動物園へ連れて行かれたって話が、あるくらい。好き嫌いがとても激しいから、とても大変です。

それといまや、パンダをくださるということは、中国が、政治的にいって、どれだけその国を大切にしているかという証《あかし》と思っていいくらい、パンダっていうのは、価値があるものになっているんです。

だから、私は、アメリカがもらったパンダをワシントンまで見に行ったときに、「中華人民共和国からアメリカのみなさんへ贈呈」と、墨でくろぐろと中国語で書いてあるのを見てね、とってもうらやましかった。

そして、同時に政治というのは、恐ろしいもので、いつどこで、どう手を握るかわからない。

中国はアメリカと手をつなぐことが必要なんでパンダを贈ったけど、日本には、ずいぶん前から、パンダをくれっていっているのに、くれる気配もなくて、と、うらやましく、また恐ろしいと考えたのでした。

だから、今度の話を聞いたとき、うれしいのと同時に、とても複雑でしたね。

だけど、それはとにかく、パンダが日本へきたら、なんとか子どもなんかにタダで見せるようにはできないものか、などとも考えたりしているうちに、帰国のご挨拶が、遅れてしまいました。

で、タダイマ。

「タダイマ」と帰ってきて、うれしかったのは、迎えてくださる方が、大きなモノを期待なさらないで、ただ「楽しかったですか、よかったですね」って、いってくれたことでした。

私は、帰ってくる飛行機の中で、もし、みなさんに「アナタ、一年間アメリカにいて、何を得たと思いますか？」「どんなふうに、変わりましたか？」と聞かれたら、何と答えようかと、思っていたのです。

私が、行く前に考えたことは、朝、起きて「あ、今日は、何をしようかな」って生活を学校卒業してから、一回もやらなかったから、やってみたいな、ということだったので、それがわかってくださるといいな、と思って帰ってきたのです。

アメリカへ、一年間、行くにあたって、「帰ってきたとき、不安じゃないですか」というご質問がありました。

たしかに、不安といえば、不安だったけれど、もし、帰ってきたとき、私が忘れられて、仕事がなにもなかったとしたら、テレビというのは、出ていなくちゃダメ、ということになるんですもんね。そしたら、十五年間、とにかくテレビの中で生きてきたことが、まったく実を結んでいなかった、ということになるんです。

テレビは、出ていればいいってもんじゃないと、私は思っているから、だったら、ほかの仕事をするしかないと、私は決めてたんです。

たまたま、女優という道を選んだけれど、これは、女として生まれて人生を歩んでいくとき、踏み出した道が女優であったということなんだ、女優という職業は、創造的な仕事で、私、とても好きなんだけれど、もし、そうでなくなっても、いまと同じように、自分らしく生きていこう、不安がっていても、仕方がない、と、出発したのでした。「タダイマ」といったら、みなさん忘れないで、お帰りなさいと、声をかけてくださった。レストランの人、道で逢う人、タクシーの運転手さん、文房具屋さん、八百屋さん、そして俳優のお友だちも。

岡田真澄さんは、雑誌の対談の相手に招んでくださってね、終ったら小さい声で、自分がフランスから帰ってきたとき、貯金も全部つかいはたして、全然お金がなくて困ったから、対談料なんか貰うとうれしいと思ってさ、といってくださいました。

「いいじゃない。行ってらっしゃい。行くんなら、いまのうちよ」と、とても呑気に送ってくれた母は「どうだった。よかったじゃない。また、行きたくなったら行けばいいわ」といってくれました。

いちばん私が逢いたかった二人の姪と一人の甥は、ちょっと見ないうちに、ずいぶん大きくなっていました。その小さい子供たちの、四歳から五歳、二歳から三歳、半年から一年半へ、という一年は、「見逃した」という感じがしてくるのです。大人の一年は、どうということもないけど、その子たちの、いちばん可愛い成長の時期を見逃してしまったのが、この一年の唯一に残念なことでした。

ひとり暮しに少し自信を持ち、洋服を二着半つくり、セーターを一枚つくり、芝居を見にだけきたんじゃないぞ、と思ったので、芝居はあんまり見ないで、そのかわりいろんな人生を見て、私は、帰ってきたのです。

女優をやっているときは、家とスタジオの往復で、そして、逢う方が、だいたい決まっていて、その中で人生を演じていくわけなんだけれど、やっぱり、仕事しないで、じーっといろんな人を見たのは（それが、本当の人生っていいますかね）、いままで、私たちが演じ、創ってきた人生とはまったくちがう人生を、見てきたのは、実《み》になったと思うのです。

でも、それとは逆に、ある種、絶望感みたいなものが、この一年でさらに、深まったような気もします。

人間って、生きていくのが、とてもツラくってね。アメリカ人であろうと、日本人であろうと、何人《なにじん》であろうと、とくに女が生きていくのはとても大変でね。生きていくのはできるかもしれないけれど、傷つかないように、気も狂わずに、自殺をしようとも考えずに、生きていくのは、とても大変だと思って。

それは、アメリカで逢った、たくさんのお婆さんのせいかもしれない。

さて、これはあくまでも私の考えなんだけれど、アメリカでも、男の人は、離婚するとお金がかかるし、ナンノカンノといろんな風当りが強いしで、そう簡単に別れられないのね。

日本では、離婚の原因に「性格の不一致」が多いんだけれど、ハリウッドの俳優さんなんかだと「精神的虐待」というのがなんとしても、多いの。精神的虐待とは、肉体的に旦那さんが、カマワナイってことだそうで、それが離婚の原因の第一位になるのは、とにかく結婚しているかぎり、つねに全面的に夫は妻を、不満足にならないようにしなければいけないわけね。

名前を呼ぶのでも、日本だったら「バアさん」とか「オマエさん」というところを、どんなにトシとっていても「オジョウチャン」と呼んでみたり「カワイイ　コネコチャン」と呼んでみたり「シュガー」って呼んでみたりするわけね。「シュガー」なんて、どう訳したらいいのか、「私の可愛いお砂糖ちゃん」だかなんだか。その人が七十になっても、八十になっても、いうわけね。

話はかわりますけど、むこうの人は、うんと親しくなると、挨拶がわりに、よその奥さんが、よその旦那さんの唇にキスしたりなんてことは、日常茶飯事なんで、キスしたからどうってこと、まったくないんだけれど——。でも、若い女の子が、初めて男の子とキスするなんていうと、タイヘンなのね。「あ、今日はタイヘンダ、タイヘンダ」なんて、私の友だちの娘がいってね、「今日キスしちゃった」なんていって。私、びっくりして、キスしちゃったって、毎日毎日してるのにといったんだけれど、習慣的儀礼的キスでなく、自分が愛情をもってする初めてのキスは問題になるんだなって興奮してるんで、ちょっとうれしかったんです。

とにかくそんなわけで、のべつまくなし、旦那さんが、どんなお婆さんになった奥さんでも、抱いたりキスしたりするのよね。もうしょっちゅうしょっちゅう。

で、アメリカってのは、行くまでわからなかったんだけど、女の立場が弱いのね。アメリカの女の人が強い、強いっていわれるのは、結局、立場が弱いからなのね。

私の演劇の女の先生が、あんまり演劇的にすごいので、演出家になれるのに、なろうと思わなかったの、といったら、なんせまだ、ブロードウェイは、男の世界で、男の人には、「女に何ができるか」というところがあるんだって。一度やってみたけど、みんなが協力してくれなかったら、演出家は、芝居なんか絶対、できませんからね、って。そういえば、少なくとも、名前のあげられる女の演出家っていうのは、いないのね。日本は何人かいらっしゃるのに。だから、ウーマン・リブがアメリカで出てきたの、わかるような気がしました。

それはともかく、不満足にさせちゃ大変だから、男の人は、どこへでも奥さんを連れて行って、仔猫チャンといったり、あの、たいていダブルベッドなんだけど、ダブルベッドに寝たり、という生活をしている。

それだから夫が死んだり離婚したりすると、もうメチャメチャになっちゃうのね。もう「仔猫チャン」なんて、誰もいってくれないから、淋しくて、淋しくて。『欲望という名の電車』とか、アメリカの映画によく出てきますでしょう。淋しくてしようがないから、もう、どんどん人に話しかけちゃうわけね。私なんか、どのくらいお婆さんから、話しかけられ、意見を求められ——意見たって、「今日は寒いと思うけれど、アンタはどう思うか？」とか、道なんか犬が歩いていると、「私はこの犬、大嫌い、アンタも嫌いでしョ」とかいうようなことなんだけど。そして、道路を横切るのがコワイからついてきて、とか。子供なんか、みんな独立して、それが慰めにきてくれるなんて期待できないんですもの。それから、精神科医に話を聞いてもらうなんていうのは日常的。

それにくらべると、日本のお婆さんはお爺さんが「仔猫ちゃん」なんていってくれないから、一人になっても気が狂わないんでしょう。そのかわりじっと耐えて、うちにこもっているから、お気の毒に自殺ってことになったりする。その点、アメリカのお婆さんは、自殺しないと思うのよ。だって、気が狂ったように、だれかれとなく「私の主人は死にました」って、泣いて慰めてもらうわけね。いま、死んだのかと思ったら、それがもう、五年前なんだって。

それを見て、たまらなくてね。人間て、どうしたって、歳をとっていくものでしょう。どう、うまく歳をとって、うまく死ねるか。難しい。

アメリカで、私が習った歌の中に、

hard to live

but hard to leave

というのがありました。この世は、生きるのも難しいし、死ぬのも難しい。人生って、そんなもんじゃないかと思うのです。

前から思ってはいたけれど、じーっとだまってよその人の人生を見ていたら、余計、その絶望感は強くなりました。

今度は、明るい話です。

人間として、自分の年代年代で、魅力的な人になりたい、女優をしていようといまいとやっぱり人間が大切なんだ、人間味が大切なんだ、と私は思ってきました。

ところが、俳優なんていうのは、芸さえありゃあ、人間なんか悪い方がいいくらいだって話を、昔から聞いていました。

私は、平凡な考えかもしれないけれど、人を傷つけ、踏みつけ、それで舞台の上で、いい芝居をしたからって、それが何になるだろうと思っていました。だって、後で、あのときあんなに人を踏みつけたり、押しのけたりしなければよかったなんて後悔するようになったら、辛いじゃない。だから、いい人でありたいと、思っていました。

私、むこうへ行ってね、ブロードウェイでいちばんいい俳優という、ゼロ・モステルという人に逢いました。『屋根の上のヴァイオリン弾き』の主役を最初に演って、自分がやめても、その役はモステル風として、八年半もほかの俳優にうけつがれたのです。典型的なユダヤ人の俳優でね、喜劇俳優としては天下一品だし、人間的な心理的演技をして、笑わせて、泣かせる人。

それから、ヘンリー・フォンダにも逢いました。私、映画で見ていたときは、この人、わりと冷静な俳優だと思っていたんだけれど、そうではなくて、舞台で見たとき、冷静なように見えるんだけれど、ものすごい情熱が中で燃えているような俳優でね。こういう俳優を初めて見たから、とてもビックリしたのです。そして、素顔のときは、六十六歳と思えないほどセクシーで。

それから、キャサリン・ヘプバーン。こういう、いわゆるいい俳優に逢って、どの人にもいえることは、人間的魅力が、あふれるようにあるということ、どの人もやさしい人であるということ。このヤサシサっていうもの、人のことは、だませないものでしてね。例えば、日本からきたから、そのときだけやさしく見せようなんて思っても、やっぱり、そうダマされるほど私も若くはない。

キャサリン・ヘプバーンにしても、あんな大スタアなのに、なんていうのかしら、ふつうの人で、若いときはケンカ早くて、日本でいうなら「*ゴテキャサリン」て仇名があったというけれど、いまは、一緒に出ている若い俳優から尊敬されている素晴らしい人間だということが、舞台全体ににじみ出ているのね。

そんなふうな、やさしくて、愛情があふれるようにあるって人を何人か見たのが、私のこの一年のいちばんの収穫でした。俳優というのはね、人が悪くて、イヤな人、といわれても、芸さえありゃいいってもんじゃないってこと、よくわかりました。

人がよいばっかりで、いい俳優になれなかった人も、たくさんいるってことはわかるんだけれど、最終的に残るのは、大事なのは、その人の人間性なのね。芸は人なりってこと、昔からあったけれど、今度、それがはっきりわかったのでした。

これから、女優を続けていく上で、いや、そうでなくても、とにかく、人間的でありたい。偉大な俳優に逢って、私の考えの間違っていないことが、はっきりして、とてもうれしかったのです。そしてまた、創造的な仕事は命をかけてやらなきゃつまらない、ということもおそわりました。

そうそう、私がいない間、私がニューヨークで妊娠七カ月である、という噂が、週刊誌に出ました。こればかりは、どうして出たかナントモカントモ、私には、わからないんだけれど、まあ、どうしてもっていえば、私の着ていた服が、このブアッとした妊婦ルックみたいなのだったからかしら。

週刊誌が問いあわせてきて、むこうも、それが本当じゃないってこと、わかってきいてきているんですものね。私は、想像妊娠ていうのは、母親が、自分のお腹に子供ができたと、想像するものだけど、よその人がよその人のお腹のことを想像するのも、想像妊娠ていうんですか？　なんていったんだけど。

そのとき、哀しかったのは、記者の人が、「この頃、お父さんがいなくて子供を産むのが、流行ってますからね」といったこと。それが、私、ちょっと哀しくてね、あれは流行りもんなんですか？　っていったんだけど。

週刊誌の在り方、になると、また、話は長くなるけれど、「オトウサンガ居ナイデ子ドモヲ産ムノガ流行ッテイル」というういい方がとても哀しい気がしてね。でも、そのとき、「そうだ、本当にまあ一年も仕事を休んだのなら、子供が一人、産めたかな」と思ったのでした。

子供といえば、子供のとき、私は、十人子供を産むと友だちに宣言しました。そして、「それ以上、産まれた子は、風船をつけて飛ばしちゃう」といって、みんなからケイベツされました。でも、いま、この東京に帰って汚ない空を見ていると、もし、子供がいたら、風船をつけて、どこかきれいな国へ飛ばしてやれたら、とさえ思います。

この恐ろしい文明の中で、自分も判らない明日に、子供の手をひいてむかっていくのはとても難しい。でも、やっぱり、自分の見られない未来を、自分の愛した人との間にできたものに、しっかり見てもらいたいとも、私は思っているのです。

＊（編者注）動詞「ごてる」（言う事を聞かず不平や文句を言って相手を困らせる）から、そのような人の名に「ゴテ〇〇」と冠してあだ名にする。

『ふだん着のデザイナー』より

桑沢洋子

寅年の母／川向うの少女／大正のデザイナー・姉／姉妹全部職業婦人

桑沢洋子（くわさわ・ようこ　ファッションデザイナー・教育者
一九一〇〜七七）
東京、神田の東紺屋町に生まれる。32年女子美術専門学校洋画部師範科を卒業。婦人画報社記者時代、ドイツの造形学校バウハウスの教育理念に強い影響を受ける。デザイン教育の重要性を感じ、42年銀座に桑沢服飾工房を開く。54年桑沢デザイン研究所を、66年には東京造形大学を設立した。『ふだん着のデザイナー』は桑沢の自叙伝、初版は57年。本書では04年刊『ふだん着のデザイナー』（学校法人桑沢学園）を底本とした。

寅年の母

父母の生活は、明治の中頃、神田の和泉町のラシャ問屋街から始まった。商売は、新古を含めた洋服問屋である。神田須田町から岩本町の神田川の川っぷちで、その頃、鉄道馬車が、通っていたという、土手の洋服屋の一つであった。洋服といってももちろん女ものでなく、男物でも、本当の洋服を着る人は少なかった時代だから、とんび（和服用インパネス）角袖（和服用の外套）もじり（筒袖の和服用外套）などで、ラシャで作った和服の上にきる外套類の既製服屋であり、同種類の古着屋であった。

その商売の中で、母は、数人の雇人のリーダー役をつとめながら、六人の娘を育ててきた。私は、六人のうちの五番目であるから、私の記憶に残っている母は、その後引越した、松枝町の電車通りの店の頃からで、ちょうど大正七、八年頃、私の小学校時代である。

父と母は十二ちがいの同じ寅年という、二人とも非常に強い性格の持主であった。父のことは、あとで書くが、やせて、背が高く眼がぎょろぎょろしていて、第一印象は鷹《たか》のように精悍な感じであった。無口で、日常はおだやかなのだが、こうと思ったら何ごとも実行してしまう父を、母はいつも頑固でこまるとこぼしていた。

母は、背は低いが、姿勢がよくて、目鼻だちが大きく、立派な顔立ちをしていた。母の顔には、意志の強さと曲ったことの嫌いな正義観がただよっていた。性格が強いといっても、今いういわゆる恐妻型ではなく、だまって、着々と仕事をかたづけていく、といった風であった。

子供のおおい食事は賑やかである。とくに放課後、外に飛び出して家によりつかない娘たちには、夕食は家族との団欒の時であり、学校の出来ごとや、友だちの報告にいそがしく、それぞれ大いにしゃべる。父は、食事時は、手を身体からなるべく離さないようにつつましくきちんと坐って、だまって食べろ、という。母は、胸を張って堂々とした姿勢で、大いに談笑しながら、たのしく食べろ、という。いいかえれば、父は女らしくつつましく、というし、母は、明るく堂々という。私たちは、いつもこの意見の対立をききながら、しかも、なんらこだわることなく、自分たちの自由意志で食事をすすめたが、どうも結果は、大体母の意見によっていたようだ。

長火鉢を前にして、父母たちは、どがま（やわらかい上質の炭）とかた炭の意見の衝突がはじまることもしばしばであった。父はかた炭をかんかん景気よくおこせ、というし、母はどがまを深くいけ込んでおいて必要に応じてかた炭をまぜて使う方が経済である、という。

長女の縁談の時と、四女の養女の問題のおきた時の母はますます強かった。長女が女学校を卒業した時、長野県の遠い親戚のある青年を父が大変気に入って、長女を嫁にやる約束をしてきた。先方では早速上京して姉に会いにくるというところまで話がきてしまった。母の意志はもちろん、本人の意志もたださないうちのできごとであるし、どう考えても無理な縁談であると考えた母は、ひそかに長女を豊島町の叔父の家にかくしてしまった。

また、四女を、同じ長野の親戚の養女にやる約束を父がした時である。母は、六人の大勢の娘ではあるが、自分が生んだ以上は母として完全に育ててゆく義務がある。意志表示のはっきり持てない幼ない頃の養女云々は、必らず娘が大きくなった時に、親がうらまれるし、第一、平等な育て方ではない、どんなことがあろうと六人の娘はけっして私の手から離さない、と宣言したのである。

母は、いつも大ぜいの家族の中で、各人に対して、すべて公平な温かい態度で接してくれた。たとえば、娘も雇人も、一家中まったく同じ食事であり、おやつであったし、また、姉は姉らしく、妹は、妹らしいきものの着せ方であった。また、桑沢家らしい外部に対する社交態度も、新しい母らしい解釈で徹底していた。

山の手の大塚の家（あとの項でのべる）で、尿毒症でたおれ、意識不明になった母は、急いでかけつけた次女の顔をみるなり、うわごとのように「あの茶ダンスの中におすしがとってあるよ」といった。娘の、仕事や学校の帰りを待って、おやつを姉妹に分配する温かい習慣が、意識不明の母の口からでた瞬間、私たちは泣いた。このように母の教訓は、けっして高びしゃではないし、意識的ではない。具体的に、日常の衣食住のくらしの中で、あたりまえの形で示されたのである。

姉妹に母が着せてくれたきもののことを考えてみると、簡単にいえば、スポーティーな感覚のものだった。

その頃（大正九年から十年頃）の下町娘たちは、必ず長唄や琴の稽古ごとをさせられた。であるから、ふだん着といっては、黒衿をかけて前掛けをしめ、帯は、お七帯（赤いかのこの土台に、黒繻子《じゅす》の配色の帯）であったし、髪は日本髪か束髪であった。そして、必らず「おひきぞめ」「おさらい」という芸事に附随した社交的な面があった。であるから、そうした場所にきる、いわゆるドレッシィーな、派手ばでしいきものも必要であった。

母は、娘たちには、お稽古ごとはさせるが、華やかな社交的なおつきあいがきらいだったようで、できるだけ、おつきあい式のものはさけていたようだ。しかし、私のその頃の記憶では、たった一度だけ、素晴しい、しかも、けっして派手ばでしくない友禅のふり袖を、三女の姉の琴のおさらいに着せたのをおぼえている。

母は、リューマチで足をわずらっていた三女の将来のことを考えて、ほかの姉妹以上に芸事をさせていた、つまり、ゆくゆくは、芸事で身を立てさせたい、という考えであったらしい。そうしたところから、三女だけは、おさらいの機会があり、母らしい角度で晴着を作って着せたようだった。私が記憶しているのは三女の琴のおさらいの時のきものであった。その晴着は、黒地にカラコ人形が染めだされた友禅の振袖であった。私たち子供がみたところでも、その柄ゆきといい色調といい、そのあたりの娘さんが着ているきものとはまったく異った、落ちつきと気品と、そして、スポーティーな気分のものだった。

なお、母は、娘の髪を結い上げるのもなかなか上手だった。その時の三女の髪も、母が結い上げたもので、みずみずしい日本髪で娘らしいふっくらした上品な桃割れであった。

考えてみると、母が娘たちに着せてくれたきものの中で、この時の友禅が一番ドレッシィーなきものであったといえる。この他、母の好む一番のよそゆきは、お召しの絣模様であった。次女がよく似合って着ていた、古代紫に、黄緑と白の大きな絣のお召しのきものなど思いだす。

つぎに、ちょいちょい着、つまり、ちょっとした外出着には、米流《よねりゅう》かめいせんが着せられた。とくに母の好むものは、姉妹おそろいの着物、またおついのきもの（着物と羽織と同じ柄でつくる）また、短かい袖などであった。

短かい袖で思いだすのは、私の小学校から女学校にかけての式に着るきものが、黒木綿の紋つきであった。その当時、クラスメートの着ている紋つきは、黒木綿の長袖で、たもとの先に、松竹梅など、お目でたい模様が染めだされていた。母は、おそらくその模様が気に入らないので、切ってしまって、元禄袖にしてくれたのだろうと思う。

なお、下の娘たち三人が得意になって喜んで着た、おそろいの着物を思いだす。四女が女学校一年、私が小学校五年、妹が小学校一年の大正十三年の秋である。それは三人のよそゆきに新調してくれためいせんの袷《あわせ》である。色はブルウがかったグリーンが土台で、白と、茶の絣模様であった。それに三人ともエビ茶の袴をはいて、白ピケの帽子をかぶって、茶の靴をはいたものである。

その当時、子供の着物というとめりんす（モスリン）が流行していた。母は、赤や黄の派手なめりんすは、せいぜい小学校一年位までしか着せなかった。もちろん、それは表着の場合で、帯とか長襦袢には、年頃になっても、よくめりんすをつかった。女学校の三年頃、めりんすの長襦袢をきせられていたが、姉たちの緋の友禅の長襦袢をみて、私も着たいなあ、と心に思った。母は、緋の長襦袢は、女学校を卒業したら着せますよ、といっていた。年代によるきもののきせ方もちゃんと母は心得ていたといえる。

明治から大正にかけての女の立場は、現在とまったく違って、意志表示も不可能で、すべて家長にしたがった時代である。

母はその点ちがっていた。自分が正しいと信じると正しいことは正しいとして、父といいあらそってまで、ゆずらなかった。

私たち娘は、大いに母から学んだのである。女は弱いものである、ということでなく、女も男も同等に、正しく生きるということを、深く母が教えてくれたのである。また、きものに対する感覚、そして着せ方を考えてみると、はっきりといえることは、けっして貴族趣味でなく、庶民的なしかも、気品のある、合理的なものであったのだ。

この母のもっているきものに対する思想、感覚が、あとあと、私たちの姉妹に根づよく植えつけられたと、はっきりいえるのではなかろうか。

川向うの少女

私の小学校は、今はすでにないが、岩本町の交叉点の和泉橋のたもとにあった和泉小学校といった。神田川の川っぷちなので、おわい船にすんでいる子供たちも通って来た。

二年生までは男女共学であった。クラスメートの一人におとなしい男の子供がいた。船頭の子供だったが、どうも覇気がない。

　私たちは船が面白くて、いつも学校の窓から眺めた。船の中の生活が手にとるようにみえた。船底の座敷で親子四人が仲むつまじく食事をしている風景、母親が昼ごはんの仕度をするために舟べりで七輪に火をおこしている。そのわきによちよち歩きの小さい子供が遊んでいる。母親は平気だが、今にも川に落ちそうで上からみていてはらはらする。川の水は汚いが、その水で菜っ葉を洗っている。仕上げに樽の中の清水をちょっとふりかけるだけだ。川しもでこんな風に野菜を洗っているのに、川かみでは船べりでおしりをまくって用をたしている。どう考えても不思議でたまらなかった。

　こんな生活の中の子供が、街に家のある子供と一緒に勉強しているということから、この船頭の子供はいつもひかえめであり、弱かったのだろうか。この子供は、たまたま学校を休む、多分船が海の沖にでて帰れなかったのだろうか。彼が休むと気にかかってしかたがなかった。休みがおおいせいか、その子は学校の成績も思わしくなかった。

　この船頭の子が、ある日教室の中で喧嘩をした。喧嘩相手は、クラスで一番あばれん坊といわれている女の子である。弱い男の子がしかも強い女の子と喧嘩している、というので、クラスメートの興味がわいた。喧嘩の原因はしらないが、ともかく彼がこの時ぐらいいさましかったことはなかった。そしてよくたたかったが、女とはいえ強い評判の彼女とはごぶごぶだった。とっくみ合いがしばらく続いて、たまたま教室の隅のオルガンの下に二人の身体が入ってしまった。あっという間にオルガンがたおれて、けがはなかったがオルガンがこわれた。

二人は、次の時間中教室の隅にたたされた。

さて、この喧嘩相手のいさましい彼女は、その二年生の頃は女のいじめっ子というだけで、あまり私の印象に残らなかったが、四年生になり五年生になる頃にやっと彼女がどういう娘であるかわかってきた。彼女の家は、何の商売だかしらないが、川むこうの倉庫のある家の娘であった。彼女は遅刻の常習犯だった。髪はいつも雀の巣のようにじゃんじゃら髪で、着ている着物の袖つけはちぎれるばかりにほころびていた。やさしかった小池先生という女の担任教師が「どうしてあなたは髪をとかさないのですか、針も使えるでしょうし、袖のほころびを縫ったらどうなの」といいながら、彼女を洗面所に連れていって髪をとかしてやっている風景をたまたまみた。

そうした時の彼女の態度は、まったくふてくされている。一カ所をみつめているだけで、先生にもなにも答えない。大体、授業の終るしらせの鐘がなると、彼女の顔が急にほころびてくる、そして運動場にいちもくさんに走る。また、運動場の隅の壁に一人寂しくもたれて泣いている彼女をみたことがある。彼女の頬からは大きな涙がぽろぽろと流れている。みんながよってきてなぐさめようとしても顔をおおうとしない、まったくの手離しで泣く彼女の顔を、私は不思議そうにながめた。私だったらあんな泣き方はしないし、第一できない、と思ったからである。

その後、彼女が放課後、彼女の弟をおぶって、神田キネマの映画の看板を見入っている姿を私もみたし、みんなもみた、といっていた。神田キネマは、今の神田駅のすぐ近くにあった洋画のかかる映画館だった。

五年生の終り頃だったと思う。私はクラスメートの二人と神田キネマに入った。放課後道くさをくって看板をみているうちに入りたくなったので、いそいで道具を家になげ込んで、でかけたのだった。かかっていたのは、「ローレライ」という歌にもなっている有名な伝説物であった。美しい人魚のような外人が岩の上にたたずんだり、泳いだり、そして泣いたりする。私は洋画をみたのはこれが初めてだったし、ただ筋もなにもわからずに、恍惚として映画館をでた。その時の大写しの泣いている顔、ポロポロ大きな涙を流している顔のカットをみた時、はっとした。川むこうの彼女のいつかの涙のシーンだった。そして、ああこれだなあ、と思ったのである。

もちろん私たち三人は、そのあくる日家庭でもまた、担任の小池先生からもしかられた。だまって子供たちだけで映画をみるなんて、大正十年頃の事情から考えると、大事件だったからである。

川むこうの彼女は六年生の終り頃には急に美しくなった。それは私だけが感じたのかもしれないが、彼女の強くて日本人離れした顔、とくに姿態はみるみる美しくなった。しかし、着ているきものや髪型は、いぜんとしてもとのままであった。私は放課後、よく川むこうの彼女の家の近くへ遊びにゆくようになった。その頃私は縄飛びの名人だった。そして彼女も縄飛びが得意だったし、よい試合相手だったからだ。その頃の縄飛びのしかたは、左右で縄を張って、だんだん高さを高くして飛びこえる、終りには、地面に手をついて足で縄をこして飛ぶ方法だった。和服をきてさかだちになるわけだが、感心にみんなズロースははいていた。彼女の気性は非常にさっぱりしていた。たくましくてスポーティーな彼女の姿勢とともに、私はだんだん彼女が好きになった。

小学校を卒業して数年後、彼女の消息を彼女の妹からきいた。彼女は高等を中退して、横浜のある料理屋へ養女にいった、とのことであった。妹がもっていた彼女の水着を着て海辺に立っている写真をみた。なんと彼女の姿態は素晴しかったことか、私は急に会いたくなった。あとで知ったのだが、その料理屋は外人相手のチャブ屋であったようだし、その後、彼女が神田のカフェーに進出してきたという噂もきいた。そして、ナジモバというヴァンプ役の女優に似ているという評判だということもきいた。

大正のデザイナー・姉

私は、外の遊戯、縄飛びとか、デッドボールとか、陣とりとか、馬飛びとか、マラソンにいたるまで、大げさにいえば、すべて選手に近い腕をもっていた。好きでもあった。そして近所では、女のがき大将だった。このがき大将は無口だが、近所のボス的存在だった男のがき大将が大見得をきって弱いものいじめをする時などは、正義観を出してたたかった。

遊ぶ場所は、最も近いところでは家の前の電車通りだった。その頃の電車通りを通る乗り物は、トラックは馬車だったし、乗用車は人力車だったし、一番スピードのある乗物は、水天宮から千住を走る電車であった。

松枝町も、ラシャ問屋あり、呉服問屋ありというので、十代の小僧さんたちがおおい。これらの小僧さんや小さい若旦那たちが、クラスメート以外の私の友だちだったことはいうまでもなく、よく彼らと陣とりをして喧嘩したり、彼らと一緒に電車と競走したものだ。

真夏の夕涼みには、この小僧さんも若旦那も一緒にマラソンをする。このマラソンに、すぐ上の姉と私が加わった。ランニング・シャツに短かいパンツ、そしておさげの髪に鉢巻というういでたちだ。走る目的地は、日比谷公園、上野公園、浅草橋公園という具合で、かなり遠征をしたものだ。これが私の五年生の大正十年頃で、走っていると、「女のマラソンだ」と子供にさわがれたが、御本人たちはいっこう平気だった。

遠征といえば、よく遊びにいった場所は、お茶の水橋の川辺だった。その頃は柵もないし谷間のような川っぷちに下りてゆけた。春はタンポポやすみれが咲いていた。

この頃から小学校の図画教育は洋画風になり、王様クレヨンが盛んにつかわれはじめた。図画のお手本によって、そのとおりに、しかも日本画風に鉛筆や淡彩でかかせた方法とはまったく大きな違いであり、新しい教育方針にきり変ったわけだ。学校の窓から神田川を、また、クラスメートの美しい娘を窓ぎわに腰かけさせて写生する、椿の花や野菜や果物などという静物も描かせる、という具合だった。

私のクラスはみんな絵が好きだった。それは、担任の小池先生はじめ学校全部が絵に力を入れていた。その頃川上先生という男の絵かきの先生が、大きな画架にカルトンを立てて木炭をはしらせている場面をよくみた。そして、一度でもよいから木炭で、消しゴム代りのパンを使って描いてみたいものだと心に思った。

そんなところから、学校以外の遊びの中に、お茶の水の川っぷちや上野公園や植物園や神田川のほとりの神社に一人で、あるいはクラスメート二、三人で写生に出かけることがおおくなった。学校の窓からもお茶の水近辺からも、ニコライ堂の屋根がいつも美しく感じられた。だから、ニコライ堂は何度私の絵の中にあらわれたかわからないくらいだ。ある日上野公園で、松の木と赤い夕陽を描いていたら、真暗になりそうになって、こわくなって急いで山をおりたことを記憶している。

　さらになつかしい思い出は、夏休みの海だ。それは、先生に連れられて林間学校だの、海の家だのという集団的なものではない。毎日日帰りで海に通うのである。大正八年の三年生の時にすぐ上の姉と通いはじめた水泳場は州崎だった。よしの生えている静かな海、材木がいかだに組まれて浮んでいる海、たった一つの水泳場の小屋が建っている海、二人は下駄ばきで、簡単なワンピースを着て、小さいバスケットの中におべんとうと水着を入れて毎朝出かけた。

　この水泳道場の名前は、荒谷水泳所といった。温和な小柄の荒谷先生は、水府流の達人らしい。その助教師連が、岩本町や竜間町のお菓子屋や料理屋や魚屋の若旦那連中だった。口は悪いがいせいがよく、教え方も荒っぽかった。この助教師連は、両国の隅田川にあった道場の頃からの荒谷先生の愛弟子だったらしい。いずれにしても、東京近辺の海水浴の草わけといえる水泳場の生徒が、私たちだったといえるのである。

　この州崎道場は、その後四年のあいだに、大森に、そして荒川放水路の四つ木橋のたもとに、転転とした。そのあいだぢゅう、私たち姉妹は、後には妹も加わって、大震災の年まで通いつづけた。

風の子のような外好きの私も、半面また、女らしい室内の遊びをした。その頃千代紙がさかんだった。千代紙のよいのを買うために花柳界の浜町河岸に出かけた。そこの千代紙は高かったが素晴しいものだった。千代紙の交換、そして千代紙で作ったあねさま人形で、ままごと遊びをするのだ。

あねさま人形は、できたものも売っていたが、自分で作ったり、姉に作って貰ったりした。とくに作って貰う姉は、大きい姉（次女）だった。彼女のあねさまは素晴しく、高価なお金で買ったあねさまにも、また、どの友だちがもっているあねさまにも負けなかった。友だちの家へ千代紙の箱を持っていって遊ぶ時に、その家のお姉さんやお母さんが出てきて、「だれが作ったの？」ときかれたりすると大得意だった。

この千代紙工作のあねさまの他に、母から貰った背の丈三寸位の小さい日本人形を持っていた。この日本人形の着がえのきもの数枚と、寝具一切にいたるまで、つまり、人形のワードローブ一切をこの姉が縫ってくれた。それがまた素晴しくて、寝具のかいまきから上がけまで本格的な作り方だった。この姉は、長唄に通いながら和裁の先生のところに毎日せっせと通っていた。どうも長唄の方はあまり好きでなかったらしく、その頃、今川橋のところにあった今のデパートの松屋のウィンドウの棚にぶらさがって、時間をつぶし、お稽古をすませたようなふりをして帰ってきたそうだ。松屋といえば、その頃は畳敷で下足をとっていた。そんなわけで姉は長唄よりお裁縫の方が好きだったらしい。

その後、この姉が編物をはじめたのである。大正九年頃だったと思うが、その頃の編物は二本棒でなくかぎ棒編であった。姉は、決して編物の先生について教わったわけでない。好きなところから妹のものや家族のものを編んでいるうちに、もともと感覚的にも技術的にも才能をもっていた姉が、本格的に編物をはじめるようになったことは当然といえる。この次女を中心として、三女も加わり、母も加わり、近所のおかみさん連中からそして浅草橋の芸者衆も一人加わって、手編スェーターの卸屋というところまで職業化していった。この頃、父が中風ぎみで商売も休みがちだったし、長女は結婚してしまったし、この相続人の立場にある姉を刺激しての職業化であったといえる。

はじめ十二種類の新鮮なデザイン見本をつくる。それを白木屋や、洋裁店へもっていって、注文をとってくるのである。その後、かぎ棒編に二本棒編も加わって、デザインもつぎつぎと発展していって、素晴しいものができるようになっていった。白木屋といえば、明治十九年頃、鹿鳴館時代の婦人の洋装熱の波にのってか、いちはやく外国の裁縫師などを雇いいれて、洋装部をおいたといわれるだけに、この頃も新しいデザインについては、たいへん積極的であったようだ。

私たちの日常着にも、姉のデザインが着せられたことは当然である。私の記憶しているデザインでは、ローズの中細毛糸のかぎ棒編で、ミディー・シルシットのかぶって着るセーラー型だった。衿はセイラー・カラーで、後衿が三角になっていて、衿の周囲に入れた黒い線がこの三角の衿の先でふさになってさがっているデザインであった。私がなんの気なしに学校に着ていったら、みんながよってきて珍らしそうに眺めていた。

妹だけは幼児から洋服式で、とくに編物類がおおく、上から下まで編物づくめでとおした。これらのデザインもすべて姉の手によるものであった。大正十年に姉は、シンガー・ミシンを買った。たしか月賦で毎月五円ずつ払ったと思ったが……この頃から姉は、編物ではだんだん物足りなくなり、洋裁をはじめたい希望だったと思えた。ある日、このミシンの音がする。人の気配がないのに音がするのでよくよくみたら、小さい妹が、頭だけミシンの台から出してミシンをふんでいるのである。

そういった風景が、私の身近な家庭内でみられたし、着るものは、和服にかぎらず、すべて家の姉が、またひいては自分たちの手で作られてゆくのが当然のように思えた。

この姉は、その後ついに洋裁師に転向していったのである。大正十二年の大震災の年の七月に、神田から大塚の電車通りに移転したのも、そこで洋裁店を開業する目的からであった。もちろん姉は、編物と同様、洋裁を先生から習ったわけではない。その頃すでにフランスのスタイル・ブックも入っていたようだが、スタイル・ブックにでている絵姿をよくよく観察して、考えてから裁ってゆくのである。

山の手といっても、その頃は、大人が洋服を着るということはごくまれであった。主として商売の対象は子供であった。その頃の子供服はビロードが全盛で、舶来の美しい黒や赤のビロードに、フランス刺繍をした素晴しい子供服が姉の手でたんねんに縫われていった。

姉は、自分が考えて作ったものが、二、三年たって、必ず流行してくると、よくいっていた。

姉妹全部職業婦人

大震災の翌年の大正十三年頃から東京の街では、自動車が一般の常用車として動きだし、数年後には円タク時代が到来したのである。

この自動車と、私たち家族は大いに関係が深いので、ここでふれなければならない。

三女の姉が、数え年二十一歳になった大正十三年、姉妹の中で一番新しいことの好きな、その頃でいえば、モダン・ガールといわれた彼女が、自動車の運転を習って、将来の自分の職業にしたい、という希望にもえたのである。

　そしてその次の十四年に運転の免許をとるために、フォード会社関係の練習所に通いはじめた。と同時に次女の姉も動かされた。次女は、長女なきあとの相続人として、父はいても病父であり、扶養家族のおおい母娘七人の家計をささえるには、小さい洋裁店と一人のサラリーマンだけではとうてい食べられない、と思ったからである。

　そうこうして運転を習っていた二人の姉妹の妹の方が、フォード会社関係の技手某と、恋愛関係に入ったのである。某は、自動車運転法の参考書を執筆している才人であった。その頃、運転手が免許証を得るための参考書の売行きは大変なもので、とくに彼が書いたカード式ラセン綴のポケット型（当時のアイディアとしては素晴しく斬新なものであった）の一円の著書は、最もわかり易いという評判だった。

　たくましい体格の持主であり、インテリの彼は、姉（三女）の心を動かすのに十分であったし、また、この美しくて新鮮な下町娘に、関西人である彼が魅了されたのは当然といえたのである。そしてついに彼と彼女は、昭和元年に結婚したのである。

　一方次女は、三女の結婚をよそに、一家の働き手としての責任をますます強固にし、ついに免許証を確保し、昭和二年にフォード一台を購入したのである。もちろん、その購入金の頭金の捻出には相当の苦労があったが、十数カ月月賦支払いという比較的楽な支払い条件によって、めでたく洋裁店から自動車屋への転向をみたのである。

その後、住いは大塚のまま、車庫は牛込の喜久井町となって、姉は新しい商売にいさんで通うようになったのである。

その当時の次女は、数え年二十七歳だった。それまでいくつかの縁談もあったが、妹がおおいからといって断った。隣人、知人は、新しい職業婦人としての力強い彼女の態度を、男まさりの娘さん、と絶賛したのである。

その当時の彼女の装いは、洋裁店をしたにもかかわらず、ずっと和服でとおしていた。和服の上に、冬は、黒ビロード、夏は、自然色の麻のいずれもスモックをきりっと着て、髪は真中からわけたひっつめ髪、そして、白粉はつけないが、それがかえって目鼻だちの美しい彼女を引きたたせ、彼女らしい個性的な気品を助長していたのであった。

昭和五年の十一月に、母が尿毒症でたおれた直後、一台の車は二台になった。彼女は、「お母さんがもう少し永く生きていてくれたら、新しい車もみて貰えるのに。また、洋子の卒業も近いし、生活ももう少し楽になるのに、一番苦しい時に亡くなった……」となげいていた。私の女子美時代の、とくに絵具代を含めた高い学費を、彼女の血の出るようなかせぎの中から、それこそいやな顔一つせずに出してくれたその当時を、今になって憶い起すと全く頭がさがる思いである。

昭和四年、妹の女学校四年生の頃、四女の友だちの慶応の学生が、ヴァイオリンをもって遊びにきた。その時の妹（現在ヴァイオリニスト、雪子）の感激ぶりは大変なものだった。初恋の人に会ったように妹はいった。「もっと早くヴァイオリンに会いたかったなあ」と、その後、妹は無性にヴァイオリンに心をひかれだしたのであった。そして、姉妹で牛込の矢来の古道具やへ、手ほどきのヴァイオリンをさがしにいった。そして買った最初のヴァイオリンが九円だった。

この妹の心をくんで、私の学費の上に、さらに妹の学費が加わるのも覚悟して、武蔵野音楽学校に入学させたのである。次女の姉は、妹にも私にもいった。「これからの女は、腕に職をつけることだ、自分の好きな道をつっ込みなさい」と。そして二人の末っ子は、父代りであり母代りである次女の力強い言葉にはげまされて、勉強しだしたのである。

父が昭和三年に、母が昭和五年に亡くなって後、住いだけだった大塚の店は、無意味になり、姉にとっては不便だったので、車庫の近くの牛込の戸山町に引越した。戸山町の住いには、次女、四女と私と妹と、そして母亡きあとの代りに、母の兄嫁にあたる伯母が一緒に住んだ。伯母は一人息子亡きあとの、親戚間の事情で、一時私たちの家に住むようになったが、若い娘だけの家庭には必要な人であった。

私の二つ上の四女は、昭和元年、女学校を卒業後、京橋のある貯蓄銀行の女子事務員として就職したのである。その後、ここでの銀行員生活は九年におよび、彼女が結婚に入るまでつづいたのである。

四女の姉は、女学校時代バスケットの選手であり、水泳ではダイビングが得意だった。また、なかなかのインテリで、家の姉妹中で一番理論家であり、うるさ型であったといえる。とくに妹が音楽学校に入る頃、音に敏感な彼女は、妹の弾くヴァイオリンの音程云々をうるさく批評し、私たちが口ずさむちょっとした歌でも、「だめッ、だめッ、だめッ、そこはだめッ」と、やれ間のびがしたのどうの、とうるさかった。彼女のおつとめの帰宅後の話題は、日本社会の現実云々であり、将来の理想であり、若い青年たちの思想問題であり、封建制度の中のみじめな日本女性の問題であった。そして、日常の職場での具体的な出来ごとの話題でも、主として男尊女卑の差別待遇に対する不満であった。

というぐあいに、最も年近い四女から私たち妹二人は、内面的な考え方についておおいに学んだ。と同時に、素晴しく理想主義者である彼女に反抗するような形で、私たち妹は、だんだんともっと具体的なものを求める現実主義者になっていったのである。

半面彼女は非常に明るい性格なので、大変遊ぶことが好きであった。彼女の男友だち、その頃慶応ボーイの五人のグループがあった。一人は野球、一人はラグビーの選手である彼らは、いわゆる都会的なモダーンな遊び方を心得ていた。例えば、その頃、ちょうど昭和の五、六年にかけて流行した映画の主題歌、『ショー・ボート』、『アイルランドの花売娘』やハワイアンギターの『ブルウ・ヘヴン』とかいう歌を、彼らはさきがけて覚えてきて、その楽譜を持ち、伴奏のウクレレをさげてきて、私たちに教えるのであった。また、日曜日には豊島園のハイキングに、神宮外苑の野球やラグビーの見物に、また応援に出かけるなど、この頃の一部の享楽的な風潮とは別に、明るく健康な日々であった。

この慶応グループのほかに、一橋の外国語学校の学生が数人遊びにきた。彼たちは、慶応のグループとはまったく質を異にしていた。この外語のグループの三分の二以上は、社会主義思想を濃厚にもった連中で、当時の共産党の弾圧、学問・思想の自由への弾圧、満州事変、五・一五事件、などに対してはげしい憤りをもやし、積極的に行動した人もいた。そして彼らにいわせれば、姐御と称する四女をとりまいて、世の中をなげく議論に時を忘れたのであった。

考えてみると、私たち姉妹の遊び方は、常に、集団と集団の交渉であった。つまり、姉妹一人ずつの友だちであっても、いつかは、姉妹全部の友だちになってしまうのである。そこに私たち家族の明るい完全な共同生活の営みが感じられるといえる。

昭和七年であった。四人姉妹と伯母の五人の生活の中に、もう一人姉が加わったのである。それは結婚した三女の姉が離婚してもどってきたのである。次女はじめ姉妹一同は、三女を心よくむかえた。姉には、六つと三つの二人の男の子があった。恋愛結婚でありインテリの家庭でありながら、一夫多妻を平然と認めさせようとする彼の態度、しかも何事にも暴力でおしとおそうとする彼に反抗して、堂々と離婚したのである。下の男の子は、彼の親友であり、三女の気持を深く理解している、クリスチャンの家庭に貰われてゆくことになったが、長男は、男親の手許に残ることになった。私たち姉妹は、三女の気持をくむと同時に、長男の将来も考えて、なんとか長男を引とり育ててゆきたい気持であった。とくに次女の姉は、生活は苦しいが、みんなで育ててゆくから、という気持が強く、相当手をつくしたが、ついに男親は長男を手離さなかった。

三女は、自分が選んだ恋愛結婚の破綻の結末を、自分で処理するという覚悟が強かった。そして、まず自活の道を、と急いだ。彼女が選んだ自活の道は、母が子供の時に、とくに彼女にあたえた芸ごとの下地をのばすことであった。彼女は、琴より三味線の道を選んで、急激に修業につとめた。

彼女は、出来るだけ次女に負担をかけまいとして、まず、師匠に通う時の装いを切つめた。それは、紺の無地の着物に紺の羽織であった。長唄にかぎらず、この種の芸ごとの環境は、すべての点で派手であり、社交面もおおいことを知っている彼女は、まず質素な装いによって、それを避ける方法をとったのである。

彼女は、毎朝八時から三味線を弾きだし、稽古から帰ってくれば、すぐまた弾きだすというぐあいで、夜は十時まで弾いた。時には、唄の稽古のために、のどを破るために、近くの海や原っぱまで出かけて練習した。

ついに、近所から苦情が出た。弾丸的なこの彼女の行動は、職業人として立とうとする気持と同時に、子供のことをまぎらわす、という気持も多分に含まれていたのではないかと思われた。

その後彼女は、芸ごとつまり技術によって食べてゆくことの険しさをだんだん知ってきた。と同時に、姉の経済にたよる苦しさを知った。約二年後彼女は銀座に間借りして、ある銀座の料理屋で働くことによって、自活の道とした。もちろん、三味線の修業を重ねていったことはいうまでもないのである。

彼女の竹を割ったような性格と、生きるための努力、そして彼女の子供の頃から持っていた芸ごとにおける才能によって、技術は、だんだんと玄人の域に入っていった。そして、師匠の名をとって、三味線の道で自活出来るようになったのは、離婚後五年目であった。

その後彼女は、三味線を手離さずに生活とたたかいつづけ、昭和十六年頃、医者から後期心臓弁膜症の診断が下されたのである。そして約二年間病床について、十八年の秋に、数え年四十一歳の若い生涯を終えたのである。病床にある間は、ささやかではあるが、彼女の自力による預金によって完全にまかなえたのである。人の世話に決してなりたがらない強い彼女だったが、亡くなった墓前で姉妹たちは話し合った。「自分の力で自分が死ぬまでまかなうことができたのだから本望だったただろう」と。

その間、両親のすすめによって、いわゆる、見合結婚をした長女は、つねに、妹たちの生活のたたかいを見守りながら心配していた。一男をもうけ、実際の夫婦生活は幸福であったに違いないが、妹たちへの愛情があまりにも強いため、ともすれば、夫婦間のあらそいごとにもなることを、妹たちは感じていた。

そして、がむしゃらに働いている妹たちの方が、かえって幸福であって、封建的な家庭人としての長女が、かげながら妹たちをかばう心づかいを、うれしくも感じ、また、悲しくも感じていたのである。

酒も煙草ものまない一番姉妹中で温和しい長女が、中風でたおれ、五、六年も伏せって亡くなったのが、戦争のまっ最中であった。小石川の東大附属病院や神奈川の疎開地に、母代りに看病に出むいたのも相続人の次女であった。一男は出征中であり、彼女の夫と、次女に見守られながら、生涯を終えたのである。

『主婦的話法』より

伊藤雅子

不当感／ちょっとちがう／誇りの水位／いいお仕事／家庭へ、家庭へ

伊藤雅子（いとう・まさこ　一九三九～）

65年国立市公民館職員として、全国で初めての託児所つきのセミナーを開く。そうした活動から、女性、ことに主婦の問題を中心に市民の教育活動にたずさわる。75年『子どもからの自立――大人の女が学ぶということ』（未来社）で毎日出版文化賞受賞。公民館での活動をまとめたものに『主婦とおんな――国立市公民館市民大学セミナーの記録』などがある。著書に『いどばた考現学』（未来社）、『女のせりふ』（福音館書店）『新版・子どもからの自立』（岩波現代新書）など。本書掲載の五編の初出は、78年中部経済新聞、82年毎日新聞。のちに他編と併せて『主婦的話法』（未来社、一九八三）にまとまる。

不当感

要領のわるさ、整理のまずさも手伝って、なんだかせわしい毎日を送っている。考えてみると、いつも「これさえ片づけば」と思って暮らしているのだが、ひとつ片づくかと思うとすぐさま次の「これ」がたちあらわれて、結局いつもいつも「これ」を抱えこんでいることになる。いまも、いくつかの「これ」に追いたてられているしまつ。世は春のさかりというのにゆっくり花を見ることもできずにバタバタしている。せっかく桜並木のきれいな町に住みながら、なんという暮らしかと情けない。

で、朝、職場に向かうのに少しでも時間にゆとりがあるときには、家々の庭からのぞいている花の木をたどるようにしてちょっと遠まわりをしながら、つかのま春の花模様をたのしむ。名残の桜、ぼけ、蘇芳、乙女椿、もくれん、花海棠、満天星《どうだん》、山吹、れんぎょう、雪柳、こでまり。えにしだも花をつけだした。藤もつつじももう咲きはじめている。頬をなぶる風も花の香、光の粒を含んで快い。あまりうっとりして自転車をぶつけてはお笑い草だが、花道（?）を通ってのご出勤だ。花をながめるにしてはなんともみみっちいことだが、それでけっこういい気分になったりするのだからよほど私は安くできているらしい。

なにの気なしにそんなふうに話したら、

「どうもわれわれ女性は、小さな幸せをみつけてそこに満足するすべに長《た》けすぎている。とくに気になるのは、小さな幸せをみつけて自分をなだめ、大事な問題から目をそらす傾向があること。それを処世術にしてしまっているのね」

と、マジメな友人に話を大きなところへもっていかれてしまった。

「そういうこともあるかもね」とモゴモゴいっていると、彼女は、自分に向かっていうように訥々《とつとつ》として「たとえば、ね」と話し始めた。

たとえば……。

夫の転勤のために女が自分の職業を続けられなかったり、土地に根をおろした活動ができなかったり、結局自前の人生設計をたてることができないまま終わってしまっている現実について、このところいろいろな人が問題にとりあげるようになってきた。それだのに当の女の人自身が「いろいろな土地に行けていい」「気分がかわっていい」と一生懸命自分をなだめている。そして、そういうふうに気の持ちようでマイナスをプラスにするのが賢い生き方だと思いこんでいるフシがある。

もちろん、現実の暮らしの中では、マイナスとみえることの中からプラスをみつけ出していくのは大事なちえだけれど、だからといって企業の都合のままにどうにでもされていくいまの男の働かされ方、その男に従うほかのない女の暮らしのあり方に対して、まるで宿命のように目をつぶってしまっていいものだろうか。こんなことはおかしい、ひどいと思う気持ちまでおさえこんで、不当なことを不当と感じとる力を自分でつぶしてしまうのはあぶないと思う。いってもすぐにはどうにもならないことだとしても、せめて自分からそれを肯定するような発言をしたり、正当化する側にまわることだけはやめたい。

——そういうことなら、私も同感だ。

いま当然のことのようにして私たちが得ている人間らしい権利のひとつひとつは、どれも、はじめはきっと「いっても仕方がない」と思われていたことばかりではなかったのか。とんでもない贅沢、わがままと思われていたことも少なくなかったにちがいない。けれども、それをしっかりいってきた人たちの歩みがあって少しずつ少しずつ道が拓かれてきたのだということを忘れたくない。

ひとつのことに対して不当と感じるか否かでその人がとらえている人間らしさのなかみが見えることがある。不満ばかりいっている不満居士では自分もまわりもつまらないけれど、なんでもいい方にと解釈することばかりが生活のちえだとは思わない。

ちょっとちがう

ここの公民館でひらかれたある連続講座でのこと。それは、暮らしの中にひそむ性差別を洗い出していこうという趣旨のもとに、講師のお話だけでなく参加者の一人一人が互いの問題を出しあう形で行われたのだったが、再就職の口を求めてぶつかった壁を語って、ひとりの主婦がこんなことをいった。

「どこでも女は若くて独身であることが求められ、中年の子もちの女などは頭から使いものにならないという目で見られる。家庭をもち、子どもがいる方が人間の幅もできて、いい働き方ができると思うのに」

その発言をめぐって、他の人たちからも共感の声があがった。

と、ひとりの人が少しいいよどむようにしてこういった。

「あげ足をとるみたいでいいにくいのですけど、誤解をされるような場ではないと思うのでいいます。子どもがいる方が人間の幅があるというふうにいわれると、私のような独身の、もう若くもない女は救いがないように聞こえてしまいます。いつも経験していることですが、たとえば、職場でイライラしていたりすると、すぐ、独身だからヒステリーをおこしていると見られる。でも、それは、独身だからなのではなく、私という人間が至らないからなのです。なにかいうと、（独身の女は……）という色めがねで一括りに見られるのは困ります。いま発言した方は、もちろん、そういうつもりではなく、子どものいる女性への偏見や冷遇に対する怒りからおっしゃったのだと思うけれど、私たち女同士が無意識に差別しあってしまっていることに目を向けたいと思うので……」

とてももののやわらかないい方で語られたその人のことばをききながら、私は、自分も子もち女のひとりとしてこの指摘をしっかり胸に刻んでおこうと思った。

子どもを生み、育て、共に暮らす暮らしの中で女が人間としてのゆたかさを得ていく事実があることは確かだ。が、その事実をいうときに、もうひとつまわりに心がとどかないと、思いもかけぬところで人を隔てる仕打ちにつながってしまうということ。似たようなことは他にも私たちのまわりにたくさんありそうだ。

同じことをいうにも、それをいう人がどの立場でいうかによって聞こえ方がちがうこともよくある。たとえば、女はとかくわが家庭わが子にかまけて視野が狭くなり、社会性に乏しくなることはよくいわれるところだ。しかし、それは、女自身が自戒としていうのならとても大事なことだと思うけれど、男が女を見下すようにしていうときには私はけっしてうなずく気になれない。そういうふうに女をしむけ、そういう女の暮らしを下敷きにして男社会が成り立っている現実をとびこえて男がそれをいうのは、いう人の、自分の見えなさばかりが浮き出てしまう。

また、これは、ついこのあいだ聞いたこと。小さい子を抱えての共働きの女性。職場が家からごく近いところにあるという。そのことが話題になったとき、彼女はこんなふうにいった。

「職場が近くてとてもたすかっている。だから、『近くていいですね』と人にいわれると、心から『ええ』と答えている。でも、夫が人に向かって『近くていいんですよ』といっているのをきくと、(ちょっとちがうんだけどな)と思ってしまう。そのいい方には、妻の職場が近いおかげで自分がたすかっているという意識は感じられなくて、妻にとっていいと思っているみたいなのね。私が近いために私ひとりで家事・育児を負うことになっている問題にはさらさら気づいていない。だとしたら、お互いの関係の上で、私が職場に近いことは必ずしもいいことになっていないでしょう」

ひとつの事実をはさんで同じことをいいながら、そこに照らし出されるものは、やはり、その人自身だということだろうか。

誇りの水位

食べ盛りの子どものいる家ではどこも同じだと思うけれど、わが家のむすこの食欲もすさまじいばかり。高校生になって、その勢いは衰えるどころかいまにも食いつぶされそうだ。「おはよう」と起きてきたかと思えば「腹へった」といい、学校から帰れば「ただいま」もそこそこに「今晩、なに。腹へったあ。死にそうだあ」という騒ぎ。食前に炒飯、食後にラーメンというようなありさまは毎度のこと。あげくに「夜食というのは何時まで起きてると出るものなのかなあ」などと真顔できいている。

学校でも昼を待たずに早々とお弁当を食べてしまっているようす。まあ、早弁は私にも身におぼえのあることだから、理解を示すにやぶさかではない。きけば、昼にはパンを買って食べたりしているというので、ある朝、お弁当の包みを渡しながら私が「お昼のパン代、あげようか」といったら、むすこは意外にも「それはいいスよ。自分のこづかいで出しますから」という。私は（あれっ）と思った。そして（おもしろいな）と思った。

それはいいスよ。自分のこづかいで出しますから……。正規（?）の昼食の弁当はつくってもらってもっていくのだから早弁のあおりのパン代は自分でまかないます、自分で処理すべき領域だと思っています——ということなのだろうか。たずねてみる間もなく当人は「行ってマイマース」と出かけていってしまったが、私は、このときのむすこの論理に興味をもって、その後もなにとはなし気にかけている。

いまむすこが自分の中に引いている一線は、どんな線なのだろうか、もっとたしかに知っておきたいという親としての関心。それから、もうひとつは、人はそれぞれ自分の中にどんな一線を引いて暮らしているのだろうという関心が、私の中に宿りはじめた。

と、目にとまること、耳にとまることがある。

たとえば、夫の勤め先の社用の用箋や封筒の類を平気で使っている主婦が多いなかで(私はそういうことはしない)と自分の中にはっきり線を引いていることが見える人がいる。そのことが話題になった折に当のひとりは「いわゆる公私混同はしたくないというのとも少し違うのね」とちょっと照れながらこういっていた。

「女のプライドというか、妻のけじめというか、会社に属しているのは夫であって、妻の私は別でしょう。主婦は個人としてはなかなか認められず、いつも夫の中にあいまいに含みこまれている。夫の社会的地位によって妻の格付けがされている。そんな傾向に反発を感じている私なのだから、夫の会社と自分との関係にもけじめをもっていたい。おおかたは、タダだから使っちゃおう、家にあったからちょっとというような軽い動機なのだろうけれど、私は、そういう小さな穴から自分が崩されていくのがこわいという感じなのね」

また、「夫は遠慮なく使えばいいといってくれるけれど、自分の、ならいごとのための費用は自分で稼ぎたい」と働きはじめている主婦たちも少なくない。その人たちにとっては、それが、踏みはずしたくない自分の一線なのだろう。

見る人によっては、どうということもないことにこだわっていると見えるかもしれない。しょせんは大きなてのひらの上での自己満足にすぎないではないかと見る向きもあるだろう。が、いずれも、その人なりの大事な一線であることには違いない。外からの規制で自分を縛るのではなく、自分で自分を保つために引いた一線には、そのままその人の人としての誇りの水位が刻まれていく。その線の引き方がどう変わっていくかは、その人の生き方の軌跡を記すことにもなっていくのだろう。

そう思って、やおらわが身をふり返ってみるのだが、どうも私の一線は、いつもうっすらとかすみがちの点線でしかなくて、いまさらながらいやはや心細いことだ。

いいお仕事

　はたから見るのと実態とでは大ちがいとは、何についてもよくいわれるとおりだ。けれども、これほどたくさんの女の人たちに関心をもたれ、求められていながら、その実態がこんなに知られていないものは少ないと思わされるのが、「いいお仕事」といわれている女の働き方のなかみだ。

　たとえば、ここの公民館で毎年開かれている婦人問題の連続講座の一つ「主婦が働くとき」の中で、先日も、ひとりの人が自分のことをこういった。

　彼女は、書を教えている。家で直接教えているほか、ある学園の添削の仕事を受けもっている。家でできて、時間が自由で、自分の才能を生かせて、それでいてお金になるのだから、主婦がよくいう「いいお仕事」の典型だ。人もうらやむ「いいお仕事」といっていいだろう。ところが、その「いいお仕事」の実態というのは、周囲から「働いている」とはなかなか認められない苦しい働き方だと、彼女はいうのだ。

　朝、保育園に子どもを送って家に戻ってくる。ときには流しに洗いものがそのままのこともある。洗たく物も、とりちらかった部屋も気になる。でも、目をつぶって添削指導の仕事にとりかかる。自分で必死で守らないとたちまち崩れてしまう始業時刻だ。と、電話のベル。セールスマンの訪問。何度も中断されて集中しにくい。この仕事をしていることを知っているはずの知人でも「執務中」とは思ってくれなくて電話をかけてきたり、訪ねてきたりする。親せきが来る。夫が印鑑証明をとってきてほしいという。クーラーの修理の人が来る等々、そんなこんなの度毎に家にいるのだから、主婦だからと、当然のこととして時間を明けわたすことになる。就業時間の確保が至難のことになっている。そして、そうやって時間を奪われた分だけ仕事が残って、睡眠時間を削っての「残業」だ。

そんな姿は、夫にも「道楽でしている」としか見られない。保育園の父母会の役員などもつとめて担ってはいるが、それも、周囲からは（昼間家にいる人だから）というあてのされ方で、同じように働いている親同士にさえ「働いている人」とは認めてもらえていない。また、家にいるからといったって、書は、お茶わんを洗った手をふいてすぐ書けるというものではないのに、仕事の内容もその程度にしか認められていないのだろう。

――こんな彼女の述懐からも、家でする仕事は、家事との両立がしやすいようで、その内実は、たいへんな努力をもって歯止めをしていてさえ、まわりからも、自分の内側からも家事のつづきになってしまうあぶなさがあることがよくわかる。「いいお仕事」として美化してとらえられているその実態は、職業とはいっても主婦の余暇の善用の域をなかなか越えにくい。それでは、女が一人の社会人としてその位置を拡大したことにはならない。

男が働いて収入を得、それを土台にして女が家事・育児をする性別役割分業を前提にしたいまの社会のしくみをまたとなくいいものと思っているのならともかく、女が〈働く権利〉とは遠いところに位置づけられ、職場でも、そして家庭の中でも程度の差、現象のちがいこそあれ根のところでは男に従う者として生きることを余儀なくされることの多い現実を不当と見る視点から見れば、いま「いいお仕事」とみなされている女の働き方はまったくちがった様相でみえてくる。

「いいお仕事」というとらえ方は、何にとって、誰にとって「いい」のか。また「いいお仕事」といういい方の「お」の字が気になるという人もいる。小ぎれいで、知的な雰囲気で、そのへんのパートや内職のおばさんとはちがいますといいたげな差別的なひびきがいやだというのだ。「これは働くことや働いている人をそこから見おろしている考えかたではないのでしょうか」(『主婦とおんな――国立市公民館市民大学セミナーの記録』未来社刊)と指摘している人もいる。

私たちが日常なにげなく口にし、耳にしているこの「いいお仕事」ということば。とらえ方。そのなかみをとくと見すえてみる必要をあらためて感じている。

家庭へ、家庭へ

　さきごろ自由民主党が特別委員会を設けてまとめた「家庭基盤の充実に関する対策要綱（案）」*には「家庭の日」新設をはじめ三十余項目にわたる重点施策が並べられている。

　たとえば、持ち家取得の促進、生活環境の整備、育児休業制度の普及、定年の延長と中高年者の雇用促進からテレビの深夜放送の自粛といったことまで実に多様で、そのありさまはまるで選挙時の各党の公約、あるいは国民各層の政策要求を集大成したかの感がある。

　これは、家庭の問題がそれほどにもあらゆる領域に結びついているということを示しているとも言えるかもしれない。が、他方、それらの一つ一つの施策が、なぜ、いま、とりわけ家庭基盤の充実のためというような意味づけを付加して提示される必要があるのかという疑問を呼び起こさざるを得ないだろう。

一読後の私の印象は、言うことも立派でついケムにまかれてしまったけれど、なんだかもう一つ信頼がおけない人と会った後のような、とでも言えばよいだろうか、もやもやとした疑念がわいてくる。

「家庭重視の時代の幕開けにあたり、新たに『家庭の日』を創設し、家庭基盤充実についての国民的意識の高揚をはかる」ことが、この要綱の眼目であると言ってよいと思うのだが、こんなふうに書かれると、いかにも家庭を重視する意識が国民に乏しいような、それがこんにちの家庭の崩壊的状況の主因であるような感じにさせられる。

しかし、これまで私たちは家庭を軽視してきたのだったろうか。そうではないと私は思う。それどころかただひたすら個々の家庭のがんばりによって家庭基盤を充実させるように、そのようにしむけられてきたのではなかったか。そのために、いきおい家庭は閉鎖的に、孤立的になり、破綻《はたん》を招いてしまっているケースが多い。少なくとも、今日の状況は、国民の家庭を重視する意識の欠落に起因しているのでないことだけは確かだと思う。

いま、家庭が負うているしごと、主婦が家庭や地域で負うているさまざまなしごとは、どれも私たちが人間らしく生きていく上で欠かせない、価値あるしごとばかりだ。しかし、それを女だけ、主婦だけで負わせられているところに問題があり、それが子どもの教育、家庭の在り方、女の生き方、女と男の関係の在り方の上に大きなひずみをもたらしていることは、つとに言われているところだ。その典型が家事・育児をひとり女の役割とみなす固定的、差別的な通念ではないのか。

この要綱（案）では「家庭の日」を設けて「家族全員がそれぞれの役割を自覚し、主婦の家事労働、育児等を見直す」とある。見直すというのなら、女は内、男は外という役割の固定化や家事・育児を主婦ひとりが負うている家庭の在り方をこそ見直すべきだろう。

要綱（案）は、政治は条件づくりに限定すべきであるとわざわざ断っておきながら、「老親の扶養と子供の保育と躾けは、第一義的には家庭の責務であることの自覚が必要である」という言葉にも端的にあらわれているように、ある種のイデオロギーによって国民の意識を操作しようとする教化政策の色彩が色濃い。

一見結構づくめの施策の羅列の中に、家庭へ、家庭へとすべてを流しこんでしわよせしていこうとする方向性が見えがくれにうかがわれる。長期的な不況のたびにうたわれる「女は家庭へ」のコーラスが、またぞろ聞こえてきたと思うのは、私ひとりの幻聴だろうか。

＊（編者注）本文で言及されているのは「家庭基盤の充実に関する対策要綱（案）」であるが、一九

七九年に発表された要綱では、結婚した女性を「家族経営を采配する存在」たる「家庭長」と呼び、老親のケアや子どもの教育は第一義的に家庭の責務である、とされている。

『楽しい二人暮らしのＡＢＣ』より　三宅菊子

リクツじゃ共働きはできない
リクツ抜きでしてしまうことだってある

三宅菊子（みやけ・きくこ　エッセイスト　一九三八～二〇一二）
父は画家の阿部金剛、母は評論家の三宅艶子、祖母は作家の三宅やす子。65年、取材先で出会った評論家の佐藤一と結婚。それまで働いたことのないお嬢さん育ちであったが、夫の研究・執筆を助けるべく働きはじめる。雑誌『an・an』では創刊当時からライターとして活躍した。著書に『楽しいひとり暮し　生きることのおしゃれノート』（じゃこめてぃ出版）、『宇野千代振袖桜　ちょっと自伝』（マガジンハウス）など。本エッセイは『楽しい二人暮らしのＡＢＣ』（大和書房、一九八一）を底本とした。

「よそのうちは羨しいよ！」

共働き、共稼ぎ、というような言葉に対してプンプン腹を立てることがある。よそのうちは羨しいよ、〝共〟なんだから。うちは〝ひとり稼ぎ〟だからたまらないわよ！

――これは私が夫に言う最大かつ最悪の憎まれぐちだ。

私はろくに働いたこともない、稼ぐ手段も実力もない、という状態で結婚したのだけれども、気がついたら私が稼ぎ役、夫は費《つか》い役と、世の中の常識からハミ出す夫婦になっていた。こう話すと、私が髪結いになって夫はぐうたら、なのかと思われてしまうが、ぐうたらでは私のほうが遥かに夫をしのぐ。

どうなっているのか説明するには、昔々にさかのぼって、夫の身の上だとか私が彼にどうやってめぐり合い、なぜ惚れたか等々々を言わないと誰にもわかってもらえない。が、これは長くて（他人には）タイクツな話なので省略。

一口で言えば、夫はもちろん働いているが、ただその仕事が一朝一夕では金にならないのだ。いっぽう私は、どちらかと言えば「日銭が入る」という感じに、細かい仕事をこなしている。

夫はジャーナリスト……と呼んでいいのか、あるいは研究者というのが近いだろうか。昭和二十年以降の現代史を、労働運動や政治的（と言われている）冤罪《えんざい》事件などを中心に調べ、書くことを仕事としている。また、政治とは関係なく、無実の罪で重い刑を言い渡された被告人のいるいくつかの事件も調べたり書いたり、救援活動を少し手伝ったりしている。それはかつて彼自身が、冤罪を着せられて長い苦しい闘いを余儀なくされた体験があるからとも言えるし、自分の体験を別としても、もともと正義感の強い人であるためかもしれない。とにかく彼は、そういう「労多くして収入の少い」仕事を選んだのである。

そして私は彼を選んだのだし、彼の仕事の選択を心から支持したのだから——生活費は私がなんとかするわよ、と言ったのは当然すぎるほど当然のなりゆきだった。

十四年という長い月日を、裁判をめぐる活動と闘争にあけくれた彼は、その間正常な社会生活を中断させられていた。が、それにしても、無罪をかちとってからはいくつかの職をすすめられもしたし、何かまったくちがう仕事を始めることもできたわけだ。にもかかわらずいまの仕事を選んだ彼の理由も気持もある。

それとは別に私は、この仕事を夫にしてほしいと思った。ほかの仕事はほかの人がかわってできるかもしれないが、この仕事だけには彼にしかわからない部分（自分が冤罪で苦しめられた体験や、そのまえに終戦直後の労働運動の中にもいたこと）があるのだから、この人に単なる「生活のための」仕事などさせるべきじゃない。

私は子供の頃、『三銃士』とか『紅はこべ』などが大好きだった。女王の御為に、とか身命を賭して誰々夫人をお救いします、というような話をわくわくして読んだ。その続きの気分だったのかもしれないが、私は夫の「ために」やみくもに頑張ったのである。

最初の頃は、夫はある昭和史の研究会事務局を担当して、ほんの少しだけれど給料をもらっていた。が、小さな会だからそれも滞りがち、そのうえ意見の衝突もあって、会を辞めることにした。研究はまったく一人だけで続ける決心だった。自由な立場ではあるが、無収入。しかも何を調べるにしても単独個人はやりにくいし費用も大きな負担になる。私としては前途多難で見通しなんてまるでありはしない状態に立ったわけだ。

——いま思うと、そのあまりにも前途多難な感じが、私のひたすら頑張る原動力になった。

とは言っても、なにしろ新米ライターなのだから、収入はたかが知れている。結婚するまでの〝わがままお嬢さん〟生活とはうって変っての貧乏暮しである。高級洋服屋でオーダーして何回も仮縫いをした服を着ていたのが、既製品（まだその頃は既製品というとぶらさがりなどとばかにされるような、いまとはちがう感覚が世の中全般にも残っていた）でさえ買わない、毎シーズン昔の服をひっぱり出して着る。映画も見られない、もちろんコンサートなどには行かれない。そういうもろもろのことを、「我ながら変われば変われるものだ」などと思いながら、わりあい平気で我慢していた。

　わりあい平気で我慢、というのは少しヘンな言い方だ。つまり、ほんとうに平気なら我慢とも思わないはずで、ひどく辛かったのなら平気どころか歯をくいしばって、と言うのだろう。が、私はそのどちらでもない気分のまま、自分では納得していたのだ。

「そんなダンナ何さ！」と言われてカッときた

　その頃、お嬢さん学校の同級生だった昔の友達で、ヨーロッパ人のお金持と結婚している女に会った。久しぶりなのでお互いの生活をべらべら喋り合っていると、そのうちに友達が呆れた顔をして言うのだ。

「それじゃあ一体なんのために結婚してるのよ。そんなに年が離れてて、趣味も好みもぜんぜん合わなくて……一緒に遊びに行くことなんかないんでしょ。それで金も稼いで来ない、体も弱い！　そんな男とずっと暮して行くつもりなの、別れちゃいなさいよ、別れるべきよ」

　女二人の昼ごはんで、（私にはものすごく久しぶりの）ワインを飲んだりしたせいかもしれない。彼女は私の夫をケナシ始めて止まらなくなってしまった。私のほうはカーッと頭に血が上って、おまけに涙までぽろぽろ流れてきた。

　そのまま、椅子を蹴っとばしドアをバタンッ‼　と叩きつけて閉めて、帰ってきてしまった。友達はびっくりしたのか後悔したのか、その日の夜、私の留守に訪ねてきたらしい。うちに帰ってみるとドアの前に大きな荷物が転がっていた。

サンタクロースの袋ぐらいの大きさで、中に服やセーターやシャツがいっぱい入っている。どれも彼女の着た〝お古〟ではあったが、なにしろお金持でおしゃれだから、カシミアのセーターとかムトンのコートとか、その頃の私には（あるいはいまでも多分）絶対に買えない上等品ばかり。私はこのときの衣服で数年間を暮し、素敵なコートね、といったほめ言葉を受けたことも何回となくあった。

私はちゃっかり洋服はもらって、彼女のことを思いだすとニッコリしてしまうのだったが、表向きはずっと「バタンッ‼」の怒りを継続させて、その後何年も口もきかなかった。

平気で我慢、というのはつまりこういうことなのだった。「そんなダンナ何さ！」と言われると本気で怒り、「だって愛してるんだもん」などとは恥かしくて言えなかったが心底その気持で。しかも、夫が稼がないとか、年が離れていて映画の好みもちがうとか、を不満に思ってもいたのである。彼女が言い当てたからカッとなったのだし、誰かにそう言ってもらいたい気持だってどこかに持っていたと思う。

私はほんとうに本気でがむしゃらに働いたけれども、それは夫のしている仕事の端っこを私も協同で受け持っているんだ、ということが精神的な支えで、大方は嬉々として働いていたのだったけれども——それでも、ときどきはブツブツ言ったり、家賃が払えないと言ってヒステリックに泣いたりもした。そうやって十年くらい暮した。

私の仕事は、どこかの編集部へ行って急いで原稿を書くことや、取材に歩きまわることや、うちで夜中じゅう頭をひねりながら何かを書く……ようするにキチンときまった時間にごはんの支度をしたり、毎日ていねいに掃除をするなんていうことができにくいスケジュールになっていた。朝まで書いて、その原稿を届けて、その足で取材に行って、打ち合わせに回って、といった調子の日には主婦だの家事だのとは全然縁のない生活である。仕事がだんだんふえてくるにつれてそうなってきた。

ところが夫のほうは、取材や調査に出かけることはあってもそうひんぱんではないし、大方はうちで机に向って資料を読んだりノートをとったり、という生活。圧倒的にうちにいる時間が多いのだから、ごはんを炊いておいてくれるとか、おかずも作っておいてくれる、ということに当然なる。

第一、掃除も洗濯も台所仕事も、彼は私よりずっと上手だった。私のほうが料理のレパートリーは多いけれど、庖丁も塩も胡椒も出しっぱなしにして狭い台所を散らかしほうだい、煮ものをすればすぐ鍋を焦がす、そのうえ皿洗いは大嫌い。家事全般のどの部門に関してもそんな具合なのだ。

どうして家事は女のものだと信じこむのだろう？

女房が外に出ていて亭主がうちにいるからといって、必ずしも亭主がごはんの支度をするとはかぎらない。うちにいる者がするのが当然……などとは夢にも思わず、実際そうはならないご夫婦も多いらしい。

成功した女実業家や何々の第一人者と言われる女性を取材することがあると、たびたび思い知らされるのだけれど――多くの〝キャリアウーマン〟たちは仕事を男以上にぱりぱりこなしつつ、家事も並みの主婦以上にちゃんとやっている。仕事が好きでしている人も、家庭の経済上の理由から仕事を始めた人も、女が家にいないのは夫に申し訳ないこと、女が家事はするものだ、と固く信じ込んでいたりする。

朝の五時に起きて掃除をして、洗濯をしながら三食の支度をして、暖めれば食べられるという状態にまで整えて、そうして八時に家を出て夕方まで仕事。こんな女の人に私は何人も会っている。家事をちゃんとこなしながら仕事をして、そのうえさらにボランティア活動のようなことをしている女性にも会った。その人たちはたいてい、子供も生み育てているのだ。

一体どうやってあんなふうにできるんだろう、なぜするんだろう。これが私の正直な感想だった。感心する以上に、信じられない別種族なのである。

私の夫が、当然のごとく、ごはんの支度を受け持つハメになってしまったのは、私が家事が下手なうえに、それが私の義務だと信じたりしていない……つまり私が「しない」からやむを得ず、だったのだ。

さらに、夫は「する」「できる」タイプの男だったから。これは一つには戦前の農家で育ったため、子供のときから子守りもすればかまどやお風呂の火を焚くことも、庭の掃除もにわとりの世話も……いろいろな〝労働〟を分担させられ、それが当りまえと思って生きてきた人なのである。

戦前の男は封建的だった、などときめてかかる人も多いけれど、家事は主婦だけがするもの（主婦は家事だけをするもの）、というような考え方は、都会《まち》の勤め人の家庭だけのことだったようだ。農家でも漁師の家でも商家でも、奥さんだって家業《しごと》をするし、だんなさんが台所や掃除をすることもある。そういう家では子供にもいろいろな手伝いをさせて育てもする。

私の夫は、早くに親を亡くして親戚の中で暮し、十五歳で東京に出た。〝自立〟などという言葉を知るよりも早く実際に自立して生きてきた。しかも、ものの考え方として、男と女は平等、というようなことをほんとうに心から言いも考えもしていて（結婚するとき、私はそこのところにとても感激していた）、どこを押しても「女のくせに生意気だ」とか「俺は男なんだから買物籠さげて八百屋になんか行けるか」といったセリフは出てこない人だ。

結局は自分が面白いから働き続けてきた

さて、こういうわけで、私のうちでは世の中の多くのご夫婦とはちがう生活スタイルができあがって行った。私が主として生活費の獲得に精を出し、夫は（当面お金にはならない）仕事に専念する、家事は二人でする。相談してきめたというのではなく、じょじょにこうなったのである。

結婚して何年か経ってから、思いだして笑ってしまったのだが――私は結婚まえには、まさか私が稼ぎ係にはなるなんて考えてもいなかった。夫に養ってもらおうとは思わなかったが、なにせ稼ぐ実力がない。せいぜい自分の食べるぶんをなんとかしよう、という肚づもりだったのだ。

わりあい青くさい「男と女は平等」論を振りまわす女の子でもあったから、結婚したら財布は別べつ、すべて平等に割勘、が理想と考えていた。友達と話していて、

「そうよ、夫婦だからって何でも共有なんておかしいわよね。お互いに独立した人格なんだから。たとえば好きなレコードがあって、相手にもきかせたい。その場合は一枚を二人できくんじゃなくて、もう一枚相手のために買うべきよ」

と力説したことがある。それは固い決意だったはずなのだけれど、いざ結婚してみたら、同じレコードを二枚どころか、レコードなんか一枚も買えない経済状態となったの

だった。そして、半分ずつの割勘などということは、たいていの夫婦にとって不可能だともわかってきた。

たいていの夫婦は、話し合って相談して決定して、などではなく自然の成りゆきで、稼ぎ係や家事係になっている。そのときどきで役が入れ替ったり、一生そのまま続いたり。お金以外のこともそうかもしれないが——そのときどきのあり方を、それほど心から納得していないかもしれない。納得ずくや理屈ではなく、スタイルは必要と成りゆきでできあがって行くのだ。

私は稼ぎ係でいることをブツブツ不満にも思ったし、ちっとも納得してない面もあった。それをかくしたり、無理矢理に自分の気持を変えたりもしないで、ときどきは夫にワーワーわめき怒ったりもした。そういう調子で、じょじょに成り行きにはまって行ったのだ。

そして私はいまになって思う。私が新米時代にがむしゃらに働いたのは（たしかにお金がほしかったのではあるが）生活のためや夫の研究のためではなかった。自分がそうすることが面白かった——遅まきながら〝自立〟したい欲求が芽ばえて、ちょっとずつでも成長して行くことに興味を覚えていた、だからそのために働いていたのだ、と思う。事実その時代が私のライター修行だったのだし、私は夫のためどころか夫のおかげで自分の勉強をさせてもらっていたとも言える。

自分のしていること、してきたことの意味なんて、時間が経って何回も考え直してみなければほんとうのところはわかりはしない。

『表参道のアリスより』より

高橋靖子

びんぼうなんかこわくない／柿の木のあるアパート

高橋靖子（たかはし・やすこ　スタイリスト　一九四一〜）

大学卒業後入社した大手広告代理店を数ヶ月で退社し、当時、多くのクリエイターが事務所を構える、60〜70年代カルチャーの拠点・原宿セントラルアパートにある広告制作事務所でコピーライターとして働く。60年代半ばより独立、数多くのミュージシャンや俳優のスタイリングを、さまざまな媒体で担当、日本のスタイリストの草分けとして活躍する。愛称は「ヤッコさん」。著書に『表参道のヤッコさん』『時をかけるヤッコさん』などがある。本書所収の二編は『表参道のアリスより』（大和書房、一九七八）を底本とした。

びんぼうなんかこわくない

五年まえのある日、わたしは友人のスバルサンバーに、おふとん一組とダンボール箱二〜三個をつめ込んで、そのてっぺんに風車をしばりつけ、それまで住んでいたマンションを出ました。

よいお天気で、風車はキラキラ光りながら、いせいよくまわるし、サンバーが原宿の表参道にさしかかると、思わず心の中で「ただいまーっ」と叫んでしまいました。

それまでの五年間、原宿から十分ほどの渋谷のマンションで、ある人と共同生活をしていたのです。しかし、その日、その生活をやめて、わたしはまた一人になろうとしていました。

原宿の小さなアパートに、わずかな荷物をおろして、新しい部屋をみまわしたとき、「何もないんだなァー、一人なんだなァー」と思いました。

そう思ったとき、わたしはちっとも感傷的にならなかったばかりか、むしろ、すがすがしい気持でした。

「無欲は大欲に似たり」という言葉があるそうです。

欲のない人というのは、なまじっかのことやものでは満足できない人で、実は大変な欲ばりなのだ、ということらしいのです。

わたしは、何もなくなったところで、物から解放された思いきり欲ばりな生き方をしてみようと思っていました。

わたしにとって、一番大切なことは、人生を若く生きることでした。

切り捨てること、取りのぞくこと、シンプルになりきること――ができるかどうかが、その時の自分の生命力のバロメーターであるような気がしました。

そして、わたしは、よくもこれだけびんぼうに、シンプルになれた――というところまで戻ったのです。

だからわたしは、自分にむかって「ただいまーっ」ということができたのです。

いちど生活を拡大してしまうと、なかなか縮小することはできません。だんだん、あってあたりまえのものが増えていきます。

それと同じことが逆の場合にもいえます。一挙に生活を縮小してみると、なくてあたりまえのものが多くなるものです。

わたしがそんな生活をはじめたころは、アメリカ経済が不況におちいり、日本経済にもその波が徐々におし寄せつつある――という時期でした。

しかし、わたしのまわりには、あい変らず仕事にいそがしい人がいっぱいいたし、街にでれば、新しいブティックがこれでもかこれでもかと出現し続け、服があふれていました。

けれど、誰の胸にも、「もうすぐきびしい時代がやってくるぞ！」という予感があったと思います。

そして、オイル・ショック。

一年から一年半ぐらい前のわたしは、テレビを持たないとか、新聞を読まないとか、そして服をもっていないとかいうことで、二〜三度テレビや新聞にだされました。ある種の価値の転換期には、あたりまえのことがニュースになったりするのでしょうか。

自分ひとりで探っているつもりの自分の人生も、大きな世の中の波をいっぱいかぶっているのだ、ということを痛感させられました。

現在、わたしは新聞をとっていますが、テレビはまだありません。

わたしが、「買うときはカラーテレビにしたいけど、何万円もするなんて……」というと、「買えないはずはないでしょう」と友だちにいわれました。

しかし、それがどうしても欲しいものだったら、ちょっとした仕事をしたとき、ポンと買うことができるでしょう。あるいは、十カ月とか二十カ月とかいう月賦でもいいのです。

でも、わたしにとってテレビは、二万円か三万円の、ひどく気にいったドレスを一点買うぐらいの値段であって欲しいのです。

そして、十万円とか二十万円とかいうお金があったら、どこかへ旅にでちゃいたいのです。

テレビをみないと、時代におくれたり、情報にうとくなったりするでしょうか。「時代」とか「情報」とかいうのはわたしたちにとって一体なんなのでしょう。自分自身が生きていることが、いちばん新しいのだし、そのことが時代をつくっている——わたしは、そう考えてみたかったのです。

そして、自分の肌でふれたり、感じたりすること、地面を自分の足で歩くことがいちばん新しい情報を得ることができるのだと思いたかったのです。

もちろん、この五年間、テレビを全然みなかったわけではありません。おそば屋さんに入れば、昼のワイドショーをやっているし、夜、お寿司屋さんに行けばドラマをやっています。

そして深夜、どうしてもみたい名画をやっているときや、みた方がいいと思った番組があるときは、近所に住んでいる友だちのところへ出かけていってみます。

月の夜、静かな住宅地をポコポコ歩いて、友だちの家にテレビを見せてもらいに行く、というのも、なかなか風情のあることです。

いつか冗談だったのか、本当だったのか、ある電気メーカーの方に、「わたしはテレビなんかもっていない」「わたしはテレビなんかみない」というテレビコマーシャルに出てくれないか、といわれたことがあります。そのとき、「そのコマーシャルに出たあとで、カラーテレビを一台くださるのなら、でます」と答えました。

テレビがあるのも悪くない、テレビがないのも悪くない——でも、もうそろそろ、何かのきっかけでわたしの生活の中に、ふたたびテレビが転がり込んでくるのも、なかなかいいことではありませんか。

ほんとうのことをいうと、物もお金ももたない、裸で生きていくということの大変さを、わたしは何度か経験しています。

びんぼうはこわくないか——というと、びんぼうはとてもこわい。

この世の中に、経済という、どうしようもない仕組みをつくって暮らしているのは、人間のせっぱつまった知恵で、その価値基準のなかで生きていかなければならない以上、やっぱりびんぼうはこわいのです。

あるとき、わたしは質屋さんに行きました。

生まれて初めてのことだったから、門の前を行きつ戻りつ……そして、小さなものを、小さなお金にかえたのです。

そのときのことをチラリと恋人にしましたら、彼はいきなり泣きだしました。そんなことをさせてしまった自分がくやしい——というのです。ということは、それだけわたしのことをおもってくれているのだな、とその時わたしは感じたのです。

質屋さんの門をくぐったことより、彼の心を確認できたことの方が、ずっと大きなことでした。

生きてゆくことの価値は、自分の目と手でみつけてゆきたい。そして、わたしにとっての最高のものが、恋人や友だちにとっても最高であったら……美しいとかすばらしいとか思えることをみんなで感じあえたら、それがやっぱり一番のしあわせだと思います。

朝、太陽が昇って、わたしの部屋のスリガラスに、太陽の金色の輪がうかびます。わたしにとって、その輝きはどんなダイヤモンドの光よりも美しく感じられます。

その金色の輪は、ほんの短い時間で消えてしまいますが、次の日、また次の日、必ずやってきます。

一瞬は永遠なのです。

五時頃起きて、空が刻一刻と変ってゆくのを眺めながら、お風呂に入ったり、体操したり、朝ごはんを食べたりしていると、わたしは世の中で一番ぜいたくなんじゃないかしらなどと思ってしまいます。

——最後に。

デパートでコンピューターの星占いをしたときのこと。

「生涯のうちで、万一裸で世の中に捨てられても、食うに困ることのない人徳があります」とありました。

だからやっぱりいってしまいます。

びんぼうなんて、こわくない！

柿の木のあるアパート

わたしが生まれ、育った田舎の家には、柿の木が九本ありました。

旧式な造りの家だったので、それぞれの部屋のまわりは廊下で囲まれていて、この廊下を、冬は三時、夏は四時になるとふきそうじをするのが、わたしの役目でした。

子供にとって、こういう廊下だらけのだだっ広い家は、かなり不都合なものに思えて、「○○ちゃんの家みたいに赤い屋根で、ペンキ塗りのおうちだったらいいのになあ」と、ひそかに思っていました。

田舎だったけれど、体育大学や大学の農学部なんかあったわたしの町には、先生たちの家に、どうかすると、たいへんモダンな造りのものがあったのです。

そういう家は、『赤毛のアン』や『若草物語』ばかり読みふけっていたわたしの西洋好みをピリピリと刺激せずにはおかなかったのです。

でも、いま考えてみると、子供のころのすべての経験がそうであるように、あの柿の木に囲まれた家が住んだり暮したりするうえでの基本的な何かをわたしの心の中に植えつけたようです。

わたしの家は、春や夏はどの障子を開けても、どの窓からも、「青葉、若葉の日のひかり」でした。

白い柿の花が散って、小さな実をつけるころは、木もれ日の下にござを敷いて、おままごとをしました。

地面に落ちた柿の実は、切りきざまれて、「ごはん」になったり、赤ちゃん役の女の子のパンツのなかの「ウンチ」になったりしました。

わたしは、たいていお母さん役だったけど、ある日、赤ちゃん役にまわってみて、パンツのなかでコロコロ転げまわる小さな柿の実の感触が思いがけず、たいへんセクシーでエキサイティングなものであることを発見したりしたものです。

五年前、原宿の表参道から二、三分のところにある、現在のアパートに引っ越してきました。それまで、五年か六年、わたしは男の人と、白い壁に青いじゅうたん、白い家具がそろったマンションに暮らしていました。

朝、ほんのひととき、部屋にななめの光りがすうっとはいりこむ以外は、ほとんど日があたらないマンションでした。そこでわたしは、ひととおりの都会生活を経験したのです。

ネコ足のドレッサーやフランスふうベット、北欧のなべや食器、サンローランの洋服……そして、そんなふうにいっちゃって許してもらえるのなら――一人前の女としての、男の人との共同生活。

ある日、そういうもの一切がっさいにさよならしたとき、「何もなくなって、若返ることができるなー」と思いました。

淋《さみ》しいとか苦しいとかいう感情より、すがすがしいっていうか、そんな気持でした。

そんなときに、散歩の途中で、柿の木のあるアパートをみつけたのでした。

わたしは、アパートの小さな部屋に、おおむね満足しています。

アパートの裏の庭のすみっこにある柿の木は白い花をつけているし、なによりも「トクしたっ！」と思うのは、近所に庭のある家が多いことです。

小さな台所に立って、朝ごはんをつくるときも、ガラス窓の向こうは、向かいの家の緑がチラチラしているし、朝のお風呂に入るときは、窓ごしに隣の家のツルバラの垣根がみえます。

五年たっても、トランク一個のなかに全部の家財道具が入ってしまいそうな、そんな頼りない生活だけど、人生に何かが起こって、ちょっぴり路線が変わるまで、当分、柿の木のみえる小さな部屋が、わたしだけの場所でありつづけるでしょう。

『小林カツ代の日常茶飯食の思想』より　小林カツ代

本当のことはひとつじゃない／一貫性なき話

小林カツ代（こばやし・かつよ）　料理研究家・エッセイスト　一九三七～二〇一四）
大阪府に生まれる。テレビのワイドショーへの投稿をきっかけに料理研究家の道へ。70年代末よりＮＨＫの「今日の料理」をはじめさまざまな料理番組に出演、昭和を代表する料理研究家として活躍、あらたな家庭料理の地平を開いた。考案したレシピは一万点以上、著書は二三〇冊に及ぶ。亡くなったのちも復刊や新刊が相次いで刊行され続けている。著書に、『小林カツ代の料理の辞典』『小林カツ代のおかず道場』『おなか華すく話』（河出文庫）など。本書掲載の「本当ことはひとつじゃない」は92～93年執筆の未発表原稿、「一貫性なき話」は85年『食の化学』初出。のちに『小林カツ代の日常茶飯食の思想』（河出書房新社、二〇一七）に所収。

本当のことはひとつじゃない

むだなものをそぎ落としていく、ってことは、何も今はじめたことじゃないの。よーく考えてみると、料理のしかたひとつとっても「むだをはぶいて、より早く、よりおいしく」っていうのがずっとテーマだったのよね。

たとえば、フキを料理するときはね、「先に皮をむいちゃって、それからゆでなさい」って生徒さんたちに言うの。すると、「でも先生、本当はフキって、いたずりするんでしょ?」って言うのね。

「両方やってごらん」って言いますよ、私。いたずりしたフキとしないフキと、どう味が違うか。結果は違わない。ならばぬれゴミを出さないやり方でいいと思う。

みんな「本当はこうするんだ」って思い込んでることが多すぎると思うんだけどなぁ。「本当は」じゃなくて、「従来は」なのよね。世の中、本当のことはひとつじゃなくて、いっぱいある。自分に便利な「本当」、むだの少ない味のいい「本当」を選べばいいんじゃないかな。

それは、別に怠けているってことじゃないの。おいしいものを作るために、いい方法を自分で発見していくってことだと思う。

たとえば牡蠣ご飯。料理の本を見ると、十中八九、別炊きして、それを後から混ぜるやり方が書いてありますよね。牡蠣のうまみを壊さないとか、形がくずれないとかで。でも、別々に炊かれると、牡蠣だってイヤなんじゃないかしら。別々に炊くと、牡蠣は牡蠣の味、ご飯はご飯の味がして、仲良くなっていないのよね。それだと、牡蠣ご飯じゃなくて、牡蠣つきご飯の味。

料理屋さんなら、見た目が大事だからそれでいいんです。「おかわり！」なんて言うお客さん、いませんから。でも、家で食べるときはね、おかわりを何杯でもしたくなるような味が大事。だから、私は最初から牡蠣もご飯と一緒に炊き込むんです。

グリンピースご飯もそう。最初から炊き込んだ方がおいしいと私は思う。グリンピースは茶色っぽくなるけど、でもきれいなの。ほんとにおいしそうなの。

昔は、牡蠣でもグリンピースでも、最初から炊き込んでたんですよ。それが、外食が一般的になって、レストランや料理屋さんの味がいいんだと思い込むようになって、けっこう家庭の味が変わってきた部分ってあるみたい。それと、料理学校や、料理の本の影響ね。

若い頃、シュークリームで失敗したことがあるんですよ。お菓子作りの本のとおりにいくらやっても、ふくらまないんです。二回、本に書いてある作り方どおりにやってみたんだけど、ふくらまない。それで三回目に、「書いてあるとおりにやるからできないんだ。本とまったく反対にやってみよう！」って思ってね。押してもダメなら、引いてみな、です。

まず水にバターを入れて火にかけるでしょ。そこで小麦粉を入れて混ぜるの。本には「そこで、よく練る。ここで怠けてはいけない。鍋の底が見えるまで練る」って書いてある。本当に鍋の底が見えてる写真までついてね。それで私、「そうか、鍋の底が見えちゃだめなんだ」って思って、小麦粉を入れてさあっと混ぜるだけにして、火を止めてみたの。そしたら！　まあ、きれいにふくらんだこと！　そして味だってすごくよかった。

その本を書いた先生には、その先生のタイミングとか、状態がきちんとあってそう書いたんだろうけど、それは、私には合わなかったわけね。技量の違いと言えばそうなんだけど、でも、もっと簡単な方法があったわけですよ。

書いてあるとおりにしてできなかったら、その逆をやってみる。だって、二回も三回もやってできないんだったら、レシピの方がおかしいのよ。もっと自分を信じた方が、おいしいものができるってこと、多いのよ。

料理学校で教えてもらうことも、全部が全部そのとおりにしなきゃいけないってことはないの。

たとえば、「根のものは水から、葉ものは湯から」と言うでしょ。料理学校では必ずそう言って教えるわよね。でも「根のものを湯からゆでた人は、いないのかしら？」ってね。葉のものを水からっていうのは、私もやりたくない。なぜかどうしてもやらない。だけど、根のものをお湯からゆでたっていいじゃないですか。

ある料理学校の先生と対談したときのこと。その先生は、「最近の生徒はまったく嘆かわしい。お湯がぐらぐら沸き立ってから、『先生、ごぼうをゆでてもいいですか』と聞くんですよ」っておっしゃるの。

それで私は、ほんとに素朴に、「お湯だと何かいけないことがあるんですか？」って、あっけらかんと聞いちゃった。その先生はあきれはてて私の顔をじいっと見るのよ。それで私、「私も、一応、根のものは水から、っていうことは知っているんですけど、毒素か何か出るということでもないらしいし、絶対の絶対にいけないことなんでしょうか？　私も急いでいるときは熱湯からゆでちゃいますけど、ちゃんとゆだりますが」

その先生、苦笑されていましたが、そんなこと考えたこともなかったんでしょうね。ただし昔はほんとに、ごぼうなんかは硬くて、水からゆでた方がいいというのはあったかもしれない。だけど、そういう法則みたいなものは、いろんな条件によって変わっていくものでしょう。絶対にこうじゃなくちゃいけない、なんてのは、少ないんじゃないかしら？　それこそね、生きるために食べることに、たったひとつの方法しかないというほどうるさくはないはずです。

一貫性なき話

近頃私は、たいへん不快な思いをしている。ある雑誌の依頼で、手軽な料理的発想のものを作ることになった。いつもながら、そのための打ち合わせを編集者とし、いくつかの料理案を出した。相手は二人。一人の方とはちょっとズレるな、との懸念が少しあったものの、それはそれで一応終わった。

さて翌日、私の留守に電話があった。昨日の件である。メモを見ながら、報告する助手が妙な顔をしている。

「あの、撮影の日の料理のことですが、それがなんだか変でして……。初めの三分の一くらいはいいのですが、聞いているうちに暗い気持ちになりまして……。それで、それを先生にやっていただきたいようなことを、先方は言っているのですが……。私の聞きとり方が悪かったのかもしれませんが……」

そんなにおかしい料理を私は提案したわけではない。「ふーん、どういうことかいな」とメモを見た。

たかだか料理名が羅列されているだけの何行かの文字にすぎないのに、私の胸は腹立ちと不快でムカムカしてきた。私の提案した料理は、半分以上、そう、まさしく助手がだんだん暗い気持ちになってきたそこから、いちじるしく変更した形で出てきている。

「何、これは‼」

「そうなんです、なんだかよくわからないんですけど、あれだと平凡なので、こう変えましたとか、なんとか言ってましたけど……」

やっぱり！　昨日の一人の方の表情からみて、やっぱりね！　私と別れた後、きっと次のような会話がなされたのだろう。

「思ったほど変わった料理が出なかったわね」

「そうでしたね」

夜、再度、電話がかかってきた。先方は、私が不快きわまりない思いをしているとは夢にも思っていない第一声である。

こちらの声のトーンに少しオヤ？　と思ってか、むこうの声のトーンも少し落ちた。なぜこうも変えて出てきたのかを聞いた。すでに答えはわかっている。答えはひとつ。

「え、あの、つまり、もうひと工夫、つまりアイディアを加えましまして……」

「(そーらきた) 変わった料理を、ということですね、ほかには?」

「え、つまり、少し変わってて目新しいかと思いますので……」

私はけっして傲慢な人間ではない。編集者だから料理のことに口をはさむな、とは言わない。ただ、いちじるしくいじられた料理の理由が、「変わっている」ということだけでは、あまりに読者を知らないのではないか。そこには、よりおいしくなるという、まっとうな理由と、今回のテーマに沿ったより簡便な、というせめてもの理由がなくてはならない。それどころか、アイディアと称して、より手間をかけ、それがおいしさのためでなく、ごちゃりといじることがなぜ優位に立つのだろうか。その結果、簡単でおいしくのテーマは、どこかへいってしまっている。ならば、初めから「変わった料理」をご注文してほしかった。


だが、私の個人的不快なくりごとを聞いてもらいたいとの思いで、この話を冒頭にあげたわけではない。

つねづね、私は憤懣やる方ない思いで「食」の世界を眺め、その中で、ときに反発、ときに怒り、ときに悲しんでいる。うれしいことはないのかと問われれば、とんでもない。私にとって「食」の世界は、とび切りうれしい世界だからこそ、どうでもよいと素通りできないことが多すぎるのである。

一例をあげると、今はやり（いや、ちょいと下火か？）の自然食ショップ。わが家の近くにもある。小さい店に所狭しと、無添加純正なる品々が並んでいる。うちの子の好きな南部せんべいを手に取った。カーッ、またまた頭に血がのぼる。たかだか南部せんべいのパックを手に取って、カッカと血がのぼる女は、そうあるまいと思うけれど、これこそ今回、私が書きたいことの片鱗であり、冒頭のぐちくりごととは同じ一本の糸なのである。

子どもが好きなので、私は南部せんべいをよく買う。近くの駄菓子屋で粗末なポリ袋入り１００円。自然食店のはなんと倍以上の値段だ！　枚数は同じどころか、少ない、ということだけでも怒るに十分なほど庶民の生活を送っている私だけれど、それだけでは頭に血とまではいかない。怒ったのは、南部せんべいをとりかこんでいる風袋に対してだ。

まったくごたいそうに、としか言いようのないほどポコンポコンとせんべい型に形づくった発泡スチロールに五枚ずつ、この発泡スチロールのオーバーな大きさに加えて、上からはパリパリと音のする固い大きめのビニールでパックされている。

何が自然を愛する自然食か！

発泡スチロールという、土を永遠に汚しつづける廃棄物以外の何ものでもないものを……。食べれば消えるいく枚かのせんべいを包むためだけに使う無神経さ。その分のカネを上乗せし、「はい、これこそ自然そのままの食べものでございい」と売ってる人間。なるほど、こわれなくていいわね、このパック、と言うのかどうか知らないが、多分、心が痛むなどということはまったくなく、ポイッと屑かごへ捨てるであろう自然食の客たち。生きる姿勢に一貫性がなさすぎやしませんか。

青山にも大きな自然食の店ができたと聞き、今度こそ、ナチュラリストの名に恥じぬ店ができたと出かけて行った。

カーッ、カーッと血がのぼりっぱなし。食べものは、確かに自然食と呼べるものかもしれない。しかし、それを売るための包装の類は、いっさい自然なんてどこ吹く風。ビニール袋・発泡スチロールの山、山、山。怒りながらも、何がしかの買い物をした。今はやりの白のビニール袋に、こともなげに買った品物を投げ入れてくれる。「このビニール袋は燃えるんですよ、だからご安心を」と、言われるかもしれない。しかし、燃えることと、自然の土に還ることとは違う。自然の土に還らぬだけでなく、燃やすことによって有毒ガスを出し、土を汚しつづけるのだ。

うちは自然食店でございい、メーカーでございい、と言うなら、後始末まで考えた自然主義を貫き通すのが本当ではなかろうか。

食べる方も、私はヘンなものはいっさい食べない、無添加純正のものを食べる、そのためには、ほかのことはどうなってもいいんですよ、というのは困る。

レジで、手さげ袋ノーサンキュウをしたのは私だけであった。近所の八百屋・魚屋・駄菓子屋で日常買い物をする私でさえ、ビニール袋の多さに目くじらを立てるのである。毎日毎日、まるで湯水のごとく産み出され、捨てられていくビニール袋のゆくえを憂えているのである。もうこれ以上、地球を汚したくないと思っているのである。簡易包装をしています、などとぬけぬけ言ってるデパートも、今やビニールの手さげを出す。しかし、自然食を売りものにしているメーカーやショップは、断じてやってはいけないのではなかろうか。どんなに汚く再生された古紙でもよい、燃えて土になる資材に徹するべきだと思う。水もれのおそれのあるものにのみ最小限使う、という姿勢を見せるべきだと思う。

日本国中が緑・緑、と騒いでいる一方で、家のすぐ側《そば》では、道路舗装のさい、手がかるというだけで、樹齢何百年もするケヤキを何本もバッサバッサと切り倒し、桜の大木も姿を消した。木の根元に土の部分の手間を残す作業のみ惜しんでのことである。

私の住む田無でも、何かというと公報に緑・緑のお題目をとなえている。田無には、昔から遊歩道として、車の危険がまったくない安心して通れる裏道が多い。つい先日、そこを通って、またまた私はひっくり返りそうになるほど腹が立ち、そして悲しかった。

その小道は、いつもなら丈の短い雑草が芝生のように心地よく、子どもが小さい頃も安心して走らせることができた。ころんだとしても、ひざ小僧にかすり傷がつく程度のものであった。それがなんと、雑草一本なく、道の真ん中に一人が歩けるくらいの空間だけが舗装されている。そして、両脇には、ガレキ状に粉砕されたコンクリート片が埋め尽くされている。

私のように、二人の幼い年子を右手と左手に握り合って歩こうとしたら、安心して歩けるのは母親だけである。ふだんは危険だからと、しっかり手を握りしめている子どもの手を、さあ、ここなら走ってもいいのよ、などとはもう金輪際言えない。

誰が、こんなことを考えるのだろう。雑草だって緑じゃないか。雑草なんて名の草は一本もなく、すべての草に名がついている立派な緑のひとつ。子どもと手をつなぎ合って、その道を歩いたこともない役人が考え出し、つくり、片や「緑を大切にしよう」と叫んでいる愚かさ、情けない。

アフリカの飢えた人たちにおカネを、毛布を寄せる一方で、飢えて鳴く捨て猫に一片の情も見せない多くの人たち。

現代の子どもたちのいじめ・非行の根は、どこからきたか、とキョロキョロ探るおとなが、東京、千葉で一年で何万匹もの犬猫をガス殺戮のできる巨大な施設の建設に何億円ものカネを投じる。一戸建てを買えるお金持さんは動物を飼ってもいいけれど、団地はご法度。今飼ってるものも追いやるとの公団の強い姿勢。

もし、これが現実になったら、家族同様の愛を注いでいるものとの別れを、子どもたちにさせるのであろうか。戦争中、軍用犬としてだけでなく、犬皮欲しさに、もぎ取られていった愛犬との別れを経験している人が、今もなお傷として残るつらさを、平和な国の子にさせるのだろうか。生きものを飼ってはいけない団地をつくるなら、なぜ飼ってもよい団地をつくらないのだろうか。

はて、いったいこれらのことが料理と食べものと何の関係があるのかと、もう読むことを放棄されたかもしれない。

ところが、食べるということと、それらとは関係あるもあるも、大ありなのである。食べるということは、食べつづけてゆく、ということであり、食べつづけてゆける状態は、平和のもとにおいてであり、自然の恵みがあってこそだと思う。だからこそ、私はあらゆることに関心を持つ。

食べることを大事にすることは、自然を大事にすることであり、自然の営みを大事にすることである。腹いっぱい食べられる幸せの裏側で、今現実に飢えている人がいる、と後ろめたく思うことなのである。人間が生きものにしてきた容赦ない仕打ちを恥じて、身近な不幸な犬猫にも愛を寄せることである。雑草を引っこ抜き、ガレキを埋めつくすことに悲しみを覚えることなのである。

食生活が豊かになったといわれる。それは、まさしくそうかもしれないけれど、豊かなはずの食生活を送っている人たちの心の中は、さらりと荒れ、緑も、生きものへの愛もない。何か砂の上で食事を取っている気がしてならない。

『たすかる料理』より

按田優子

ご飯と味噌汁の献立は捨ててしまった／
自炊＝自立／臨機応変に料理をする／
箱庭を作って暮らす、をやめる

按田優子（あんだ・ゆうこ　料理家・餃子店店主　一九七六〜）

製菓製パン会社、カフェ店長などと経て、11年独立。東日本大震災を契機に冷蔵庫なしの生活を開始。著書『冷蔵庫いらずのレシピ』をきっかけに食品加工専門家としてペルーやアマゾンを訪れる。12年、写真家の鈴木洋介と共同で代々木上原に桜田餃子を開店。行列の絶えない大人気店となる。著書に『男前ぼうろとシンデレラビスコッティ』、『食べつなぐレシピ』、共著に『わたしのとっておき常備菜』『みんなのお家カレー』など。当掲載エッセイは『たすかる料理』（リトルモア、二〇一八）による。

ご飯と味噌汁の献立は捨ててしまった

最近の私にとって気軽な一食の献立は、茹でた肉と芋を組み合わせたもの。チチャロン*の要領で、肉を茹でている鍋の上に蒸籠《せいろ》を置き、芋を蒸します。それにあり合わせのものを加えて食べます。もちろん、最終的に名前のついている料理にならなくてもいいです。日本の家庭らしく、ご飯を炊いて、魚を焼いて、ひじきの煮物とおひたしと味噌汁を作って、ということはしません。そういう食事は、冷蔵庫に常備菜を仕込んでおかないとできないと思うのです。そして、その方法は、ひとり暮らしの人には向いていないと思います。完成品を保存するのでなく下ごしらえした食材をパーツで持っていたほうが、毎日同じ味のものを食べなくて済む。自分の炊事に型や様式があることは時に便利ですが、その時自分が食べたいと思ったものを食べられる自由さを大切にしたいと思っています。

＊（編者注）一般にはスペインや南米諸国における豚の皮を揚げた料理。著者によれば、皮つきの豚バラ肉を塩のみの味つけで煮、さらに火を通したもの。肉とスープはさまざまな料理の素として利

用することができる。

自炊＝自立

私が料理をはじめたのは、実家を出てひとり暮らしをするようになった二十代の頃です。給料が十二万円で、家賃五万円のアパートに住んでいました。お金がないので飲み歩いたりできないし、旅にも行けません。その頃は、パンとお菓子を作る仕事をしていたので、賄いは必然的にパンが多く、家では、鮭のアラを買ってきて煮物にしたり、野菜や豆をたくさん使ったスープなど、工夫して作り置きをしていました。ちょっと余った人参のヘタを味噌に突っ込めば漬物ができあがるし、大根を買えば葉も根も使えて助かるし、そんな風に長く食べつなぐ工夫をするのが好きでした。

最初に買った調理器具は、中華鍋と蒸籠、蓋つきの二十センチくらいの鍋。中華鍋があれば、焼けるし、炒められるし、茹でられる。風呂なしのボロアパートなので、電子レンジなんて、ブレーカーが落ちるから持てないのです。そこで、蒸籠があれば、なんでも蒸せるし、ご飯も温められるのでいいかなと思いました。あとは蓋つきの鍋で、スープや味噌汁を作ります。その時は、冷蔵庫も炊飯器も、ひとり暮らし用のものを持っていました。

何より自分のためだけに料理するのは面白い体験でした。ちゃんと作れなくてもいいし、どこまで傷んだら食べられなくなるか、自分で決めたことが全部自分に降りかかってくる。自炊を通して自立していく感覚が楽しかったのです。

臨機応変に料理をする

結婚していた時期もありました。相方と一緒に食べるので、今までよりも体裁の整ったいたってふつうの家庭料理も作るようになりました。鍋の日があったり、炒め物があったり、リクエストがあれば卵焼きや豚の角煮、鶏の唐揚げなど、自分ひとりではまったく興味のない料理も作るようになりました。仕事に出かける前にお弁当も毎日作っていました。

ある日離婚をして、ほとんどの家電を持たずに突如新しい生活がはじまりました。そこから、生活に対する考え方が変わっていったのだと思います。勤め先の賄いでご飯粒は食べられるので、家ではご飯は炊かなくていいな、と思い、炊飯器は買い足しませんでした。そしていつからか、日々のどんなことも受け入れる作戦に変更しました。出先で見つけたものや、知人からの旅のお土産など、向こうからやってきたものを喜んで受け入れて活かす。そうやって体調を維持できたら、とても健やかで最強だと思うようになりました。子供の頃は体が弱くて食事制限のあった自分からそんな発想が出るとは、嬉しい驚きでした。

そんなことをぼんやり考えているうちに、都会に住んでいる私に冷蔵庫なんて要らない気がする、スーパーやコンビニを冷蔵庫と見立てて銭湯みたいにみんなで使えばいいんだ、と思うようになりました。その頃、東日本大震災が起きたタイミングで冷蔵庫の電源を切ってみたのでした。野菜も肉も魚も、食べきれない分は干すか漬けるかして保存していくのです。それはそれは自分の経験値や許容量などの身の丈をよく知ることができて、貴重な経験となりました。そうして生まれたのが『冷蔵庫いらずのレシピ』という本です。

箱庭を作って暮らす、をやめる

ある時、『冷蔵庫いらずのレシピ』を読んだ旧知の方から、その保存食のアイデアを利用してインフラの整っていない地域での国際協力事業に参加してみないか？　とお話をいただきました。海外で仕事をする経験はありませんでしたが、とても興味があったので喜んで引き受け、五年近く一年に一回、約一か月間、ペルーでお仕事をすることになりました。寒い日本の冬から一気に灼熱のジャングルに。あるいは、じめっとした日本の夏から一気に標高三千メートルの乾燥した寒い山岳地帯に。ペルーには地域によって三つの気候があるので、一週間ごとに別の地域へ移動すると、気候も食べ物も生活のリズムもすべて変わります。体調を崩さないように気をつけました。まさか、梅干しとフリーズドライの味噌汁を持っていく、という気をつけ方ではありません。あぁ、昨日とは違うところにいるんだ、とみとめて即座に寝返るだけです。だけどこれがなかなか難しい。たとえば、アルバムを開いて小さな頃の自分を見つけて、昔はこんなことがあったとか、こんなものが好きだったとか、親から聞いたりして、もうすっかり忘れてしまったその時の実感を再構築して自分の思い出にすり替えるような、そんな脳みそでは暮らしていけませんでした。できるだけ慣れた環境に身を置きたいという発想が、自分の暮らしぶりに染みついていたのかもしれないとハッとしました。おかずを作り置きしたり、日本の家庭の姿みたいなものを上辺だけすくったりしながら得た箱庭感。そういう今までの習慣を、日本に帰ってからも、もう続けないことにしました。自炊は大切だけど、毎日の食卓に何品も並べられることが料理上手で家庭的、みたいなことはないと思います。そういうモデルは要らないし、それにとって代わる別のモデルも要らないのです。銘々が好きなように料理をすればいいと思います。

按田餃子だってそうです。お店で出す料理だから色合いが鮮やかなほうがいいとか、流行りを取り入れたほうがいいとか、飲食店にある約束事のようなことは気にせず、自分の好きなようにメニューを作り続けたいです。

『一九六〇年生まれ』より

金田理恵

ピンク／パンツのバラ／お姫さま／立ちしょん／坊ちゃん

金田理恵（かねだ・りえ　文筆家・装幀家　一九六〇～）

松屋銀座、出版社勤務、編集アルバイト、装釘家菊池信義の事務所を経て独立。「森茉莉全集」「定本尾崎翠全集」（いずれも筑摩書房）などの装丁を手掛ける。著書に『ぜんまい屋の葉書』、『そこに文字が』『道ばたの椅子　ぜんまい屋の北京』など。編著に『グリコのおまけ』がある。本書所収エッセイは『一九六〇年生まれ』（バジリコ、二〇〇六）を底本にした。

ピンク

ほんの少し年上のいとこが男の子だったので、お下がりを着るわたしの身の回りの色合いは自然と男の子らしくなったが、好きな色を尋ねられても「赤」と答えるのはしゃくだと思っていたから、男の子色を寂しいと感じたことはない。同学年の通学仲間がすべて男の子だったので、女の子らしさはじゃまくさい、じゃまくさくしていると遊んでもらえない、という感覚が働いていたかもしれない。

ピンクは罠の色、虫をおびき寄せる花の色だ。ちょっとくらくらして手を出すと、つまらない思いをすることがある。荒い網の目に成形した、プラスチック製のピンクのサンダルを買ってもらったのは、めずらしく自分から言い出したときだ。履くと足のあちこちに網のカーブが当たって、見た目よりもおそろしく険しい代物だった。手加減を知らない、プラスチックのこわばり。一歩、一歩、踏み出すごとに——苦々しい思い、とはこのことだ。

祖母のしつけに慣らされた母は、夜店の食べ物を気軽に買えない。ある日何のはずみか、めずらしくピンクの綿あめを買ってくれた。初めての綿あめ。作っているところを眺めるのが大好きだったから、うれしかった。ところが最初のひとくちから、あまりにも現実的な食感にがっかりする。ごわごわしている。口の中で溶けると熱い。ただ甘い。ぜんぜん雲のようではない。ピンクの味もしない。食べれば食べるほど失望はくっきりとしていき、しまいには、本性を現した妖しいものと連れ立っている気分になる。持て余した綿あめは無残にしおれ、あばら骨をさらすように棒にへばりついた。一抹の責任を感じて綿あめのその後を尋ねると、砂糖の代わりに料理に使った、と母の答えが返り、往生してくれたことが分かって一安心したのだ。

骨董市で、わたしたちの時代なりに何かなつかしいものはないか、とあたりを見回すとき、引き寄せられていくのはピンクのかたまりに見えている何かだ。パステルトーンの煮え切らなさや、ひねりを効かせた変な濁りが入らない、単純、素直、あっけらかんとしたピンク。かわいいきれいなピンクなのに、近頃の店頭では意外に見つからない。

デパートの屋上の植木屋で、思わず「雲南萩」などというひねた鉢物を買ったのは、花の色にひとしお郷愁を感じてしまったからだ。これぞ、幼い頃に着たゆかたの柄に入っていたピンク！　鼻先でフンとあしらっていたピンクに、ぐいぐい引き戻される。

パンツのバラ

おさるから人の子に進化するまでのあいだ、意外にむずかしいのが洋服関係との付き合いだ。前と後ろ、右と左。セーターの、出すべき穴から首を正しく出せるものか、いっときの暗がりの中で迷う。同じように並んだボタンと穴の組み合わせはどうなっているのか。ブラウスの片袖を通しきって、もう片袖をたぐり寄せるのは、そもそも無理なことじゃないのか、などなど。最大の難関は、前開きファスナーの、最初の嚙みあわせだった。

わたしの白いパンツには、ちょうどおへそのところにピンクのバラの花が刺繡してあった。いも虫状のバリオンローズ・ステッチが重なり合って花になり、緑色の葉がちらっとついている。これがあるので、前と後ろを気にすることなくパンツがはける。もともとは、四人姉妹がいた母の実家で、それぞれに印が決められていた習慣から続くことらしい。健康診断のときに、校医の先生から「これはなあに？」と聞かれて初めて、他の子のパンツにはあまりついていないらしいことを知った。というわけで、わたしの「お印」はパンツに限って、ピンクのバラだ。いや、これは「へそ守り」と呼ぶべきだろうか。

パジャマの下につけていたのは、「金太郎《きんたろ》さん」と呼んだ腹掛けだ。菱形に切ったタオルに、首ひもと胴ひもがついていた。もう一枚自分の皮があるようで、安心感が増す。朝、体温と同化した皮をはずすときに、ひときわそう思う。胸がふくらんで、きんたろさんとからだの間に隙間ができてしまったときには、悲哀を感じた。もはやこれまで、と別れを決め、素肌にいきなりパジャマを羽織ると、すーかすーか、ひやひやと空気が通って、うら寂しい気分になった。

同じような時期に、腹巻と決別した子の話を最近聞いた。あの時は、自分の年頃というものを優先したけど、最近また復活させちゃった。格好なんて、もうどうでもいいし、今はかわいいのがいっぱいあるんだよ、と言う。パジャマの上着の裾は、もちろんズボンの中に入れるのさ。着膨れたその子のパジャマ姿を想像して、かわいー、あはははと、大いに盛り上がった。適齢期の呪縛を脱却すると、ああ、こんなに自由な空がもう一度。

お姫さま

ある日、隣の女の子が、そでが丸くふくらんだドレスを着ていた。とても素敵に見える。「普段」や「きちんと」や「かわいい」とは別の、少し宙に浮いた気分がしそう。なんだかいつまでも気になるので、意を決して母にねだった。「そでが、こんなになってるドレスがほしい。」あー、女の子くさくて恥ずかしい、と気持ちの半分では思っているから、ふくらんだそでのしぐさが控え目になる。これが失敗のもとだったんじゃないか、とは後からひそかに思うこと。

母は、最初から既製の服を買うつもりはなかったらしい。この型紙が留められた生地の幾何学的な形から、あの夢のようなものが本当に出来上がるのか、それともやっぱりここから地続きの何かが出来上がるのか。結局、待ちわびて仕上がった赤い小花の木綿の服は、隣の子のほど、そではぷっくりしていないし、スカートがふわあっと張ってもいない。つまり、どこかへ連れ去られそうな甘い気分をまとってはいなかった。ちょうちんそでの夢は、はかなくしぼんでしまった、とそのときは思った。

けれど母の作ったドレスには、古びないかわいらしさが備わっている。庭先で撮った記念の写真を見て、うれしくありがたく思った。このドレスに限らず、幼い頃から与えられた品々は皆、どこかでいつも「連れ去られない」方向を示していたと思う。こどもには、それが歯がゆく、物足りなく感じられるのだ。それにしても、このとき履いているのがゴム草履でなければ、ドレスがもっと引き立ったろうに。

さて、ちょうちんそでが、なぜそんなにうれしいのだろう。仕事先で、少し先輩の女の子に聞いてみる。「お姫さま、ってことじゃないの?」そうね。分かっていたけど、認めたくなかったんだ。姫は、周囲の献身があって成り立つ存在だ。

実はわたしも、お姫さまになりきって陶酔したことがある。遊びの流れのまま、男の子たちがめずらしくそんな気分になってくれて、道端に積み上げられたブロックの山の頂上で、わたしは「塔の上の姫」になった。家来の騎士たちは、いつもの隊員や忍者とは違うしぐさでひらひらと動き回っている。何を語っていたのか忘れたが、せりふが最高潮に達したあたりで、そんな時間にはめずらしい「社会人のおじさん」が前を通りかかり、フフッと笑った。その瞬間、魔法を解かれた一同のほっぺたは揃って赤くなり、もぞもぞと劇は幕を閉じる。そのまま超然と微笑んでいられるぐらいだったら、わたしにも姫への道が開けたろうに。あっさりと、姫は懲りた。

立ちしょん

女に生まれてしゃくなのは、立ちしょんのできないことだ。いや、昔の女の人たちはそこそこ実行していたらしいので、「できなくなってしまった」と言うのが正しいのかもしれない。実際、山形の田舎の祖母が、もんぺを下げてシャッとしている姿を見たことがある。孫がひるんだ様子をみて、祖母はあいまいに笑った。かかりつけの歯科の先生が、なんかこれが好きでねえと教えてくれたのは、車寅次郎の「ちゃらちゃら流れるお茶の水、粋なねえちゃん立ちしょんべん」の口上だ。していたのである。

雪が積もると、バスは動かない。冬の間は徒歩で通学する。これが辛いかというとそうでもなく、雪のないときには絶対に歩けない田んぼの真ん中に道が一筋できて、一面真っ白な雪の原を行く醍醐味はそれなりにいいものだった。その道の脇のところどころに、すとーっと雪に沈むように黄色く滲んでいるのは、立ちしょんべんの跡だ。痕跡で、人間のものとイヌのものの見分けはつく。道のすぐ脇に見えているのは、雪にはまり込まないように、人がやっとすれ違えるぐらいな細い道の端ぎりぎりに立って用を済ませるからだ。

せっかくの真っ白なところになーし、じゃまだなーし、と思う。自分ができないから、なおさらそう思う。通学仲間の男の子たちは、明らかに、ときどき面白がって立ちしょんをしていた。差し迫ってするときには、打って変わって恥ずかしそうに、「待ってってよーぅ」と情けない声を出しながら、こちらに顔を向ける。雪の中で見るおしっこの色は驚くほど黄色い。動物の色をしている。哀しげな話が多くて苦手だった動物物語に出てくるキツネの、臭いおしっことキツネの屈折を思い出す。

いつかやってやる、と決意していたわたしは、明るい夏の夕方、お風呂に入る準備万端整えた丸はだかの状態で、家の中にいる母に一応「いーい？」と声を掛け、どうでもいいのだか諦めたのだかの「してごらん」をお墨付きとして、畑の脇に建つ物置の壁に向かって立ちしょんをしてみた。それなりの放物線を描いて、いたく満足。羽目板と手前の草むらにそれらしい景色もできて、思いきり気が済んだ。ついこの間のことのようなので、またしてみようとは思わない。

坊ちゃん

幼い頃から、基本的に、髪はショートカットだ。それに慣らされたせいで、顔立ちまで短い髪向けに育ち上がった。他の子がしていたように、頭の横のあたりに、ぴょんと髪を束ねることも、髪留めでちょっとおしゃれをすることもできない。「おリボン」にも縁がないし、三つ編みなどは、夢のまた夢だ。たまにヘアピンや「パッチン留め」で前髪を分けてみても、じきにずり落ちてくる。何にもしないのが一番なのだ。自分の髪を束ねてまとめる、女性特有の「練達の手つき」としか言いようのないしぐさを、わたしは生涯持ち得ない。

おまけに、つむじがふたつあって、床屋泣かせと言われてきた。あぐらをかいて開き直るしかないぐらい、頭のてっぺんが「男の子」に出来ている。別の髪の有り様を持っていれば、わたしの全体の有り様は、少し違ったものになっていただろう。髪の毛ぐらいでも、人の本質は左右されるかもしれない、と思う。

こどもの頃通った床屋さんにも、はねっかえりの髪質に泣いてもらっていたらしい。床屋さんは「おじさんたち」が仕切る領域だ。質感の妙なびらびらしたもので、かみそりの刃をシュウシュウこする様子が不思議に見えた。「研ぐ」などという発想は、理解を超えている。*牧師館の貸し間にはお風呂がついていなかったから、銭湯に通った。父と一緒に、よく男風呂に入っていた。幼い頃は、中性というより、どうも男の子寄りの存在でいたようだ。世の中には、生まれたときから間違いなくずっと女の子でいた、と断言できる人もいることだろう。

ある日、父に連れられて洋品店に入った。父がお店の人とやりとりしているあいだ、わたしは少し離れたところで、ショーケースの谷間を歩き回っていた。退屈していると思ったのか、男の人が覗き込むように、そして恭しく、「坊ちゃん」と声を掛けてくれる。とっさに、どう対応したらよいのか分からず、とりあえず黙ってくるりと後ろを向いて、その人から離れてしまった。ただ「恥ずかしがっている子」と思ってくれればいい。

ガラスの引き戸と日除けのカーテンの間にもぐって外を見ていると、父の、「あ、女の子です」と答える声が聞こえてきた。さっきの人の、ばつの悪そうな声が続く。そうそう、この気まずさから遠ざかりたかったんだ。わたしは、男の子でも女の子でも、どっちでもいいんだけど。

＊（編者注） 著者が4歳まで暮らした、新潟県高田市の高田協会牧師館。

『パンダのan・an』より

小泉今日子

パーマ屋さん／ひとり遊び／土曜日の昼下がり／開運の印鑑／特別な日の過ごし方／HAPPY BIRTHDAY TO ME／コミネ

小泉今日子（こいずみ・きょうこ　俳優・歌手・文筆家・プロデューサー　一九六六〜）

82年芸能界デビュー。歌手、俳優として、常に第一線で活躍を続ける。読書家としても知られ、05年より読売新聞の書評委員を10年間務める。15年、50歳を機に制作会社明後日を設立、18年独立。以降、舞台、映画、音楽イベント等の制作、プロデュースを活動の中心とする。著書に『小泉今日子書評集』『黄色いマンション　黒い猫』『原宿百景』『小雨日記』など。本書掲載の文章の初出である『パンダのan・an』（マガジンハウス、一九九七）は、94年から97年に雑誌『an・an』の巻頭連載をまとめたもので、最初の著作となる。

パーマ屋さん

子供の頃、美容院の事をパーマ屋さんと呼んでいた。母親がそう呼んでいたからである。今時そんな呼び方をする人はとっても少ないと思うけど、当時としては特別な呼び方ではなく、誰もがそう呼んでいたような気がします。もっと古い呼び方で〝かみぃーさん〟っていうのもあったけど、私の年でそれを知ってる人はそれこそ貴重な存在だと思う。

私の育った神奈川県厚木市という所には、小さな温泉街があるので、芸者さんなんかもいて、母が行ってたパーマ屋さんにも芸者さん達が髪を結いに来ていました。母にくっついてパーマ屋さんに行くのが大好きだった私は、芸者さんの髪がきれいにまとめられてゆくのや、母が髪をセットしてもらっているのを、いつもおとなしく観察してた。

女の子って小さい頃からそういう事に興味を持つんだよね。そうやって観察してるうちに、私の憧れの職業は看護婦さんからパーマ屋さんに変わり、私の可愛いお人形さん達はカットモデルにされ、悲惨なハゲ人形になる運命を免れられなかったのです。私の悪事は留まる所を知らず、中学校の時は友達の髪の毛にまで手を出し、プロでも修復が難しいほどにメチャクチャに切ってしまったり、デビューしてからもシンディー・ローパーみたいにするんだ！（その頃、彼女に憧れていたのさっ！）と、自分の髪を片側だけバリカンで刈っちゃって事務所の人の腰を抜かしたり、大変ご迷惑をお掛けしました。皆さんごめんなさい……。

そんな私のパーマ初体験は小学校一年生の時でした。食べ物の好き嫌いが多くて痩せぎみだったために、ちょっとギスギスして見えるからお友達が出来にくいんじゃないかと、母親が心配してパーマをかけさせたのです（今思うとちょっと変わった親心だよね）。パーマをかけて、そのギスギス度が減ったのか増えたのかはわからないけれど、次の日学校に行くとクラスメートの男の子達から「やーい、くるくるパーマ！」と散々からかわれて悔しい思いをしてしまいました。そしてお母さんの友達百人出来るかな？作戦は見事に失敗の巻。と私の目には映ったのでした。

ひとり遊び

学校から帰って、家に誰もいないと淋しいと感じるのが普通の子供ならば、私は普通の子供ではなかった。なぜなら、私はそんな時心の底からウレシ〜ッ！　ラッキー！と感じていたからである。私だけの時間、誰にも邪魔されない、私だけの夢の様なひとき……。

末っ子で負けず嫌い、そして、とっても恥ずかしがり屋さん（信じられない？）だった私は、家族の前で無邪気に思い切り遊ぶという事が上手に出来ない変な奴だったのです。当時、私は二つ年上の姉（小泉三姉妹の次女）を宿命のライバル（スポ魂ドラマの影響）と思っていた。だから、彼女が既に卒業済みの子供っぽい遊びがしたくても、彼女の前では、「サインはV」の〝ジュン・サンダース〟の如くクールなライバルじゃなきゃいけなかったのである。だけど、私の頭の中は人一倍ロマンチックなブリブリの少女趣味だったから、お人形さんとお話ししたり、架空のストーリーの中でお姫様になってみたり、お母さんの鏡台の前で口紅をつけてみたり、誰も見ていないという状況ならば、やってみたい事が山ほど溜まっていたのです。そうやって、日頃、抑圧されていた欲求を、ひとりぼっちのお留守番は満たしてくれたのでした。

ここで、当時、私を支えてくれた「ひとり遊びベスト3」を発表してみたいと思います。まず、第三位！「大手術」。これは、激しく可愛がり過ぎた布製のお人形が破れてしまった時に行う遊び。ただ縫うだけじゃつまらないから、いちいち「メス！」「ハサミ！」と手術形式で直してあげる遊びです。第二位！「手探りでお家を探険」。目をつぶって目的地を目指すというだけの遊びですが、スリルがあってなかなか楽しい。そして、栄光の第一位！「女優の卵」。少女マンガのヒロインに成りきって台詞《せりふ》を言う遊び。危険度が高いので失敗も多い。

ある日、自分の女優度をチェックしようとカセットテープに吹き込んでいたら誰かが帰ってきた。私は慌てて自分の部屋に逃げた。少し経ってから茶の間に戻ってみると、ラジカセの前で母親が大笑いしていた。その時、私は心から思った。お姉ちゃんじゃなくて良かったと……。

土曜日の昼下がり

学校に通っている頃、私は土曜日が大好きだった。土曜日は午前中で授業が終わるし、次の日は日曜日。これから始まる自由な時間を思うとヘラヘラしちゃう。土曜日の昼下がりって、サスペンスドラマの再放送とか、古い映画の放送とか、テレビがおもしろい。土曜日の昼下がりは最高なのだ。

小学生の頃、土曜日の午後にテレビで観た映画で忘れられないものがある。すごく不思議な顔をした女の人が、いろんな方法で男の人達を殺していく映画。不思議な顔の女の人は、当時私が愛してたぬいぐるみにどこか似ていた。そのぬいぐるみは、黄色い毛に覆われていて、形は熊なのだけど、顔だけ普通のお人形と同じ肌色で人の顔なのだ。今思えば、人間の赤ちゃんが熊さん型のおくるみを着ているというものだったのかもしれないが、当時の私は製作側の意図がわからず、変わった生き物として理解していた。その変わった生き物を、ある日突然、父親が買ってきてくれた。照れ屋な彼にしては珍しい行動だった。私は子供心にそんな彼に感動をし、変わった生き物を一番のお気に入りにしてあげた。だから、変わった生き物にどこか似ている映画の中の女の人も私的にはオッケーだったのだが、子供の目から見たら、どちらもきっと怖い顔だったに違いない。映画の内容だって、決して子供向きではなかった。その映画は「黒衣の花嫁」というタイトルだった。

そして私は、つい最近、レコード屋さんで、その映画を見つけちゃったのだ。長い間、心に引っ掛かっていたものが、すーっと消えていく感じ。急いで家に帰り、早速上映。監督は、なんとフランソワ・トリュフォー。女優はジャンヌ・モロー。衣装はピエール・カルダン。１９６８年製作のフランス映画。悲しい目をして、五人の男を殺していくヒロイン。ものすごくカッコイイ、大人っぽい映画だった。小学生の私が、当時その映画に何を見て、何を気に入ったのか？　大人になった私には、もうわからない。ただ、一つ言える事は、私って、とってもませたガキだったのね、という事です。

開運の印鑑

今は土曜日でも日曜日でも、銀行のキャッシュディスペンサーでお金を引き出すことが出来るし、現金を持っていなくても、クレジットカードがあれば買い物も外食も出来る。だけどほんの何年か前まではもっともっと不便だったはずなのだ。便利な世の中になったものだ！　と感心しつつ、不便も結構好きだったなぁ……と懐かしく思う。そんな年頃の最近の私です。

不便だった頃、手持ちの現金がないのに銀行に行き忘れた週末なんて、ものすごく不安だった。お財布を開けたら、わずかな小銭だけしか入ってなくて(タバコも買えないほどの金額)、この週末に餓死をしてしまったらどうしよう? もしも今、私が死んでしまったらこの散らかし放題の部屋を警察の人とか事務所の人に見られてしまう、取りあえず掃除をしなきゃ! それで急いで掃除したら、空腹感が増して余計に不安になったりして、間抜けで不安な時間を過ごしてた。電話料金を払い忘れた時は、お姉ちゃんと電話中にイキナリ止められてしまったし、ガスを止められてお風呂に入れなかった事もある。今ならコンビニに行けばいつでも払えるのに……。そんな不便時代、私の最大の失敗は、一人暮らしを始めたばかりの仕事がお休みの日に起こった出来事だった。人の良さそうなおばさんが訪ねてきて、なぜか手相を観たり、姓名判断をしてくれた。「あなたは家族運が薄いねぇ」「身体の調子が悪いのは字画のせいよ」と親切に占ってくれた。そして、印鑑を作って毎日押していれば運勢を変えられると言った。印鑑のセールスだったのだ。都会のそういうセールスに慣れていなかったし、それまで家族と暮らしていたし、私がセールスのターゲットにされるなんて夢にも思わず、バカな私は〝親切なおばさん〟と思い込み、素直に印鑑を買ってしまった。印鑑が出来上がって請求書を見たら、なんと7万円! 当時の月給手取りで9万円! 9万—7万=2万円! 月初めだというのに……。貯金のない私、キャッシングマシンのない時代、ひもじい一カ月だった。

でも、もしかしたら本当にあの印鑑のお陰で大病もせず、借金もなく、良い結婚をし、順風満帆で生きてこられたのかもしれないね。

特別な日の過ごし方

1986年2月4日。記念すべき私の二十歳の誕生日。今日からお酒もタバコも晴れて解禁（私の場合とっくの昔に解禁していたけどね）。おまけに選挙権までもらえる得する気分の誕生日。私はこの日をなぜだか一人きりで過ごしてみたくって、我がままを言って仕事をお休みにしてもらった。それは二十歳を迎える私の子供っぽい反抗心だった。

普通の人よりも少し早めに仕事を始めてしまったから、私の周りはいつも大人だらけ。仕事が忙しかったから、父親とプロダクションの社長が相談をして高校にも行かなくてもいいという結論になり、ますます同世代の子達との接点を失い、私の美しき十代の日々は大人の中にポツンと一人という環境だった。同業者のアイドルの子達はもちろん同世代だったけれど、とにかくみんな本当に忙しくて、仕事場で会ってもゆっくり話が出来るという状態じゃなかったし。だから、その頃の私のハートはいつも、周りの大人の人達に対する緊張感で今よりも少し固めに出来ていたように思う（小泉今日子改め〝小泉強固〟って感じ）。仕事をしてお給料を貰っているんだから立場は同じなのに、自分が子供扱いされることに納得出来なくて反抗ばかりしてた。私は絶対に大人になんかならないんだ！　とあの頃の私は真剣にそう思っていた。

そんな私が二十歳になるなんて……。大人の仲間入りだなんて……。このハードなハートをどうしたらいいの？　明日から私どうやって生きていけばいいの？　反抗という逃げ道を失い、パニックに陥った私は、誕生日当日を一人で過ごすというアイデアで、なんとかバランスを取ろうとしたのだった。電話のコンセントを外し、誰にも会わず、ケーキもなく、何事もないような顔で一日中ダラダラとテレビを観て過ごした私の二十歳の誕生日。特別な日と意識しないようにしたはずなのに、一番特別な思い出深い記念日になってしまいました。

あれからずいぶん時が経ち、私はもう三十代。結局大人になんてなろうと思ってもそう簡単になれるものではなく、未だに何かに反抗したり、悩んだり、泣いたり、笑ったり、何だか情けなく生きてる私です。

HAPPY BIRTHDAY TO ME

二十五歳の時、私は、生まれて初めて、自分に誕生日プレゼントをあげた。なんだか、自分を褒めてあげたい様な、自分に感謝する様な、自分と握手を交わす様な、そんな、さわやかな、不思議な気分だった。

それまでの私は、自分自身にプレゼントをあげるほど、自分の事が好きじゃなかった。落ち込んだり、悩んだり、間違えたりばかりする未熟な自分を好きになるのは、とっても難しい事だった。知らない事がいっぱいあって、怖い事がいっぱいあって……。もちろん、今でもそんなものだらけの中で生きているけれど、あの頃とはちょっと違う。

今よりもっと若い頃の私は、自分に完璧を求めていたのかもしれない。知らない事が恥ずかしい。出来ない事が恥ずかしい。心配されるのが恥ずかしい。そんな気持ちを大人達に気付かれない様に、無口な私がそこにいた。

初めて自分にプレゼントをあげた頃、私は、ある意味で自分の事を諦めたのだ。それまでは、宙に浮かんで、頭の上の方から客観的に自分を見ていた。幽体離脱した人が、自分の肉体を見ている様な感じ。上から見てると周りはよく見えるけれど、自分の中身がよく見えない。心の中の痛みなんか見えないからほっぽっておいた。何がきっかけだったのか、もう忘れてしまったけれど、二十五歳の誕生日を迎える頃、私の魂は肉体に戻っていた。内側から見る世界は、宙の上から見るよりも、ずっと広くて大きかった。そして、私は、しばらくほっぽっておいた、自分の中の小さなキズ達に気付いてしまった。ごめんね。優しくするからね。って事で、プレゼントをあげたのだった。ちなみに、二十五歳の時は全身エステ。二十六歳の時は、エルメスのミニケリー。二十七歳で温泉旅行。二十八歳で海外旅行。二十九歳は結婚をした事かな？　こうして、誕生日が来る度に、大人のアイテムを増やしている私。でも、チープな物達の可愛らしさも大好きで、今の私には、その両方ともが必要な物みたい。そんな年頃、そんな私。今年のプレゼントは何だったでしょう？

コミネ

家族全員が動物好きだったので我が家には、いつもペットが家族の一員として大きな顔をしていた。犬、猫、鳥、亀、金魚、いろんな子がいたけれど思い出深いのは、犬のコミネ。

コミネは私が幼い頃に飼ってた血統書付きの黒柴犬（シェパード似）。小さな体の私には、とっても大きく見えてちょっと怖かった。コミネは私が一人でヨタヨタ家を出ていくといつも後をついてきた。私はコミネが私を食べに来たのかと思って必死に走って逃げるのだけど、すぐに追いつかれて最後はいつも泣いてお母さんに助けを求めた。黒くて大きな怪獣みたいなコミネ。だけど、小さなきっかけで私はコミネの事が大好きになったのです。

子供心はシンプルで、母親の一言で180度転回したりする。ある時、コミネが怖くて泣いてる私に母親がこう言った。「今日子ちゃん、コミネは小さなあなたが心配で、あなたを守ろうと思ってついてきてくれるのよ」。なぁんだコミネは味方なんだ。なかなかいい奴だ！　と、いとも簡単に納得し、それからはまるで子分の様にコミネを引き連れて、得意気に散歩に出掛けるほど仲良しになった。だけど、残念な事に動物は人間よりも寿命が短い。コミネとの別れが訪れたのは、雪の降る寒い冬の日だった。高齢のために病気がちになっていたコミネが突然いなくなった。動物は死期が近づくと自分の死に場所を探す、という話を聞くけれど、その時コミネは迫りくる何かを、きっと感じていたのだと思う。

雪の中、みんなで必死にコミネを探した。近所の草むらの中でやっと見つけた時、「やっぱり、一人じゃ淋しいよ」って顔で、不安そうに私を見上げてた。その顔を私は今でも忘れられない。コミネは犬だけど、私達の家族だから、最後までちゃんと一緒にいてあげたかった。家に連れ帰って獣医さんに来てもらったり、いろいろ力は尽くしたのだけど、みんなが見守る中、コミネは逝ってしまった。命というものが、あれほど儚《はかな》く、呆気《あっけ》なく、弱々しいものなのだと、その時初めて知った。悲しい別れも、愛しさも、守ってあげたいと思う気持ちも、みんなコミネが教えてくれた。恋人よりも先に。

編者解説

近代ナリコ

二〇〇三年に刊行された本書が、二十年の時を経てふたたび世に出ることとなった。オリジナルを編みなおし、新たな文章を加えてのリニューアル復刊である。

きっかけを作ったのは瀧波ユカリ氏だ。オリジナル版を偶然手にした氏が、そこに収録された岡崎京子「謝罪並びに現状報告その他」での、岡崎のフェミニズム理解に感銘しSNS上に投稿したのである。これはもちろん本編にも収録されている。初出は『思想の科学』一九九三年五月号「特集・フェミニズムってなに?　一〇七人」。著名人から一般の主婦や学生など、一〇七人の書き手がそれぞれの立場からフェミニズム観を述べているもので、特集に惹かれて読んだのだが、中でも岡崎京子の一文は当時の私にとっても意味のあるものとなった。幾たびの引越しを経てもこの『思想の科学』は私の本棚に残りつづけ、オリジナル版『FOR LADIES BY LADIES』編集の際に、あの岡崎京子の文章は必ずや載せたい、とリストの筆頭にあげたのだった。

オリジナル版が生まれた経緯はこうだ。当初は、これまであまり顧みられることのなかった女性の書き手の作品を文庫化したく、ひいてはお知恵を拝借したい、といった依頼のされ方だったと思う。自身で編集発行していたミニコミで、下着デザイナーで文筆家でもある鴨居羊子を特集していたことが、編集部の目にとまったらしい。かつては活躍したものの、私が鴨居に興味を持った一九九〇年代半ば、その著作はほとんどが絶版だった（今では『鴨居羊子コレクション』〔国書刊行会〕、自伝『わたしは驢馬に乗って下着をうりにゆきたい』〔ちくま文庫〕などで鴨居の文章を読むことができる）。結果、当時私が所有していた女性著者の本の中から三十編あまりを選び出し、出来上がったのがオリジナル版『FOR LADIES BY LADIES 女性のエッセイ・アンソロジー』である。

今回、新編としてこの本を出すにあたり、まず、「FOR LADIES BY LADIES」というタイトルが昨今の時勢にそぐわないのでは、との思いがあった。編集担当者からも、タイトルを改めたいと持ちかけられた。

オリジナル版所収の編者解説「『レディー』についてのおぼえがき」で、私は、タイトルに使った「レディー」なる語について、くどくどと書き連ねている。それは「独特の媚びを持ち、女性をそれとなくいい気分にさせ、『女性向け・女性専用』を甘く謳い、要りもしないものをつい買わされてしまいそうな、あるいは、そういえばそうかもと何かに納得してしまいそうな、体裁のよい誘い文句としてとても使い勝手がよさそうなことば」であり、「この手垢にまみれた『レディー』を含む表現の氾濫をみていると、女としてはいささか不愉快」である云々、といったふうに。

このように、オリジナル刊行当時にも、今どき「レディー」とはいかがなものか、という思いはあり、それを承知の上でつけたタイトルである。にもかかわらず、二〇二四年現在、これをふたたび副題として採用することにした。

本書所収「女の子の読書」で富岡多恵子が書いているように、学生時代の作家に対し、岩波文庫を読めよ、と〝指導〟した男子学生がたどる読書コースがある一方で、女にもそれなりの読書コースがあるだろう。そこに含まれるものとして雑誌『ひまわり』と吉屋信子の小説があげられているが、このふたつは、熊井明子「幻の姉のように……」や、田辺聖子「しんこ細工の猿や雉(抄)」でも言及されており、その影響力の大きさがみてとれる。

ところで、私が富岡多恵子に少なからぬ影響を受けていた二十代後半は、古書漁りに熱中していた時期でもある。目当ては、女性によるエッセイや女性向けの実用書だ。すべからく、古書の世界も男社会であるから、私が欲しがるようなものは古書としての価値などまったくない雑本だ。だからこそ、自分がすくい上げなければこれらの本たちは忘れ去られてしまう。そんな、いささか大袈裟な使命感を自分に課し、いそいそと古書店通いをしていた。そうすることで、女の読書コースがどんなものだったのかを知ろうとしていた。

富岡がいう男の読書コース、多くはエリートかつ知識人たろうとする男の読書コースはもはや廃れてしまったろうが、こんにちでも、例えばビジネスマン必読、だとか、現代社会を生き抜く男のための○冊、などと、購買意欲を煽る記事や読書のすすめの類いはゴマンとある。これら、男のために用意される読書コースに並ぶのは、おしなべて〝勝つ〟ための本といっていいだろう。一方で女の読書コースには、はなから勝ち負けの土俵にお呼びでない女たちが、与えられた領域の範囲内で、成すべき何かを見つけたり、自らを慰め励ますための本があまりに多かった。古書店をまわればまわるほど、その思いはつのっていった。

それらは、伊藤雅子「不当感」の中で指摘された、女性の「小さな幸せをみつけて自分をなだめ、大きな問題から目をそらす傾向」を助長する手助けをする。女は長らく、小さな幸せや楽しみといったものをあてがわれて、大きな問題から目をそらすよう仕向けられてきている。そこから目をそらすなと女を鼓舞し、力づける女のための本はいつの時代にも存在したが、数の上からいうとお話にならない。

たとえば料理書のなんと多いこと。食糧事情や調理技術、ライフスタイルなどによる違いはあれど、明治の昔から、これでもかと出しつづけられてきた料理の本を古書店の棚から抜き取るたび、またか、と食傷していたものだ。手芸書についても同様だ。ちょうどその頃、つまり90年代は、与えられたものとしてでない、フェミニズム運動の実践としての創作活動が、ガーリーカルチャーの波とともに盛んになった時代で、手芸や手作りがブームとなっていた。だが、薄暗い古書店の棚で見つける過去の女性向け実用書といえば、女は料理や刺繡や編み物をしていれば良いのだと言わんばかり。少なくとも私にはそう見えてしまった。とはいえ、買って帰ればそれなりに楽しく眺められてしまう。その視線は、当時の時代背景や文化への興味によるものだが、ややもすると、戦時中の代用食の冊子を、ふむふむ、食糧難の中ではこんなものを食べていたのか、と思ってみているうち、無性にすいとんが食べたくなり、今日の夕飯はすいとんだ、とまさかの実用に転じたりする。自分で自分を振り回している。なんにせよ、料理をするのは女である私で、すいとんを作りながら、自分は何をしたかったのだろう、ともやもやする。もちろん、これは！という料理書にめぐりあうこともある。たとえば、どちらも近年新刊で手にしたものだが、今回新たに収録した小林カツ代と按田優子。小林カツ代の、新しいメニューの考案といった目先のことから一歩踏み込み、ほんとうの実用性を説くその文章は、小林流のプラグマティズムに貫かれている。あるいは、按田優子の、料理という営為にまとわりつく家庭らしさを捨てるという発想は、料理の域を超え、私にとっては生き方の一つの指針となった。

ふたたび話を「レディー」に戻す。女性向けの本を探索するなかで出会った本に新書館発行の「フォア・レディース・シリーズ」がある。詩集、物語、エッセイなど多岐にわたるラインナップで、一九六〇年代から八〇年代にわたって刊行された女性向けのシリーズだ。のちに薔薇十字社を立ち上げた編集者内藤三津子の企画で、その後寺山修司も深く関わっている。イラストレーター宇野亜喜良が手がけた装画・装幀の魅力も相まって、一冊また一冊と集めたものである。

「フォア・レディース」だなんて、時代錯誤でキッチュな言葉、こんなシリーズ名は当時ならではのものだろうと最初は思っていた。だが気がつくと、このシリーズにすっかり魅せられてしまった私は、女の読書コースとはなんぞや、という探究心を傍に置いて、単なる読者になっていた。すると、「レディー」に対して持っていたイメージが払拭され、「フォア・レディース・シリーズ」は単なるシリーズ名としてすとんと胸に落ちてくるのだった。

「FOR LADIES BY LADIES」を副題として残した理由のひとつにはこの、「フォア・レディース・シリーズ」との出会いがある。女性向けの本に対する私の関心によって選ばれた文章、しかも、今の読み手にもおもしろく読めるようなものを。この当初の編集意図を引きつぐという意味を込め、こうして、あらたな読み手に向けて差し出すことにする。

女性向けの本を手にとる時、折に触れ感じてきたのは、それを、女性が置かれてきた境遇の表徴として対象化することと、従来の読者同様に享受することの間での惑いである。古書の場合は特に、資料的に眺めてしまうことが多く、そうすることが当時の女性たちの置かれた状況を知る手立てとなる。一方で、そういう仕方でだけ、女性たちのことを推し量ることに対する反省もある。あるいは逆に、批評的に眺めていたつもりのものに、うっかりハマってしまう、ということも起こる。

どちらにしても、当時、その本を必要としていた女性たちがいたことを忘れてはならない、と思う。本書にある文章は、一九五〇年代に書かれた戸塚文子「『おんなの子』論」から二〇一〇年代までと幅広く、ものによっては、今日のフェミニズム観に照らすと認識不足だと思えるものもあるだろう。どう読み、どう捉えるかは読み手にまかされている。ただ、これら文章の書き手や読み手、たくさんの女性たちの連なりが私たちの今につながっていることを、心のどこかに置き止めながら読んでいただけたらうれしい。

最後に、文章の掲載をお許しくださった著者の皆さまと、本書にご協力くださった皆さまにお礼申し上げます。

二〇二四年七月　近代ナリコ

解説

瀧波ユカリ

二〇二三年九月、私は大阪の西天満にある「水野ゼミの本屋」にいた。この変わった名前の書店は、大阪工業大学知的財産学部の水野五郎教授によるゼミ、通称水野ゼミに所属する学生たちが運営している。そのゼミ活動の一環として、中平文子の『女のくせに』という随筆集が学生たちの手によって復刊された。私はそれを買いに、東京から来たのだ。

中平文子には名前がいくつかあるが、最も知られている名前は「宮田文子」だ。一八八八年生まれで、当時としては珍しい女性新聞記者として「化け込み」と呼ばれる潜入取材で名を馳せた。小説家の武林無想庵と三度目の結婚後、渡仏。そこでも「パリの妖婦」としてメディアを賑わせた。実業家の宮田耕三と四度目の結婚をした後はさまざまなビジネスと旅行と執筆をこなし、七七歳で没した。詳しくはウィキペディアの「宮田文子」のページを参照してほしい（みんなに知ってほしくて私が作った）。

私が宮田文子を知ったのは、二〇一五年。敬愛する女性漫画家・三原順の没後二〇年展を見に神保町を訪れた際に、古書店で『この女を見よ』（一九五二年刊）という文子

（この時は武林姓）の私小説が目に留まり、ジャケ買いしたのが始まりだった。パリ滞在中の文子が生活に困窮していく中で不倫相手ともこじれにこじれて、顔を銃で撃たれるというスキャンダルの顛末を記したパワフルな一冊だ（こちらも復刊してもらいたい！）。それ以来、私は文子に夢中なのである。

そんな文子が一九一六年に出版した、新聞記者時代の奮闘を綴る痛快な随筆集が『女のくせに』である。めでたく復刊されたそれを天満橋で開催された文学フリマで買ったあと「水野ゼミの本屋」を訪れ、復刊を手がけた女子学生の青谷さんとお話をした。一〇〇年以上前に書かれたお騒がせ女性新聞記者の著作を復刊することになった経緯や、ゼミが書店を運営するという珍しい試みについてなど、いろいろ聞かせていただいた。宴もたけなわ、そろそろおいとまを……という時、名残惜しかった私は思い出になにか本を買って帰ろうと思った。

本はインスピレーションで買うタイプだ。自分の好きそうな本が集まっている棚にさっと目を走らせると、宇野亞喜良の絵が表紙の文庫本が面陳されていたので、すかさず手に取った。『FOR LADIES BY LADIES』、近代ナリコ編、とある。目次を開くとすぐ、岡崎京子の名前が目に留まった。「謝罪ならびに現状報告その他」というタイトル。フェミニズムを嫌いだと過去に書いたこと、その認識を改めたことが簡潔に、しかし非常に洞察的に記されていた。すごいものを見つけてしまったと思った。『女のくせに』と一緒に、私はその本を大事に持ち帰った。

二日後、私は岡崎京子「謝罪ならびに現状報告その他」の内容を抜粋してXにポストした。岡崎京子の作品をフェミニズムの視点から考える際に、このエッセイは重要な意味を持つに違いなく、知られるべきだと思ったからだ。最初は彼女の作品をよく知る読者を中心に、そしてさらにその外側へと、ポストは拡散されていった。「さすがの鋭さだ」「これは読みたい」などいくつも感想があがり、ネットで買える古書の在庫は瞬く間に消え、一時は相場が数千円に高騰した。

私はひとり、しみじみと感動していた。三原順の回顧展に行った折に、宮田文子を知った。それから八年後、青谷さんが中心となって復刊した文子の本を買いに大阪まで行った。訪れた先で近代ナリコさんが編んだ『FOR LADIES BY LADIES』を見つけた。その結果、岡崎京子の知られざるエッセイが多くの人に注目されることとなった。これは単なる偶然の連鎖ではない。書く（描く）女性と読む女性、そして書かれたものを見つけて拾い上げる女性が繋がって、不思議な力がはたらくことがある。どうにもうまく説明できないが、簡単に言うなら女のバトンリレーだ。

しかしひとりしみじみでは終わらず、さらに続きがあったのだ。筑摩書房の女性編集者の吉澤さんから連絡があり、私のポストがきっかけとなって『FOR LADIES BY LADIES』が復刊される運びとなったことを知った。そして私が解説を書くことになり、今あなたがそれを読んでいる、というわけなのである。ぜひとも、一緒にしみじみと感動していただければと思う。

さて、復刊にあたって近代さんがあらためて世に問いたいと考えるエッセイを再編成し、タイトルも新たに『女たちのエッセイ　For Ladies By Ladies』となった本書。時代も境遇もさまざまな女たちが、軽やかに、まじめに、簡潔に、淡々と、憂いまじりに、茶目っ気たっぷりに、大人っぽく……それぞれの個性をきらめかせながら、女として生まれて死ぬまでに見たもの、感じたことを綴っている。お嬢様も跳ねっ返りも文学少女も、それぞれの足場ですっくと立ち、この世で女として生きていれば感じざるを得ない理不尽にうんざりしたり、フンと鼻を鳴らしたり、つま先で蹴飛ばしたり。生活の中にあるささやかで大切なものを抱きしめたり、もっともっとと求めたり、それにさえ飲み込まれまいと毅然としたり。

まさに珠玉と言えるそうしたエッセイのひとつひとつを、無限の出版物の海の中から掬い上げてひとつに束ねることができる人がいたからこそ、この本が今ここにある。

その仕事はあたかも、どこまでも広がる砂浜にしゃがみこんで、小さな貝殻をひとつずつ選り抜いて、こびりついた砂や泥を洗い、きれいなガラス瓶におさめるような作業であるに違いない。一体全体どうやって、どんな思いで、どれほどの時間をかけて、近代さんはこれらひとつひとつを見つけてきたのだろう。近代さんの繊細な指先にそっとつかまえられたエッセイたちは、なんて幸せものなのだろう。そして、時代を超えて手のひらに飛び込んできたエッセイと、その作者たちに新しく出会えるのは、なんて豊かで贅沢なことだろう。

女のバトンリレーによってこの本が復刊されたように、この本を読んだひとりひとりを起点として、きっとまたここから新たなリレーが始まっていく。そうして私たちは、いつまでもどこまでも繋がっていくことができる。だから私は、女に生まれてよかったと思うのだ。

（たきなみ・ゆかり　漫画家）

本書は二〇〇三年にちくま文庫より刊行しました、近代ナリコ編『FOR LADIES BY LADIES――女性のエッセイ・アンソロジー』を底本として、新しく編みなおしました。

本書収録作品のなかには、執筆者がすでに故人となっているものもあります。そうした作品の一部には今日の人権意識に照らして不当・不適切な語句や表現があります。これらにつきましては、その文章の執筆者が故人であり書き直しなどの訂正が不可能であること、また作品執筆の時代背景などを鑑み、そのままとしました。

なお、今回収録作品の執筆者のうち、小森和子さんの権利者とご連絡がとれませんでした。消息をご存知の方のご一報をお待ちしております。

杏のふむふむ　杏

連続テレビ小説「ごちそうさん」で国民的な女優となった杏が、それまでの人生を、人との出会いをテーマに描いたエッセイ集。（村上春樹）

泥酔懺悔　朝倉かすみ、中島たい子、瀧波ユカリ、平松洋子、室井滋、中野翠、西加奈子、山崎ナオコーラ、三浦しをん、大道珠貴、角田光代、藤野可織

泥酔せずともお酒を飲めば酔っ払う。お酒の席は飲める人には楽しく、下戸には不可解。お酒を介した様々な光景を女性の書き手が綴ったエッセイ集。

一本の茎の上に　茨木のり子

「人間の顔は一本の茎の上に咲き出た一瞬の花である」表題作をはじめ、敬愛する山之口貘等について綴った香気漂うエッセイ集。（金裕鴻）

茨木のり子集　言の葉1　茨木のり子

一九五〇～六〇年代。詩集『対話』『見えない配達夫』『鎮魂歌』、エッセイ「はたちが敗戦」「『櫂』小史」、ラジオドラマ、童話、民話、評伝など。

茨木のり子集　言の葉2　茨木のり子

一九七〇～八〇年代。詩集『人名詩集』『自分の感受性くらい』『寸志』。エッセイ「最晩年」「山本安英の花」「祝婚歌」「井伏鱒二の詩」「美しい言葉とは」など。

茨木のり子集　言の葉3　茨木のり子

一九九〇年代～。詩集『食卓に珈琲の匂い流れ』『倚りかからず』未収録作品。エッセイ「女へのまなざし」「尹東柱について」「内海」、訳詩など。（井坂洋子）

遺言　石牟礼道子　志村ふくみ

未曾有の大災害の後、言葉を交わしあうことを強く望んだ作家と染織家。新しいよみがえりを祈って紡いだ次世代へのメッセージ。（志村洋子／志村昌司）

箸もてば　石田千

食べることは、いのちへの賛歌。日々の暮らしでめぐりあう四季の恵みと喜びを、滋味深くつづるエッセイ集。書下ろし四篇を新たに収録。（坂崎重盛）

増補　本屋になりたい　宇田智子　高野文子・絵

東京の超巨大新刊書店員から那覇の極小古書店主に。島の本を買い取り、売る日々の中で考えたこととは。文庫化に際し1章加筆。（小野正嗣）

わたしは驢馬に乗って下着をうりにゆきたい　鴨居羊子

新聞記者から下着デザイナーへ。斬新で夢のある下着を世に送り出し、下着ブームを巻き起こした女性起業家の悲喜こもごも。（近代ナリコ）

おいしいおはなし　高峰秀子編

向田邦子、幸田文、山田風太郎……著名人23人の美味な思い出。文学や芸術にも造詣が深かった往年の大女優・高峰秀子が厳選した珠玉のアンソロジー。

高峰秀子ベスト・エッセイ　高峰秀子　斎藤明美編

複雑な家庭事情に翻弄され、芸能界で波瀾の人生を歩んだ大女優・高峰秀子。切れるような感性と洞察力で本質を衝いた傑作エッセイを精選。（斎藤明美）

マウンティング女子の世界　瀧波ユカリ　犬山紙子

「私の方が上ですけど?」ついついやってしまって結局後悔するマウンティング。愉悦と疲弊が交錯するこの営みを対談形式で徹底分析！（小島慶子）

橙書店にて　田尻久子

熊本にある本屋兼喫茶店、橙書店の店主が描く本屋と「お客さん」の物語36篇。書き下ろし・未収録エッセイを増補し待望の文庫化。（滝口悠生）

水辺にて　梨木香歩

川のにおい、風のそよぎ、木々や生き物の息づかい。カヤックで水辺に漕ぎ出すと見えてくる世界を、物語の予感いっぱいに語るエッセイ。（酒井秀夫）

この話、続けてもいいですか。　西加奈子

ミッキーこと西加奈子の目を通すと世界はワクワク、ドキドキ輝く。いろんな人、出来事、体験がてんこ盛りの豪華エッセイ集！（中島たい子）

玉子ふわふわ　早川茉莉編

国民的な食材の玉子、むきむきで抱きしめたい！森茉莉、武田百合子、吉田健一、山本精一、宇江佐真理ら37人が綴る玉子にまつわる悲喜こもごも。

なんたってドーナツ　早川茉莉編

貧しかった時代の手作りおやつ、日曜学校で出合った素敵なお菓子、毎朝宿泊客にドーナツを配るホテル、哲学させる穴……。文庫オリジナル。

新版 いっぱしの女　氷室冴子

時を経てなお生きる言葉のひとつひとつが、呼吸を楽にしてくれる――。大人気小説家・氷室冴子の名作エッセイ、待望の復刊！（町田そのこ）

買えない味　平松洋子

一晩寝かしたお芋の煮っころがし、土瓶で淹れた番茶、風にあてた干し豚の滋味……日常の中にこそある、おいしさを綴ったエッセイ集。（中島京子）

買えない味2
はっとする味　平松洋子

刻みパセリをたっぷり入れたオムレツの味わいの豊かさ、ペンチで砕いた胡椒の華麗な破壊力……身近なものたちの隠された味を発見！　（室井滋）

買えない味3
おいしさのタネ　平松洋子

料理の待ち時間も、路地裏で迷いに迷ってお店を見つける時間も……全部味のうち。味にまつわる風景を綴ったエッセイ48篇。カラー写真も多数収録。

私の絵日記　藤原マキ

つげ義春夫人が描いた毎日のささやかな幸せ。家族三人の散歩。子どもとの愉快な会話。口絵8頁。「妻、藤原マキのこと」＝つげ義春。　（佐野史郎）

花の命はノー・フューチャー　ブレイディみかこ

移民、パンク、LGBT、貧困層。地べたから見た英国社会をスカッとした笑いとともに描く。200頁分の大幅増補！　推薦文＝佐藤亜紀　（栗原康）

ジンセイハ、オンガクデアル　ブレイディみかこ

貧困、差別。社会の歪みの中の「底辺託児所」シリーズ誕生。著者自身が読み返す度に初心にかえるという珠玉のエッセイを収録。

小さいコトが気になります　益田ミリ

なんとなく気になる小さいコトたち、ちょっと確認しておこう。そんな微妙な気持ちをエッセイとイラスト、漫画でつづった単行本、待望の文庫化です！

亜土のおしゃれ料理　水森亜土

食べることが大好きなアドちゃんが楽しいイラストとキャッホー！　ヤッホー！　の愉快な文章で贈るアド流いいかげんレシピ集。　（はらぺこめがね）

世間のドクダミ　群ようこ

老後は友達と長屋生活をしようか。しかし世間はそう甘くはない、腹立つことやあきれることが押し寄せる。怒りと諦観の可笑しなエッセイ。

向田邦子ベスト・エッセイ　向田邦子　向田和子編

いまも人々に読み継がれている向田邦子。その随筆の中から、家族、食、生き物、こだわりの品、旅、仕事、私……、といったテーマで選ぶ。　（角田光代）

記憶の絵　森茉莉

父鷗外と母の想い出、パリでの生活、日常のことなど、趣味嗜好をないまぜて語る、輝くばかりの感性と滋味あふれるエッセイ集。　（中野翠）

ちくま文庫

女《おんな》たちのエッセイ
——新編《しんぺん》 For Ladies By Ladies

二〇二四年九月十日　第一刷発行

編　者　近代ナリコ（こだい・なりこ）
発行者　増田健史
発行所　株式会社　筑摩書房
東京都台東区蔵前二―五―三　〒一一一―八七五五
電話番号　〇三―五六八七―二六〇一（代表）
装幀者　安野光雅
印刷所　中央精版印刷株式会社
製本所　中央精版印刷株式会社

ISBN978-4-480-43977-2　C0195